Des femmes dans l'ombre de Sophocle

Wu Yaling

黑暗中的女人

作为古典肃剧英雄的女人类型

吴雅凌 著

华夏出版社

DES FEMMES DANS L'OMBRE DE SOPHOCLE

献给我的父亲和母亲

序　言

我曾经很为古希腊肃剧中那些重复出场的女人着迷。她们中有名叫克吕泰墨斯特拉的，都是阿伽门农的妻，都等待出征特洛亚的丈夫十年，又都在丈夫还乡的当夜杀了他，在三大诗人笔下却俨然活出三个迥异的女人。

在肃剧舞台上，女人担当主角始于索福克勒斯。原本一群形影暗淡的女人，从埃斯库罗斯的时代走到过渡的路上，满心惊惶地面临一场变革。她们原本信靠旧时代的古老神话，幼从父嫁从夫，安顺敬神，过角落里的人生。现在，她们被要求看清真相，除了自己不信靠他者，享受认知的快乐。她们被要求像男人一样思考和生活。她们几乎都失败了。她们没有能够和欧里庇得斯笔下那些同名姓的姐妹们一起踏进希腊的明朗光照，永远停留在属于她们的黑暗中……

我曾经很为这些黑暗中的女人着迷。肃剧世界自然只是一种譬喻。渐渐地，所有的经验和思考指向某个深沉的困惑：我们不是明明自诩为欧里庇得斯的女人的后代吗？我们不是昂然走出古远的幽暗浸染在认知之美的光照中吗？蓦然回首，我们看见这些灯火阑珊处的女人，有如影魅，点缀临在我们身上的灵魂暗夜。

本书结集的十二篇文章从不同角度关注某种"作为古典肃剧英雄的女人类型"，关注某种类型的存在之难在西方文明史不同时代折射出的纷繁样貌。她们名叫安提戈涅，或厄勒克特拉，从雅典城邦的露天剧场悄然走出，在二战期间的巴黎剧院粉墨登场。她们名叫潘多拉，或阿佛洛狄特，从口传诗人在行游路上世代吟唱的神妙人物，摇身为二十一世纪女性现代艺术展的言说代表……还有中世纪晚期第一位以写作谋生的职业女作者，十九世纪末陷入两种爱欲的矛盾挣扎的女雕塑者，以及二十世纪的女思想者、女小说家和女智识人……她们的呼吸和目光触动文学艺术的诸种领域。她们的生命轨迹绕不开创作这一据说让人类最有可能与神接近的行为。她们未必有幸身为人母，却不约而同执着于灵魂爱欲的孕生问题。创作是她们自我完成的过程。在她们身上，女人身份与创作者身份的撕裂比别处更艰难。她们以自身的困境和突破提供了某种示范，帮助我们带着与生俱来的心病尽可能走得更远。

这些文章写于十年间的不同时期，在看待某些问题时的眼光并不总是一样，我尽量保持原样，放任它们形成不无趣味的互动关系。《女人神话与诗人》轻轻反驳了《潘多拉的记忆》,并与《阿佛洛狄特的缺席》有心照不宣的共识,而在最早的两篇文章里,《卡米耶·克洛代尔》犹如《潘多拉的记忆》的一个小注脚。《黑暗中的女人》对《阿努依的安提戈涅》做出纠正和补充,但值得在意的也许是,在安提戈涅的目光中我们得以亲近索福克勒斯的生命轨迹,从索福克勒斯的沉思中我们亦更疼惜阿努依的挣扎。伯格曼通过电影自省与基尔克果的《或此或彼》遥相呼应,基尔克果凭借假名书写遵循某种古老的书写传统,又与柏拉图的对话术遥相呼应。尼采与赫西俄德在女人问题上不谋而合,这并不影响我们用一种活泼的信念认识薇依对柏拉图的传承,也用一种温存的目光看待薇依与尼采的敌对。

我痴心妄想着这样一些奇妙的时刻降临。卡米耶·克洛代尔与安提戈涅相遇,在从雅典城郊到忒拜的流浪路上,两个衣衫褴褛疲惫不堪的女孩儿一言不语,屏住呼吸看着对方。薇依与尼采相遇,坐在伊凡与阿辽沙坐过的小酒馆屏风后面的老位子上,进行一场卡拉马佐夫兄弟式的交谈。匹桑与缪斯相遇,女神突然现身在中世纪的书斋,犹如当初现身在赫利孔山中牧羊的赫西俄德面前,递给她一枝开花的月桂。杜拉斯与《萨拉邦德》中的玛丽安相遇,在巴赫音乐的慰藉中,一起摆弄记忆深处难以释怀的老照片。桑塔格与卢梭相遇,在她说起战时在萨拉热窝排演《等待戈多》前,至少让他先说起《纳喀索斯》在法兰西剧院首演那晚的故事⋯⋯

我痴心妄想着，这些时刻降临时，我若能在场该多好。

2015 年 12 月 14 日记

编辑成书的过程是可珍贵的额外收获。"我"变成"我们"，并且是以最美妙的方式。我们为十二篇文章配了十二幅图。这些图又单独配了文字，本身是一次提坦式的诗意尝试。发现这些图就如朋友们在不同时期的馈赠。孟诉让我渐渐看清，范·斯托克画中那个吹奏不协和音的萨图尔实在有苏格拉底的魅力。Daniel 让我发现探秘人与自然立约的克劳德·洛兰和提奇的不寻常的摄影。范·埃克兄弟的窗只是史诗般的根特祭坛画中的某个细节，让我怀念与 Danièle 和 Philippe 的旅行。姜乙知我深爱柯罗寄来画册。Victor 让我注意到阿努依的戏剧。定浩和德海是多数文章的最早读者。几年前的一次萨拉乌苏之行算是本书的缘起。还有希米、释文和闻雨，我们在这个春天为实现一本书做出充满趣味的讨论。出于私心，我想让这些美的瞬间在此稍作停驻。

这些文字在《上海文化》、《国外文学》和《人籁杂志》等处发表过，结集时做了修改，有些甚至重写，个别篇名做了调整，特此说明。

2016 年春天再记

目 录

1　阿努依的安提戈涅
87　黑暗中的女人
127　潘多拉的记忆
137　女人神话与诗人
155　阿佛洛狄特的缺席
181　匹桑与神话诗
217　纳喀索斯的时代
233　萨拉邦德与基尔克果
255　卡米耶·克洛代尔
274　玛格丽特·杜拉斯
283　薇依的门
307　修辞的病态

阿努依的安提戈涅

"你选择生，
　我选择死。"

索福克勒斯 & 阿努依，《安提戈涅》

前页图：阿努依《安提戈涅》1959 年阿尔及利亚
Mers el Kébir 版剧照，Catherine de Seyne 饰安提戈涅，
Odile Mallet 饰伊斯墨涅

献给阿恐，一个苍白沉默的孩子……

引子

插曲 ｜贾非的旧书店｜

开场：决裂

插曲 ｜没人要读的书｜

第一场：逆鳞

唱诗人

第二场：自由与困境

插曲 ｜道听途说｜

第三场：群己之间

第四场：贪恋

插曲 ｜母亲的葬礼｜

第五场与退场：缺席的先知，或均衡

插曲 ｜冬天我去南方｜

引 子

幕起时，所有人物都在场。

传统肃剧的"开场"（le prologue）被大写，被人身化成一个"开场人"（le Prologue）。这个开场人走上前对观众说，场上这些人将要为他们演一出安提戈涅的戏。

角落里有个女孩。孤零零。瘦小，又黑，很不起眼。她就是安提戈涅。她没有光彩照人的外表，也没有完美强大的精神人格。她拯救不了任何人，也成不了别人的榜样。事实上，她此时不想别的，只想着自己就要死了。她那么年轻，多希望能活下去，和别人一样。可是，她知道那是不可能的。她名叫安提戈涅。她和别人不一样。

她看了一眼人群中的伊斯墨涅和海蒙。漂亮的伊斯墨涅。漂亮的海蒙。活泼快乐的天生一对，让人羡慕。在两姐妹中，伊斯墨涅从来都是主角。只有两次例外。

有一次深夜的舞会，伊斯墨涅被围拥在男孩子中间，海蒙找到角落里的安提戈涅。他向她求婚。"永远没有人会了解为了什么。安提戈涅不惊讶，用肃穆的目光看他，带着悲凉的微笑说好。"[*]海蒙做了安提戈涅的未婚夫，他不知道这意味着什么。还有一次例外即将发生，发生在这出名曰安提戈涅的戏里。漂亮的伊斯墨涅和漂亮的海蒙对此一无所知。

人群中还有一个男人。他不说话，沉思的样子惹人注意。那是王者克瑞翁。从前，俄狄浦斯做王时，他过着闲暇的生活。他爱音乐，爱书本古玩，爱所有精致的物事。从前的克瑞翁为美而活。命运却安排他当王执政，成了引领羊群的牧人。克瑞翁如今活着为了政治。夜里，太累的时候，他会自问，放弃美的生活是不是值得？每日的琐碎是不是徒劳无功？政治也许更适合那些对美不敏感的人？但天会亮，他会起床，仿佛什么也没发生，他会平静应对一个又一个没有表情的白日。

他的妻子坐在不远处打毛线。无论晴天还是下雨，无论从前还是现在，欧律狄刻只做这个动作。克瑞翁人生中的剧变丝毫没有影响到她。她只是一点点变老，从来没有停下手中的毛线活，直到轮到她站起来去死。

---

[*] Jean Anouilh, *Antigone*, Paris, La Table Ronde, 1946, p.10. 本文中涉及阿努依《安提戈涅》的援引全由作者所译，下文直接在引文后的括号里标注法文本出处页码。

三个玩纸牌的守兵。他们浑身散发着酒气和蒜味。他们的话题只有股票、楼市和移民。他们随时准备执行上头交代的命令，包括杀人，并且无论干什么都不会影响胃口和睡眠。他们无知，浑噩。但怎么说呢，他们不是坏人。他们有家有小，相信生活只有一种可能，生活只能是也必须是他们兴兴头头过的这种。他们羡慕地想象和谈论他人的名利，但对自己的生活从来没有一丝疑问。

最后，除报信人和唱诗人以外，就剩克瑞翁的侍童了。他没有名字。在整出戏里，他陪在王的身边，看尽一切，一言不发。苍白的沉默的少年。直到最后一幕，克瑞翁对他说出心中的秘密。只对他一人说。

这样，观众认识了所有人物。

观众也事先知道了故事情节。

戏就要开演了……

| 插曲 |

贾非的旧书店

我第一次遇见贾非时,他坐在那家旧书店的深处,手边有一册阿努依的《安提戈涅》。1946年初版,圆桌出版社的红皮本,封皮上有一大一小两个黑影。

那家书店开在巴黎北部科里尼安谷尔门一带的跳蚤市场里。一座有玻璃屋顶的朴素的长廊。隔壁是蕾丝店和一些卖五六十年代精品的旧货店。即便是晴天,店里也总是光线昏暗。贾非当时五十来岁,看上去更年轻些,总是一身灰色的旧衣,斯文,安静,和我在大学里遇见的教授没有两样。后来我才知道,他没有进过大学,也不是书店的老板。他在那家旧书店打工近三十年。我常想他是不是读遍了店里的书。

我从朋友处辗转听说,从他那里可以用相对便宜的价格买到七星文丛和美文版的希腊拉丁双语译丛。当然,找旧书是要看运气的。我第一次遇见贾非那天，运气很好。我找到了七星文丛卢梭全集的其中三册，还有两本美文版的赫西俄德。一册七星文丛的新书一般标价六七十欧元，贾非的那些品相完好的旧书只卖二三十欧元，实在是穷学生的福音。这算是贵的书了。多数单行本只要五到十欧元不等。

后来我经常光顾那家书店，和贾非慢慢熟稔起来。他没有结婚，没有孩子，不用手机，不开车，租房子住。尽管他经年付出的房租足可以买下租住的公寓，正如他本也可以盘下那家旧书店一样。但贾非不费这些心神。他似乎不愿意拥有什么。他唯一的财产是塞纳河边的一只书箱，在大奥古斯丁沿河街，离圣米歇尔桥不远，每周两个下午，天气好的话，他会去打开书箱做旧书生意。

我在巴黎认识的好些古怪朋友中，贾非算得上特别的一位。承蒙他的好意，还出席了我的博士论文答辩。我迄今保留一张答辩当天的纪念合照。贾非站在最旁边。斯文，安静，看上去和当天参加评审的教授们没有两样。

开场：决裂

安提戈涅与乳娘

安提戈涅夜里跑出去散步，天明才回。

她跣着赤脚，手拎着鞋，头发凌乱，裙子沾满露水。神情古怪的女孩，像夜的精灵，还没从梦呓的世界走出。她遇见正为她担心的乳娘。乳娘絮叨着，数落她不睡觉，不像个体面规矩的姑娘。安提戈涅没听进去，她的双眸好似看向另一个世界，另一个乳娘看不见的世界。她们在开场的几段对话犹如两列平行的火车，各自开过，没有交集。

"你从哪里来？"（13）

整部戏始于乳娘的一句问话。说者无心，听者不能无意。

安提戈涅回答乳娘的话更像是喃喃自语：

那时世界是灰的。现在是粉的黄的绿的,现在是一张明信片。要起早,才能看见无色的世界。

园子还在睡。我闯了进去。我在它不知觉时看见它。那尚未想及人类的园子多美呵!

野地里到处是湿的,等着。全等着。我独自在路上,弄出大的声响。我不自在。我知道我不是被等的人。

还是夜里。只我一人在野地,想着是早晨了。多奇妙!今天,我是第一个相信日光的人。(14—15)

开场的一连串自诉犹如一首神秘晦涩的诗。在无人的暗夜,安提戈涅走过的园子如同伊甸园,被称为"尚未想及人类的园子"(14)。在无人的暗夜,安提戈涅是第一个人,第一个相信日出的人。

"我觉得不自在。我知道我不是被等的人"(14—15)。安提戈涅这个名字的希腊原文的字面含义是"反—出生"(Αντι-γονε)。安提戈涅天生含带悖逆。她注定不是被期待的人,也注定不会做被期待的事。她天生不合时宜,和别人不一样,并且要时时刻刻为此受苦。开场的话不但指向"你从哪里来",也暗示了"你是谁"。

乳娘误以为,安提戈涅夜奔去会情人。开场中安提戈涅与乳娘的对话的后半部分围绕这个不是问题的问题而展开。我们知道,安提戈涅除了海蒙没有别的情人,并且她有更重要的事要做。但乳娘的一连串半带心疼半责备的话听起来合情合理，因为，安提戈涅要做的更重要的事超过乳娘这个人物设定的逻辑范畴。乳娘显得与我们所了解的肃剧基调格格不入。善良的，温暖的，贴心的，唠叨不停的。在下一秒钟，她就算化身成《飘》里的黑人妈妈，从窗口伸头喊郝思嘉回家，我们也不会惊讶。她随时可以进入随便哪个现代浪漫故事的场景，可以是任何女主人公的乳娘。我们注意到，她在幕起时的人物介绍里被一笔带过。乳娘就像是阿努依的秘密武器：这个活泼泼的现代喜剧人物形象为这出戏开场，仿佛是阿努依在公开宣告与古典肃剧的某种决裂。

安提戈涅与伊斯墨涅

　　伊斯墨涅也没睡。她想了一夜，把决定告诉安提戈涅。
　　故事发生在一个名叫忒拜的希腊城邦里，并且要从俄狄浦斯王说起。他的两个儿子争夺王位。其中一个叫厄忒俄克勒斯的先登上了王位，另一个叫波吕涅刻斯的流亡他乡。流亡的那个在外乡找到援助，率领外邦军队回来攻城。战争爆发了，兄弟两人在战场上厮杀双亡。他们的舅父克瑞翁当王执政。他传令，兄弟两人的尸体不应享受同等的安葬待遇。其中一个为保护城邦而死，理应厚葬。另一个是城邦的敌人和罪人，死后理应暴尸荒地，任凭兽禽吞噬。

任何人企图安葬那具受诅咒的尸体，都要被判处死刑。

安提戈涅决意不顾一切要为兄长送葬。伊斯墨涅想了一夜说她做不到。

在此之前，两姐妹几乎没有分别。至少表面看来如此。同为俄狄浦斯的女儿，同在忒拜宫中长大。俄狄浦斯做王时，她们同受宠爱，"凡是王吃的东西，她们都有份"（俄，行1462—1463）[*]；俄狄浦斯瞎眼流亡中，她们给父亲领路，同"尽子女的照拂"（科，行445—446）。决裂在这一刻生成。一个做，一个不做。"你选择生，我选择死"（98，安，行555）。

在索福克勒斯的同名肃剧里，开场即是两姐妹的对话。通过两姐妹的意见分歧，古典肃剧指向剧中人物的两难困境。表面看来，阿努依依循古本，同样表现姐妹分歧。只是，在阿努依的戏剧里，是否真正存在剧中人物的两难困境？这是值得我们贯穿整出戏加以思考的问题。

在索福克勒斯笔下，再清楚不过，两难是介于传统宗法与新王法令之间的两难。在希腊古人眼里，没有什么比死后不得安葬更严重的不幸和耻辱了。若依照传统宗法埋

---

* 本书中的古希腊肃剧引文采用罗念生先生和周作人先生的译文：《罗念生全集》，第二卷，第三卷，补卷，上海人民出版社，2004年，2007年；周作人译，《欧里庇得斯悲剧集》，上中下卷，中国对外翻译出版公司，2003年。另参见张竹明、王焕生译，《古希腊戏剧全集》，译林出版社，2008年。书中直接在引文后的括号里标注出处行数；涉及索福克勒斯三部曲的引文，则《俄狄浦斯王》简称"俄"，《俄狄浦斯在科罗诺斯》简称"科"，《安提戈涅》简称"安"。

葬兄长,就会因悖逆国法被处死;若依国法不埋葬兄长,就会因悖逆神律遭天谴。无论安提戈涅还是伊斯墨涅,乃至剧中所有人物,每个人的思与行均未跳脱这对矛盾的张力。安提戈涅决心遵守"天神所重视的天条"(安,行77),却一再提到"高贵的克瑞翁的法令"(安,行31),并且承认,拂逆城邦的禁令就是"犯罪",尽管是"虔敬的罪"(安,行74)。同样,伊斯墨涅选择顺从城邦的法令,却强调自己"并不藐视天条,只是没有力量和城邦对抗"(安,行78—79)。无论做不做,都会陷于悖逆之罪。安提戈涅和伊斯墨涅深信不疑,这是命运神对俄狄浦斯家族的诅咒(两姐妹不约而同在开场分别提到命运),早从父亲那里就已开始。

在阿努依笔下,情况发生了惊人却是必然的变化。诸神不在了,传统宗法的影响力荡然无存。法的有效性似乎还在,却呈现为截然不同的样貌。在古典肃剧中,伊斯墨涅出于理性而自愿顺从城邦法令,提出两点理由:生为女人斗不过男人,生为弱者斗不过强者。"我祈求下界鬼神原谅我,既然受压迫,我只好服从当权的人,不量力是不聪明的"(安,行65—68)。相形之下,这里的伊斯墨涅被迫屈服王法,她的决定不是基于理性,不是基于对城邦秩序的敬意,而是出于对死亡的恐惧和对人群的厌恶。

他是王者,城中所有人都和他一样想法。他们蠢动着,成千上万，在忒拜的大街小巷围困我们。……他们嘲骂我们，他们的千百只手抓住我们，他们的千百张脸用同一种目光瞪视我们。他们会朝我们脸上吐唾沫。我们要关在囚车里前行，一路伴着他们的仇恨，忍受他们的臭味和讥笑。还有守兵们一脸蠢相，硬领紧箍着脖子，脑门子充血，粗厚的手刚洗过，像头牛样看人……哦！我受不了，我受不了。(27)

安提戈涅并不反驳伊斯墨涅的说法。就人群的问题而言，安提戈涅与伊斯墨涅没有分歧，甚至剧中的主人公们无不一致。但安提戈涅执意埋葬兄长，即便是要忍受比赴死还难受的这一切。在这段对话里，安提戈涅仅有一次提到兄长，强调的不是礼葬死者的古法，而是群己的对峙。"各有各的角色。他得处死我们，而我们得埋葬我们的兄弟。本来就是这样分配的"（24）。在古典肃剧里，个体与城邦的决裂不可能如此清晰乃至明目张胆。依据安提戈涅的逻辑，城邦扮演处置悖逆者的角色，而个体的角色没有别的，只能是悖逆。安提戈涅为此自设了悖逆城邦的个体角色。在很大程度上，埋葬兄长只是悖逆行为的借口。我们几乎要说，归根到底，安提戈涅并不真的在乎哥哥是不是得到符合礼法的安葬。

问题在于，安提戈涅悖逆行为的合理性依托的既不是"天神所重视的天条"，也不是"对兄长尽义务"，那么依托的又是什么呢?安提戈涅究竟为什么悖逆?

这一场里,安提戈涅听得多,说得少。但她两次反驳伊斯墨涅,让人在意。一次是伊斯墨涅劝说她试着明白这是办不到的事,还有一次伊斯墨涅问她是不是不想活了。伊斯墨涅有正常人的想法:如果安提戈涅能明白,就不会做;安提戈涅明知做了会死还坚持做,那是因为她不想活了。安提戈涅反驳了伊斯墨涅的正常人想法。她的两次回应语气激烈,犹如某种申辩或自诉,一如既往地充满诗意。

明白……自我小时,你们就把这两个字挂在口中。要明白不能沾水,那一直在逃走的清洌美丽的水,那会弄湿石板,也不要沾到泥,那会弄脏裙子。要明白不能把东西一下子全吃光,不能把口袋里的钱全给遇到的乞丐,不能在风里奔跑直到摔在地上,不能在热的时候喝水,不能太早太晚洗澡,不能想做这些事就做。明白,总是明白。我啊,我不想明白。等我变老,我会明白的。如果我会变老的话。现在不行。(25—26)

谁清早第一个起床就为了感受凉风吹拂敞露的肌肤?谁最后一个上床就为了在夜里多活一会儿直到倦得撑不住?谁从小就为了草地上有那么多小虫、那么多幼苗却没法全部带走而哭泣?(28)

在这两段话里,安提戈涅把自己描述成一个拒绝长大的孩子。两段话不妨放在一处理解。安提戈涅拒绝了解大人世界，那是因为，她比别人更敏感于生命的美好，也因而不肯对人生的诸种虚妄妥协，并且在自然天性受伤时比别人痛得更厉害。正是在此设定下我们有可能了解安提戈涅的不合时宜的悖逆。这个拒绝长大的孩子同时还拒绝成人的理性，拒绝城邦的秩序，拒绝政治的正当性。阿努依的安提戈涅不折不扣是二十世纪的孩子，犹如塞林格笔下的愤怒而焦虑的霍尔顿，或科克托笔下的可怕的孩子们。

在现代世界的精神荒原里，孩子是保留人性纯真的最后一丝希望。只是，安提戈涅有可能单纯地做一个纯真的孩子吗？当她赞叹天明以前走过的那个原初完美的园子时，分明用的是过去时。"悖逆出生"的安提戈涅就如希腊神话里的格赖埃姐妹，徒有娇嫩的容颜，出生时已白发苍苍。

安提戈涅与海蒙

海蒙出场以前，安提戈涅与乳娘还有一段对话。在乳娘面前，安提戈涅重新做了一回孩子，展露了无比脆弱的一面。"要面对这一切，我还太小了"（33）。乳娘当心着安提戈涅的身体不要挨饿着凉，却无从关怀她在精神上的疾病。乳娘无知无觉的温存与安提戈涅的焦虑形成鲜明对比。

海蒙来了。安提戈涅的身份从小孩变成母亲。她说起他们原本会有的孩子。"他会有一个连头发也梳不好的小妈妈，却比世上一切乳房坚实、穿大围裙的那些真实的母亲还要可靠"（39—40）。拒绝长大的安提戈涅想象有自己的孩子，[*]多么不可思议，却让人印象深刻。我们明明知道安提戈涅永无可能成为母亲，因为安提戈涅的人生注定和别人不一样。与此同时，"安提戈涅的孩子"这一想法一经生成就不能消散，仿佛那是天经地义的，仿佛从此再也摆脱不了它的纠缠。

安提戈涅想象她和海蒙的孩子，这还因为在海蒙面前她是有情人。她爱海蒙，像一切现代浪漫剧里的女主人公那样，毫不掩饰对他的爱，并为爱无法实现而悲痛欲绝。前一天夜里，她穿着伊斯墨涅的裙子，涂着香水和口红，想在赴死以前把自己的身体献给海蒙。现在，她告诉海蒙，她不会嫁给他。她残酷地要求海蒙听完转身就走，一句话也不许说。她完全明白海蒙有多伤心，因为她比他更绝望。

我们是如此习惯于这些现代爱情故事的细节描述，以至于在对照索福克勒斯的肃剧时，安提戈涅对海蒙没有任何表白，从头到尾不曾对海蒙说过一句话，甚至没有片

---

[*] 她也许在想象中建构了一个自己想望而不能有的童年，就如《麦田里的守望者》的主人公："我会站在一道破悬崖边上。我要做的就是抓住每个跑向悬崖的孩子。我是说要是他们跑起来不看方向，我就得从哪儿过来抓住他们。我整天就干这种事，就当个麦田里的守望者得了。"（塞林格，《麦田里的守望者》，孙仲旭译，译林出版社，2007年，页174）

黑暗中的女人

言只句提及她与海蒙的关系,这个发现让我们觉得不可思议。古典肃剧没有爱情故事,男女之间除了婚姻,没有别的问题值得拿出来在城邦的舞台上探讨。安提戈涅和海蒙是一桩被看好的婚姻。伊斯墨涅在某个时候评价说,这是"情投意合的婚姻"(安,行570),但也仅仅点到为止。在戏中,不但安提戈涅不曾提及海蒙,就连海蒙向父亲求情时也只说:"我不会把我的婚姻看得比你的善良教导更重。"(行637—638)

阿努依《安提戈涅》1944年工坊剧场版剧照
Monelle Valentin 饰安提戈涅,Jean Davy 饰克瑞翁

在《论戏剧的信》中，卢梭明确指出："希腊人的肃剧从来不需要靠表演谈情说爱吸引观众的兴趣，他们从来不这样做。我们的肃剧没有这么高明，不表演男女相爱的情节，就引不起人们的兴趣。"[*]古典肃剧不在舞台上谈情说爱，归根到底是不在公开场合谈论私人事务，表白私人情感。换言之，公开场合只适合用来讨论城邦公共事务。在索福克勒斯的终场里，欧律狄刻听闻儿子死讯，没有当众流露出哀伤的情绪，得到试拜人的赞许，因为，家庭的不幸适合"在家里领着侍女们哀悼"（安，行 1249）。同样地，在开场里，安提戈涅与伊斯墨涅的对话围绕神律与新政的对峙所形成的理性困境而展开，表面似乎在说些个人的选择或家庭的变故，事实上一切讨论无不以城邦内部的共同政治生活准则为中心。

在阿努依的开场里，安提戈涅与乳娘、伊斯墨涅和海蒙一一告别。三次不同形式的决裂，似乎对应了安提戈涅临死前的悲歌，只不过，在古典肃剧里，这场戏发生在故事的结尾处。阿努依的安提戈涅在故事尚未正式开始以前就已告别了生命。与此同时，开场的三次不同风格的对话，重点无不是安提戈涅一而再、再而三的自我申诉。与古典的安提戈涅相比，现代版本的安提戈涅有太多的自我纠缠，城邦褪色为遥远的几乎不再清晰的背景，他者仅仅作为与

---

[*] Rousseau, *Lettre à D'Alembert*, GF Flammarion, 2003, note 76.

自我相敌对的因素而存在,并最终成为个体的悖逆的含糊对象。

然而,身为现代观众的我们为这一幕所感动。海蒙走了,安提戈涅关紧门窗,坐在舞台中央的小凳子上,表情出奇平静,轻声说:"好了。海蒙的事完了,安提戈涅。"(44)这像是安提戈涅的喃喃自语,不妨说,这是一个安提戈涅与另一个安提戈涅的无奈对话,这是现代浪漫剧的安提戈涅对古典肃剧的安提戈涅的自觉让步。阿努依的戏剧的魅力就出现在这样一些古今决裂的伤口不自觉袒露的时刻。

无论如何,有什么办法?决裂已经生成。一切都太晚了。园子,童年,全回不去了。开场的最后一幕,伊斯墨涅想要劝阻安提戈涅。但一切都太晚了。那天天亮时,安提戈涅出去,去给兄长送了葬。

| 插 曲 |

没人要读的书

这样,几年下来,我在贾非那里淘回的书远远不止是七星或美文文丛。当我挑出一本龙萨诗集时,贾非会顺手递给我一册法国十七世纪被遗忘的巴洛克诗人们的合集。贾非见多识广,我因此知道了好些不曾听闻的作者和作品。有些书就这样被无意中翻出,我受了标题的莫名吸引买下来,比如艾略特评论但丁的某个法译单行本,或瓦莱里写于 1935 年的戏剧,比如某个十九世纪几乎不为人知的学究路易·梅纳尔的《一个神秘主义异教徒的遐思》,再比如某个名叫让·马兰热的律师在业余写下的《普鲁塔克的秘传学说》,等等。

有一年,我重返巴黎,请他帮忙找拉波哀西、路易·勒华、德梅斯特、伯纳德等一些大革命前后的作者。旧相识,久未见。他的话比平时多了一点。他一边转头往里间的旧书架走，一边在嘴里咕哝："法国人如今也不读这些书了。告诉我，你们那儿是怎么回事，反倒要读起这些没人要读的书？"

书店里没有别人。一盆兰花在角落里开得很好。我没说话。我不知如何回答这个问题。事实上，不管在哪里，这些书都没有多少人读。

我于是转移话题："那你告诉我，你又为什么要读阿努依的《安提戈涅》？"那本 1946 年的初版始终搁在老地方，上次记得是和一册阿波利奈尔的诗集摆在一起，这回它的邻居换成了波舒哀的文论。我后来才明白，它是贾非的私藏，非卖品。尽管和书店里的书放在一起它并不起眼。

这些年来，每次我问起这个，贾非总是含糊其辞。有一次，他给我的理由是，阿努依的《安提戈涅》在巴黎蒙马特尔一带的工坊剧场（Théâtre de l'Atelier）初演那一年，也就是 1944 年，他刚满周岁，被从英国送回巴黎。还有一次，他告诉我，那是因为他上中学时参加过一回《安提戈涅》的排演。

"你猜我演谁？"他挺有兴致地问我，灰色的眼眸发亮，带着几分狡黠。

这么终生难忘的演出，想必是主角了。克瑞翁？

他笑了，没说话。我看着封皮上的那两个黑影，想了几秒钟，半开玩笑半猜疑地问：

"嗯。你不是克瑞翁。莫非你是王者身边那个苍白沉默的少年?"

没想到我居然猜对了。他看上去确实挺有感觉的。但我始终不相信这些是真正的理由。贾非心里藏着一个安提戈涅的故事没说出来,直到我请他帮忙找拉波西哀的那天。

那天下午,在昏暗无人的旧书店里,贾非给我看一张老照片。我先是注意到,有人在照片背面用潦草的笔迹写下几个字:1940年3月在巴黎。那么是战时了,巴黎在同一年六月沦陷。照片里一群年轻人聚在一家咖啡馆的露天座位。水杯跳动的光泽,香烟弥漫的烟雾,发亮的眼眸,轻盈的衣裙。这一切与战争不沾边,反而让人愉快地联想起马里沃小说中的风雅人物。

贾非向我指点角落里的人影。若不是经他指点,我几乎注意不到照片中还有那么一个瘦小的女子。很短的短发。古怪的圆眼镜。她低头陷入在沉思中,不在场似的,丝毫不被身旁那群欢乐的人所影响。

贾非告诉我,那是他的母亲。

我以前知道,贾非出生不久母亲就去世了,也从来没见过父亲。贾非的名字是母亲起的。Jaffier在法文中是"园子"的意思。

我仔细端详照片里的人。她像一只鸟,蜷缩在角落里,全身裹着一件黑长斗篷,只露出鞋尖。她并不美,第一眼看上去有些难看。瘦削的脸,颧骨突出,眼睛盯着前方,身体和头向前倾，眼里仿佛透出一股强烈的疑问神情。

她在巴黎紧邻卢森堡公园的圣米歇尔大道出生长大。二战期间，她随家人辗转去了美洲，不到半年又转回英国。她渴望回法国参加地下抵抗运动，但在伦敦生下贾非不久后，她就病逝了，只活了三十四岁。

"一个怀孕的单身女人，在战时两度漂洋过海，辗转流离。只有疯子才做得出呵！我猜想，当时她不但是在腹中怀着我这块血肉，还在脑中孕育着什么更疯狂的想法或计划。否则的话，很难解释。"

贾非若有所思，说起多年来他道听途说地收集有关母亲的记忆。

有个当年的相识不太客气地这么回忆起她：不戴帽子，短而硬的头发梳不好，活像乌鸦的羽毛，从脸的两边冒出，瘦高鼻子，肤色泛黄。

也有人说，她本也清秀姣好，却不修边幅，常把衣服穿反，鼻尖沾着墨水。有点驼背和斜视。长年患头痛症和结核病。吃得很少，抽烟很凶。讨论问题时说起来没完没了，生硬决断，令人不自在。

也有人说，她坐在人群里总显得有些奇特，让人生畏，不敢靠近。她的眼神里有一种几乎让人受不了的贪婪，仿佛要拆穿一切谎言，撕碎诸种虚妄。

但也有人说，她的眼神和湿润的微笑里总含着某种难以言说的对别人的呼唤和恳求。

她和周围的人一样积极介入战前的各种社会运动。工会组织，游行演讲，西班牙内战，苏联实地考察。她受过最好的教育，在索邦大学念哲学。我暗自猜度，贾非一生不进大学，也自觉置身于各种政治活动之外，莫非与此有关？

"她没能像其他人活到战争结束，没能慢慢地变老。这似乎是必然的事。他们叫她 Miss Non。她勇敢纯粹，不怕对一切说不。"贾非坐在书店的深处，神情平静如常，向我述说这一切。"我的母亲是个拒绝长大的孩子。"他说着笑了。

在六十岁的贾非的记忆中，活着始终不肯长大的三十岁的母亲。不知为什么，这让我心里泛起温柔的酸楚。我明白他是在安提戈涅身上想象未曾谋面的母亲的模样。我仿佛听见了他没说出的那句话："我的母亲让我想起那个苍白沉默的少年。"

在那张老照片中，还有个年轻人，打着领带，戴着金边眼镜，留着一撇胡须，坐在同伴的中间，盯着镜头看。他和其他人一样精致风雅，又有着其他人没有的害羞和敏感。

我依稀记起，贾非的母亲与阿努依只差一岁。纳粹占领巴黎以前，他们都在巴黎。

那天下午，贾非和我面对面坐着，没有再说一句话，直到黄昏。我们经常这样。沉默没有让我们不自在。

第一场：逆 鳞

克瑞翁与守兵

索福克勒斯让克瑞翁召集长老会议，发表一通长篇讲辞，宣告新政出台，并重申不得安葬国家的罪人。忒拜长老们组成的歌队当场发表异议。在忒拜人眼里，新规矩与城邦的习传伦理相抵触，公然人为立法，形同于无视神法，这一切代表了某种全新的政治价值。

这种新的政治价值历经岁月沧桑，在现代戏剧语境里成为伤痕累累的常态。阿努依没有让克瑞翁公开宣讲执政理念。事实上，公开场合谈论公共事务的正当性完全没有在现代克瑞翁的执政中得到体现。克瑞翁不喜欢公开。他得知有人试图埋葬被诅咒的尸体，先命令守兵不得外传消息。他得知安提戈涅做了这事，先问守兵来的路上有没有被人看见。安提戈涅反驳他时，他先要她住嘴，以免被人听到。归根到底，安提戈涅该不该死，完全取决于事件有没有公开暴露。古典肃剧里的克瑞翁宣称立法基于城邦利益，显得具有自足的政治正当性，就连悖逆者安提戈涅也不得不认可这种正当性。在现代戏剧里，这种正当性全然丧失意义。城邦法则不再是被关注的重点。以神律为基础的传统宗法被取代，而新的政治的合法性又如施密特所言被彻底质疑。

第一场直接进入克瑞翁与守兵的对话。就故事情节而言，阿努依大致沿用了索福克勒斯的叙事。守兵们发现，有人趁他们不注意，在那具被诅咒的尸首上撒了一层泥，行了应有的仪式。"泥土是依照礼法撒上去的，干的人清楚自己在做什么"（50）。我们知道是谁做的，但守兵们不知道，克瑞翁也不知道。守兵们慌张之下，彼此埋怨，抽签选出一人去报告克瑞翁。

这个抽签选出的守兵有一个名字——在阿努依笔下，除非特意安排，人人都有名字，连安提戈涅的小狗也不例外。二等兵约拿。这像是一个字面游戏——旧约里的约拿同样被选中，千方百计逃脱神命，乃至在大鱼腹中待了三日三夜。守兵约拿是个粗人，却和先知一样摊上了不走运的信使的差事。"一个人带着可怕的消息，心里就害怕"（安，行243）。他心里慌张，吞吞吐吐，好不容易把事情交代明白。他搞不懂究竟是谁胆敢干这掉脑袋的事。现场也没有留下什么蛛丝马迹。

只不过有些轻微得像鸟迹的脚印。后来在稍远的地方找到了一把小铲子，一把小孩子玩的旧铲子，全生了锈。我们想这事儿不可能是孩子干的。（50）

"孩子"的说法呼应了安提戈涅的自我定义。在不知情人的眼里，孩子的玩具出现在这样人命关天的场合，着实荒诞不经。然而，出于某些并不简单的缘故，"孩子"的说法大大刺激了王者克瑞翁。

一个小孩……他们大约以为这样更动人。我从这儿就看得见他们的"小孩"，长着收钱杀人的嘴脸，小铲子被小心用纸包好藏在外衣里。除非，他们真的花言巧语唆使了一个真正的孩子……一个难以估价的无辜者。一个脸色苍白的真正的少年，朝我的枪口吐唾沫。我的手沾满那宝贵的鲜血，他们倒是一举两得。（51）

在古代版本里，克瑞翁同样被激怒了，并同样长篇斥责了反对派的蓄意挑衅。值得注意的是，真正刺激王者的同样不是反对派的罪行，而是因为忒拜长老们认为，埋葬城邦的罪人波吕涅刻斯乃是天神所使（安，行278—279）。在王者眼里，花钱杀人的反对派自然可恶，但再怎么棘手，终究可以依法查办，这些人威胁了城邦的利益，却不足以困扰王者的执政伦理。真正的威胁，在古代克瑞翁眼里，来自城邦长老们拿"天神"说事所体现出的传统宗法对民心无可抗拒的影响力，在现代克瑞翁这里，却是一个在脑中纠缠不去的"苍白沉默的少年"（51）。这个奇妙的意象还将一再出现在阿努依的戏中。在这一段里，"孩子"的说法反复七次出现在克瑞翁口中。苍白沉默的少年，"难以估价的无辜者"（51），不顾性命地前来刺杀王者。在退场的时候，克瑞翁甚至问身边的侍童：

  你呢，你会为我去死吗？你想你会带着小铲子去吗？……会的，当然，你也会马上就去的……一个孩子！（53）

  侍童看着他，没有说话。他抚摸那少年的头，和他一同退场，一路不住叹息。王者克瑞翁心知肚明，他的政治软肋在哪里。迟早会有人一剑刺中这个阿喀琉斯之踵，并且会是他身边最亲近、心里最疼惜的人。

唱诗人

第一场和第二场之间有一段唱诗人的长篇大论，颇不寻常。阿努依的戏剧打破了肃剧的传统结构。我们不妨简单回顾一下索福克勒斯的《安提戈涅》的谋篇结构：

开场：安提戈涅、伊斯墨涅＋（进场歌）
第一场：克瑞翁、守兵＋（第一合唱歌）
第二场：守兵、克瑞翁、安提戈涅、伊斯墨涅＋（第二合唱歌）
第三场：克瑞翁、海蒙＋（第三合唱歌）
第四场：安提戈涅、歌队长、克瑞翁＋（第四合唱歌）
第五场：忒瑞西阿斯、克瑞翁、歌队长＋（第五合唱歌）
退场：报信人、欧律狄刻、歌队长、克瑞翁

在阿努依这里，没有分场，没有一场戏搭配一次合唱歌的典型做法。事实上，歌队丧失了传统意义的功能。和开场人一样，"歌队"（le choeur）被大写，被人身化成一个"唱诗人"（le Choeur）。这个唱诗人显然与索福克勒斯笔下的忒拜长老们无关。唱诗人在戏中出现多次，每次的出现时机均不寻常。他试图劝说克瑞翁别让安提戈涅死，但没有用；他试图帮助海蒙说服父亲，但没有用；他试图让克瑞翁想办法挽留海蒙，但没有用；他宣布安提戈涅死后就轮到克瑞翁；他告诉克瑞翁妻子的死讯，并声称克瑞翁要在孤独中等待死亡；他为整出戏发表落幕前的结语。一开始，唱诗人几次三番有意阻止人物走向肃剧的结局，但阻止无效，他转而点评和预言人物的结局。唱诗人是那个试图阻止肃剧发生却在某种程度上大大推进肃剧发生的人。唱诗人不是别人，就是作者阿努依本人。

肃剧就是这点便宜。有人动个指头，一切就开动了，只需一点微不足道的事，诸如瞥一眼在路上走过举起手臂的女孩，或某一天早晨醒来想吃点什么似的想要有荣誉，或某个夜里多问了自己一个多余的问题……不外如此。随后就任由它去，大可安心。一切无比精确地自行开动……（53）

情节剧（drame）里有叛徒，有顽固的坏人，有无辜的受害者，有复仇的，有行侠仗义的，有希望的微光，这一切让死亡就如一场意外事故,显得格外恐怖。剧中人物或许会得救,那个好青年或许会带着警察及时赶到。在肃剧里一概平静。首先都是自己人,说到底都是无辜的!这与一个杀人另一个被杀无关。这是角色分配的问题。再说,肃剧让人心定,因为我们知道不会有希望,不会有肮脏的希望了;我们知道我们全被套牢,活像老鼠,天运压背;我们知道从此没必要呻吟和抱怨,只能呼喊,只能放声叫嚷,把要说的、不曾说过的和自己也许还不知道的话通通叫嚷出来。不为别的,就为了告诉自己,让自己知道。在情节剧里,人还会挣扎,因为还有挣脱出去的希望。多么可耻,只求实利。在肃剧里,人没有挣扎的理由。那是君王们的事。何况,再没什么好值得历险的。(54)

阿努依在这里为古希腊以降的肃剧传统(tragédie/τραγῳδία)做了界定。作为对比参照的是一种现代戏剧类型,也就是从十八世纪开始盛行的情节剧。Drame,也有人译成"浪漫剧",源自希腊文 δρᾶμα,或拉丁文 drama,本指"故事情节"。肃剧与情节剧的根本不同,首先在于肃剧中的人物不分好人坏人,没有人能逃脱命运的困境,每个人都是在有死的人生中受苦的人,无论杀人的人,还是被杀的人,没有谁比谁更正义,也没有谁比谁更得到命运的偏袒,肃剧人物归根到底都是"自己人",都是"无辜者";其次在于,属人的有限性使得肃剧人物的一切努力只能是直面不可逆转的困境，只能是在戳瞎双眼之后看清人生的真谛，而不可能与命运抗争，不可能改变人生或拯救世界。相形之下，在现代情节剧里，人物有希望，有抗争的必要，"好人"最终会战胜"坏人"。作为正义的代表，主人公身处最黑暗的绝境，必须在有限时间里完成不可能完成的任务，颠覆恶势力，扭转乾坤，拯救无辜……还有必要多说吗？我们再熟悉不过这样的剧情，从好莱坞商业电影，到政治舞台上的梦幻标兵，这些浪漫主义故事表面似乎在仿效古代英雄的历险传统，实则与古典肃剧精神南辕北辙。肃剧与情节剧的不同，归根到底是古人与今人的自我认识之别。

阿努依的戏剧自定义为肃剧，而不是现代情节剧。唱诗人的角色充分说明了这一点。从某种程度而言，我们探寻阿努依的现代肃剧与古典肃剧的诸种差别，前提条件恰恰在此：倘若阿努依写了一出现代情节剧，我们将既没有理由也没有必要拿它来比较索福克勒斯的同名肃剧——毕竟，同名不足以构成对比的正当性。换句话说，谈论古今之别的正当性，只能而且必须是，古今之别就在阿努依的文本本身。

一个并不新鲜的问题应运而生：古典肃剧展示人的困境是基于神与人的分离，阿努依的世界里没有诸神在场，又是基于什么样的伦理维度呢？毕竟，唱诗人为肃剧与现代情节剧做出界定，重点并不是基于戏剧创作的修辞探讨，

黑暗中的女人

而不如说是从局外人的角度阐发剧中人物的生存哲学。

答案并不难找,近在眼前。几乎是阿努依创作《安提戈涅》的同时,加缪写下了《西绪福斯神话》(1942年),提出了某种荒诞哲学。荒诞感产生于无法预计的日常时刻,某个街角,看似和别的早晨没有两样的早晨,或多问了自己一个问题的夜里。荒诞感一旦生成就挥之不去,从前的日常再也不可能回头。加缪把荒诞定义为"产生于人类的呼唤和世界的无理性的沉默之间的对立"。[*]在这里,唱诗人重复使用了相同的关键词,除了没有希望的"呼喊"(只为自己听见,不为别人明白),还有"各种各样的沉默":

……还有寂静,各种各样的寂静:刽子手抬起手臂的那种终结的寂静,两个情人头一回在幽暗的室内赤裸相对,不敢轻举妄动的那种初始时的寂静,人群围着胜利者狂呼时的那种寂静——好比一盘坏了的电影带子,所有人张着嘴,没发出一点声响,喧哗只是一种影像,那个胜利者已然被打败,孤独处于寂静的中心……(53—54)

加缪选用唐璜、戏剧和征服这三个例子来阐发"荒诞的人",恰与这里的例子相互呼应。有关希望的说法进一步印证了两个文本或两种思考的彼此呼应。唱诗人说,肃

---

[*] Albert Camus, *Le Mythe de Sisyphe*, Gallimard, NRF, 1942, p.44.

剧人物深知"不会有肮脏的希望了";《西绪福斯神话》在荒诞和自杀之外关注了第三个主题,就是希望,更准确地说是"没有希望"。没有希望,归根到底是人离开神的罪的状态。没有希望因而与荒诞相连,是现代性的纯粹用语。"荒诞不通往神,荒诞是没有神的罪孽"。[*]

没有必要探究谁影响谁。不妨说,唱诗人的一席话真实反映了阿努依时代——何尝不依然是我们这个时代?!——的某种精神伦理样貌。

---

[*] *Le Mythe de Sisyphe*, 前揭, p.60.

第二场：自由与困境

守兵们

阿努依加了一场守兵们彼此调侃的戏。他们在言语中轻慢安提戈涅，把她比作妓女和疯女人。按他们的原话说，安提戈涅自称"老王俄狄浦斯的女儿"，就像"妓女被抓时自称是警察局长的情人"（56），毫无值得敬畏之处。他们捉到人，喜笑颜开，盼着多拿点儿赏金，忙不迭地商量庆功。我们已经说过，守兵们不是坏人，只是"一些粗人"（12），他们只知道听从命令抓住安提戈涅，没有兴趣知道安提戈涅究竟想做什么。

守兵们向克瑞翁报告捉拿犯人的经过。中午时分，日头曝晒，风住了，尸体发出难忍的臭气，守兵不敢离开半步。他们稍一转身，却赫然发现："她就已经用手在那里挖着了。光天化日呢！"（62）故事经过与古代版本并无二致。只是，在索福克勒斯笔下，整个叙述过程充满仪式感和神圣性，正午有莫名离奇的风沙呼啸而过，仿佛天神到场，庇助俄狄浦斯王的女儿：

  这样过了很久，一直到太阳的灿烂光轮开到了中天，热得像火一样的时候；突然间一阵旋风从地上卷起了沙子，天空阴暗了，这风沙弥漫原野，吹得平底丛林枝断叶落，太空中净是树叶；我们闭着眼睛忍受这天灾。这样过了许久，等风暴停止，我们就发现了这女子，她大声哭喊，像鸟儿看见窝儿空了，雏儿丢了，在悲痛中发出尖锐声音。她也是这样：她看见尸体露了出来就放声大哭，对那些拂去沙子的人发出凶恶诅咒。她立即捧了些干沙，高高举起一只精制的铜壶奠了三次酒水敬礼死者。（安，行415—431）

  同样的故事，同是出自守兵之口，古代版本带有明显的敬畏语气。在阿努依这里，一切截然相反：

  简直像只扒土的小兽。当时热气蒸腾，有个伙计一眼看去，还说："不对，是只畜生。""亏你想得出，"我对他说，"畜生哪有这么细长的。是个女孩儿呢。"（63）

从神到兽，落差让人惊异，却又是必然的。在老王的女儿安提戈涅身上，守兵们看不出一丝神圣不可侵犯的东西，他们只看到"一只小兽"。

让我们不要过分苛责这群守兵。他们看待安提戈涅的眼光，就是他们看待自己的眼光。他们并不自知，他们轻视老王俄狄浦斯的权威，归根到底他们轻视一切权威，有着怎样的来龙去脉。两千多年间，忒拜城发生了翻天覆地的变化。在古代肃剧里扮演如此重要角色的忒拜长老们被迫彻底退场，一起销声匿迹的还有新王改革掉的传统宗法，整个城邦以创新为荣，老王俄狄浦斯代表的价值被视同落后。守兵们的生活态度是克瑞翁新政所带来的结果："取代严峻的古代法律，改为从此由人根据自由的意志来自行决定什么是善，什么是恶"*——

你想进入人世，空着手走去，带着某种自由的誓约，但是他们由于平庸无知和天生的粗野不逊，根本不能理解它，还对它满心畏惧——因为从来对于人类和人类社会来说，再没有比自由更难忍受的东西了！……你反驳说人不能单靠面包活着。但是你可知道，大地的精灵恰恰会借这尘世的面包为名，起来反叛，同你交战，并且战胜你，而大家全会跟着他跑，喊道："谁能和这野兽相比，他从天

---

* 陀思妥耶夫斯基，《卡拉马佐夫兄弟》，耿济之译，北京：人民文学出版社，1994年，上卷，页381。

上给我们取来了火！"*

我们从阿努依出发，经过加缪，遇到陀思妥耶夫斯基（还有别的好些作者），不应感到惊讶。所有这些作者运用诗歌、戏剧、小说或哲学，始终在反复讨论思想史上的同一个问题。陀思妥耶夫斯基的宗教大法官质疑耶稣在旷野里的做法。通过拒受魔鬼的第一个试探，拒绝把石头变成面包，耶稣把自由给予人类。然而，"对于人是再没有比良心的自由更为诱人的了，但同时也再没有比它更为痛苦的了"，自由所带来的，不是"使人类良心一劳永逸得到安慰的坚实基础"（比如面包），而是"种种不寻常的、不确定的、含糊可疑的东西，人们力所不及的东西"。现在，这群守兵拥有了"自由选择"的权利，但在自由与面包不可兼得的基本事实面前，他们情愿主动交出自由，以保障有足够的面包。"他们没有道德，他们叛逆，但是到了后来他们会成为驯顺的人。"**

安提戈涅与守兵之间，对话是不可能的。她干脆地认罪，却不愿意"被他们的脏手碰到"（55）。阿努依似乎默认这种对人群的疏离、戒备和敌意。伊斯墨涅如此，海蒙如此，克瑞翁同样如此。

安提戈涅违令葬兄，整个忒拜城上下，从长老到守兵，

---

* 《卡拉马佐夫兄弟》，前揭，页378。
** 《卡拉马佐夫兄弟》，前揭，页381。

人人被惊动，城邦事务即是每个人的事，这样的政治场面再也不可能重现了。从此，在各种自由概念的引导下，城邦和政治的唯一存在理由是确保个人自由的条件，防止对个人自由的一切侵害。*无论守兵还是安提戈涅，人们对城邦和政治极端冷漠，所有引起关注的问题仅限于伦理纠结（安提戈涅）、利益竞争（守兵），或两者之间的往复周旋（克瑞翁）。发生在忒拜城中的这场剧变根源在于与新王新政引发的自由主义密不可分的现代政治危机。这一致命性的危机感染到每一个生活其中的现代人。无人能置身其外。

克瑞翁与安提戈涅

终于到了安提戈涅与克瑞翁单独交谈的时候。

我忍不住想到伊凡与阿辽沙坐在小酒馆的屏风后面的那次交谈。在《卡拉马佐夫兄弟》里，那是第一次，也是最后一次。在那之前和之后，他们分别与各种各样的人做过交谈（陀思妥耶夫斯基讲故事的方法不正是这一场接一场轮番上台让人喘不过气的对话吗？）。他们只对彼此保持沉默，他们又特别关注对方，这使得沉默别有深意。那次独一无二的会谈成为某种形式的出发点，这对亲兄弟一

---

* 参看刘小枫选编，《施密特与政治法学》（增订本），刘锋等译，华师大出版社，2008年，页13等处。

起出发，各自走向截然不同的道路。

我想象阿努依的安提戈涅在忒拜城中寂寞地长大，与王者克瑞翁并没有什么交集。诚然，他这个舅父给了她第一个洋娃娃，他的儿子新近又和她订了婚。但这个瘦小的不起眼的女孩儿站在王者面前，与他单独交谈，这是第一次，也是最后一次。

克瑞翁不想让安提戈涅死。在索福克勒斯笔下，克瑞翁与安提戈涅针锋相对，双方坚持各自的理念，互不妥协。安提戈涅坚信"凡人的一道命令不能废除天神制定的永恒不变的不成文律条"（安，行454—455），克瑞翁则竭力维护新政权威，坚决严惩"那个做了坏事被人捉住反而像夸耀罪行的人"（安，行495—496）。在双方矛盾不可调和的情况下，王者毫不迟疑地决定了安提戈涅的死。在阿努依这里，从头到尾，克瑞翁不想处死安提戈涅。整场对话中，安提戈涅执意赴死，克瑞翁反复劝说她，至少发表五次长篇讲辞，在某个时刻几乎奏效，但最终失败了。

我们来看看这场艰难的对话经过。

克瑞翁为救安提戈涅，决定封锁消息，必要时把守兵灭口。安提戈涅不肯配合。她承认明知故犯，必要时还会再去。她准备好了被处死。克瑞翁第一次长篇发言（68—70），申明他与俄狄浦斯为王的根本区别：安提戈涅和父亲一样高傲，城邦却因王者的高傲而受伤，城邦需要克瑞翁这样的王者。他放她回房间，她却往门外走，还想再去埋葬被守兵们扒出的尸体。克瑞翁的第一次劝说失败。

克瑞翁继而揭露，安提戈涅根本轻视葬礼仪式，也厌恶神职人员的虚伪祝祷，这样冒死一意孤行是荒诞的做法。安提戈涅承认这是荒诞的，承认她这么做不为兄长只为自己（71—72）。克瑞翁第二次长篇发言（75—77），他本可以轻松做个暴君，折磨她，处死她，可是他想救安提戈涅，不愿意放任她死在这场和尸体一起腐烂发臭的政治事件里。

第二次劝说没有奏效，却引发克瑞翁与安提戈涅的对峙。既然克瑞翁承认政治肮脏不美，那么，依照安提戈涅的逻辑，就要说"不"，哪怕为此送死。在第三次长篇言说（81—82）中，克瑞翁用一艘遭遇风暴的破船的譬喻，述说他在忒拜做王的真相。说"不"太容易，就算送死，也只是一动不动等在那里。克瑞翁选择了说"是"这条更艰难的道路。

安提戈涅始终不为所动。克瑞翁筋疲力尽，使出最后一招。他告诉安提戈涅，她并不知道她的两个兄长的真相。波吕涅刻斯是干尽坏事的花花公子，他向父亲俄狄浦斯要钱不成，把父亲打了，逃到外乡不死心，频频派人行刺父亲。厄忒俄克勒斯和他一样，也图谋杀父篡夺王位，也随时准备卖国求荣。他们死在一起，尸身分辨不清，克瑞翁随便选了一具举行国葬，留下另一具任它腐烂。出于城邦政治的需求，他们一个成了圣人英雄，另一个成了叛徒敌人。克瑞翁讲完问安提戈涅，她还愿意死在这个可悲而肮脏的故事里吗？

第四次长篇言说（88—89）起了作用。安提戈涅被说动了。在本该功成身退的时候，出于某种难以言状的冲动，克瑞翁发表了最后一次长篇言说（91—92），用前所未有的温柔语气说起"幸福"，也彻底激怒安提戈涅。她在众人前狂呼："你们的幸福和你们那种非爱不可的生活让我恶心。"（94）克瑞翁前功尽弃。

这场对话是阿努依精心打造的重头戏，正如伊凡与阿辽沙谈宗教大法官是陀思妥耶夫斯基笔下的重头戏。在克瑞翁与安提戈涅之间，没有好人坏人之别，终究也没有谁赢谁输。这段占全剧四分之一篇幅的对话，从某种程度上更像是克瑞翁的冗长自白。安提戈涅说得很少，也几乎没听。安提戈涅拒绝去理解。冲突集中表现为安提戈涅情愿赴死，而克瑞翁不想她死。双方各有各的逻辑，理念之争在多数时候却是含糊不清的。阿努依的主人公"全都对生命的意义发出了疑问，从这点而言，他们都是现代的。问题以一种如此激烈的方式提出，以至于它需要一种极端的解决。存在要么是骗人的，要么是永恒的。"[*] 加缪对陀思妥耶夫斯基小说的评论，也适用于阿努依的《安提戈涅》。

---

[*] *Le Mythe de Sisyphe,* 前揭，p.140.

安提戈涅为什么执意赴死？表面看来，尤其在与古代版本相比之下，安提戈涅似乎欠缺一以贯之的逻辑。一开始她也声称"死者未经安葬，会永远游荡不得安息"（65—66）。但她很快承认不相信葬礼的这些用途，倘若死者是她所爱的人，那么她会在仪式中尖叫，让祝祷的神职人员住口，把他们赶走。这意味着，安提戈涅并不爱死去的兄长，他只是她的借口。然而，当克瑞翁揭穿兄长的丑陋真相时，安提戈涅却如此在乎，深受丑陋事实的打击，以至于放弃赴死的决心。阿努依的安提戈涅不但有"孩子气"的外表，还有"孩子气"的言行。

然而，让我们不要过分夸大古今安提戈涅的不同吧。安提戈涅之所以是安提戈涅，有一些东西是必然不变的。她的悖逆身份，她的不合时宜，她为坚守理念赴死。在古代版本里，安提戈涅坚持以神法对抗人法；在现代版本里，安提戈涅做的事不为兄长，不为任何人，"只为自己"（72），只为摆脱一切束缚的自由。二十世纪初的法国作家巴雷在《斯巴达游记》中评价索福克勒斯笔下的安提戈涅与克瑞翁的对峙：

明智的人读到这一幕，情愿有一角面纱遮脸，因为，这位童贞女呼求属神的正义，以此反驳属人的脆弱的公正，她是多么光彩夺目，让我们感动和同情。然而，当事关生活在社会中时，我不能赞同这骑士般的行为，把我自己列在这位勇敢的女子身边。我若顺服于安提戈涅的魔力，城邦就不再存在。这个童贞女以个人见识为名，反抗成文法，并以行事不同于她的同胞为豪。在她之后，我们中的每个人只要仿效她，都可以引用那出自神的不朽的不成文律法作为理由。*

巴雷在书中写到，他在希腊度过的最美好时光，莫过于在狄俄尼索斯剧场里重读索福克勒斯的《安提戈涅》。然而，尽管仰慕安提戈涅，他却不能苟同她反抗城邦律法的做法。巴雷的一席话再好不过地指出，自由主义倾向早在古典的安提戈涅身上就已生根发芽。

还有一个问题更让人在意：克瑞翁为什么要费尽心思阻止安提戈涅去寻死？

"有一天早晨，我一觉醒来成了忒拜的王。老天晓得，在生命中我倒更爱权力之外的东西"（78）。在偌大的舞台上，克瑞翁面对小小的安提戈涅，发表了长篇政治自白。在某个时刻，人物角色发生了微妙的转变。克瑞翁自我申辩，竭力论证身为王者的政治言行的正当性，而安提戈涅不再是罪犯，反成了审判者。

那个时代在忒拜已成过去。忒拜如今要有一个没有

---

*   Maurice Barrès, *Un Voyage à Sparte*, La Revue des deux mondes, 1905, IX.

故事的君王。我，我名叫克瑞翁，仅此而已，感谢神。我双脚踏着实地，双手插着口袋，既然我是王，没有你父亲那样的野心，我决定了，如果可能，我要努力让这个世界的秩序少一点荒诞……做王的有比个人心酸更需要操心的事。（68—69）

临危上任的克瑞翁取缔老王俄狄浦斯时代的旧制度，这让人想到阿尔托在建立残酷戏剧理论时摒弃了包括索福克勒斯的《俄狄浦斯王》在内的一切传统肃剧。在《与杰作决裂》中，阿尔托宣告："死去的诗人该给别人让路"。[*] 基于相似的理由，阿努依的克瑞翁在这里声称："忒拜要有一个没有故事的君王。"克瑞翁整顿公共政治秩序，是为了"让这个世界的秩序少一点荒诞"（69）。在他看来，荒诞的现实不可能根除，忒拜政治这艘船败坏到了极点，偏偏又遭遇风暴。

总得有人驾驶这船，这条到处浸水，充满罪恶、愚蠢和灾难的船。船舵在那儿晃得厉害。船员不想再有作为，他们只想着偷补给，长官们忙着给自己造一艘舒服的小筏，带走船上所有淡水，至少得保住他们的小命。船桅折断了，大风呼啸，船帆快要撕裂了，所有这些粗人就要死

---

[*] 阿尔托，《残酷戏剧》，桂裕芳译，商务印书馆，2015年，页80。

在一块儿了……这时只能握住木舵,在排山倒海的浪前驶正,大声地命令,对着逼近的人群中的最前排扫射。对着人群!……一切都没有名字。只有那艘船,只有那场风暴会留下名字。(81—82)

在克瑞翁的言辞里,城邦秩序充满罪恶、愚蠢和灾难,政治是肮脏而丑陋的,而他这个王"扮的是丑角"(75)。克瑞翁不但否定忒拜的政治,也轻视忒拜的人群,称之为"我所统治的蠢人们"(77)。克瑞翁深谙诸种政治技艺,有效遏制反对派,依法严惩违法者,娴熟地运用隐瞒、造假、做戏诸种宣传手段,在必要的时候树立人民英雄和公共敌人。平心而论,克瑞翁出色地扮演了政治家的角色。

与此同时,他深信这一切是荒诞的无意义的。克瑞翁仿佛加缪笔下的荒诞的人,相信"一切都是被允许的",因而也就无所谓罪孽。在有关荒诞的推理中,加缪首先提出人在觉醒之余的两种后果:要么拒斥荒诞而自杀,要么回归日常的荒诞(pp.26—27)。《西绪福斯神话》随后还提出第三种可能,也就是对荒诞说"是"的英雄西绪福斯(pp.159—166)。在阿努依笔下的克瑞翁、安提戈涅和守兵约拿等人物身上,我们依稀看得见三种人生态度的折射。在某种程度上,克瑞翁就如神话中微笑走向命中的巨石的西绪福斯,在深切质疑政治的正当性的同时,带着清醒和勇气承受政治的重负。

克瑞翁违背本意，对政治说"是"。他本可以像安提戈涅那样说"不"。但他认为，说"是"才是正直的做法。克瑞翁相信，"活着就是使荒诞活着。使荒诞活着，就是正视它"，活着就是"对希望的拒绝，对一种没有慰藉的生活的固执的见证。"和所有流浪在现代荒原里的荒诞的人一样，克瑞翁相信某种"荒诞的自由"。*

正因为这样，在克瑞翁眼里，小小的安提戈涅所坚持的小小的个人自由是如此珍贵，让他不惜代价竭力呵护。我们已经说过，克瑞翁宣布民主法治是为了维护公共政治秩序，还有一点心照不宣，维护公共政治秩序归根到底不为别的，就为了保护个人自由。

天晓得我今天有多少事要做，但还是得救你这个小鬼，费多少时间我在所不惜。一场革命失败后的第二天，我向你保证，不知有多少烫手的山芋。让那些十万火急的事都等着吧。（76）

我常常想象与某个苍白的少年这样对话，他试图前来行刺我。除了蔑视，我从他那儿什么也没得到。我却没料到竟会是你，竟会是为了这等蠢事。（84）

克瑞翁又一次提到心头的梦魇。某个前来刺杀他的苍

---

* *Le Mythe de Sisyphe*, 前揭, p.128, p.133.

白的少年。他万万没想到,那人远在天边,近在眼前。小小的安提戈涅站在他面前,脸色苍白,沉默无言,让他瞬间分不清梦境与现实。我们不会忘记,讲述宗教大法官的伊凡同样脸色苍白,像个孩子一样。在进入正题以前,他甚而需要列数诸种"孩子的痛苦"("无辜的人不应该替别人受苦,何况还是这样一些无辜的人……")作为铺垫[*]。我们更不会忘记,尼采以怎样尖锐而苦涩的语气讲到世人如何对待那些"苍白的罪犯":

光处罚罪犯是不够的,我们还应该同他和解,向他祝福,抑或,当我们让他们吃苦头时,我们没有爱他吗?当我们不得不利用他作震慑工具时,我们不感到痛苦吗?苍白的罪犯被囚,而普罗米修斯正好相反![**]

苍白的罪犯被囚、赴死,而普罗米修斯正好相反,众人"要跟着他跑,喊道:'谁能和这野兽相比,他从天上给我们取来了火!'"[***]

在最后一刻,苍白的罪犯确乎要与处罚她的人和解妥协了——安提戈涅不是被克瑞翁的言辞打动,而是被克瑞

---

[*] 《卡拉马佐夫兄弟》,前揭,页355—367。
[**] 尼采,《扎拉图斯特拉如是说》,黄明嘉、娄林译,华东师范大学出版社,2010年,页74。
[***] 《卡拉马佐夫兄弟》,前揭,页378。

黑暗中的女人

翁言辞里的真相打动。事实上，连克瑞翁本人也被自己打动了。他承认他和安提戈涅是一样的，他表面在倾听、理解她，其实是在追忆"那个旧日时光里的瘦而苍白的只想献出一切的小克瑞翁"（91）。在最后一刻，王者裸露心底的软肋，对安提戈涅说起生活的真谛：

将来你也会明白，明白的时候却太晚了，生活是一本我们爱读的书，是一个在脚边玩耍的孩子，是一件紧握手心的工具，是一条晚上坐在屋前休憩的长椅。你又要轻视我了。不过，你会明白的，这个发现是人变老时的一丝可笑的慰藉，生活终究就是"幸福"那点事。（92）

这个克瑞翁太晚才发现的"真相"却彻底惹怒了安提戈涅。安提戈涅不能忍受克瑞翁说起幸福。不是因为安提戈涅拒绝幸福，而是因为她太渴望也太知道幸福。只不过，忒拜城里不可能有安提戈涅眼中的真正的幸福。克瑞翁言辞中的幸福，是人变老时的慰藉，是放弃自由的妥协，犹如宗教大法官在暗夜里对那个沉默不语的囚徒所言，宗教裁判制夺走人群的自由，又交给他们面包，"这样做是为了使人群幸福"。* 这是顺服者的幸福，而不是悖逆者的幸福；这是守兵们的幸福，而不是安提戈涅的幸福。

---

* 《卡拉马佐夫兄弟》，前揭，页376。

你们这些法官和祭司啊，如果动物不点头，你们不是不愿杀它吗？看呀，脸色苍白的罪犯点头了：他的眼光表露出巨大的蔑视。这眼神如是说："我的'我'应该被征服和超越：我认为，我的'我'是对人类的巨大蔑视。"他如此自裁乃是他至为高尚的时刻。*

克瑞翁把安提戈涅目光中的巨大的蔑视看在眼里，放在心上。克瑞翁不相信他自己还会有幸福，却寄望某个苍白沉默的少年的幸福；他不想让安提戈涅死于肮脏的政治事件，却不得不以维护政治秩序为名处死安提戈涅。在最

索福克勒斯《安提戈涅》1960 年法国国家人民剧院版剧照
Carherine Sellers 饰安提戈涅，Georges Wilson 饰克瑞翁

---

*　《扎拉图斯特拉如是说》，前揭，页 74。

后时刻，安提戈涅戳破了克瑞翁的伪装，还原了王者的政治原样。从一开始起，所谓的新王新政就陷入自相矛盾的困境，并且愈陷愈深，不能自拔。安提戈涅以死成就了克瑞翁，她让他没有回头路可走，彻头彻尾成了荒诞的人。

伊斯墨涅

安提戈涅正要被带走时，伊斯墨涅上场了。她决心和安提戈涅一起赴死。但安提戈涅告诉她，现在太迟了，她们的人生路早已分叉，不能重走。这个小插曲与索福克勒斯的安排并无二致，阿努依甚至沿用了古本中安提戈涅说出的一行诗："你选择生，我选择死"（Σὺ μὲν γὰρ εἵλου ζῆν, ἐγὼ δὲ κατθανεῖν，安，行555）。

这场戏异常简洁，犹如一个过场。在索福克勒斯笔下，每一场戏的长度几乎是一致的，安提戈涅与克瑞翁的戏，并不比安提戈涅与伊斯墨涅的戏显得更有分量，这样的均衡在阿努依这里不可能存在。同样，伊斯墨涅以海蒙和安提戈涅的婚姻为名，劝说克瑞翁改变心意，这场戏在阿努依这里也不可能存在。伊斯墨涅和安提戈涅、海蒙一样。克瑞翁新政下的这一代人有太多的自我纠缠，来不及为别人着想，无一例外。

伊斯墨涅的心思与开场时无异，她和开场时一样害怕死亡和人群。她决心和安提戈涅一起赴死，并不是理性思考的结果，而更像是一时感情用事。古本的伊斯墨涅说："失掉了你，我的生命还有什么可爱呢？"（安，行548）今本的伊斯墨涅说："你死了我也不想活。"（98）两种表述似乎指向同一个意思，流露出姐妹深情，却体现了两种不同的思维方式。阿努依的伊斯墨涅不再是索福克勒斯笔下那个畏惧权威而又理性十足的女子。

伊斯墨涅也从来不是一个苍白沉默的孩子。她生来光鲜漂亮，活泼可人。生活似乎特别眷顾她，她对生活也从无疑问。在整个忒拜王族里，只有她不会真正受到安提戈涅之死的影响。伊斯墨涅将继续过她原本的生活，丝毫没有改变。在安提戈涅之后，海蒙"被命中"，欧律狄刻"被命中"，克瑞翁"被命中"（106）。每个人以各自的方式受困于荒诞的墙，只有漂亮的伊斯墨涅除外。她和这一切擦肩而过。

然而，即便如伊斯墨涅这样天生受眷顾的大多数人，还是会被安提戈涅的自由主义行为感染，在关键时刻情愿付出生命去追随她。安提戈涅因此警告克瑞翁："你听见了吗，克瑞翁？她也一样。天晓得还有没有其他人听了我的话也去动这念头？"（98）基于同样的理由，这样的细节在索福克勒斯笔下同样不可能存在。

| 插 曲 |

道听途说

有关安提戈涅的话题并没有结束。

几天后我再去看贾非,他竟预先找出了好些相关的书。这些书被细心地按分类摆在书店里间的那张老木桌上,就像精品店橱窗里的首饰,或手术台上整齐划一的器具。除了书,贾非还准备了一瓶酒招待我,1995年的埃尔米塔日,Hermitage在西文中是"隐居地"的意思,据说因为某个讨伐清洁派信徒的中世纪骑士而得名,他自十字军东征归来,常年在一个名叫坦的地方隐居忏悔,因为这样,我幼稚地加倍喜欢来自罗恩河畔产区的这种红葡萄酒。

我迫不及待地浏览起书。

首先是1882年在巴黎刊印的两卷十六开本的《德·洛特鲁戏剧选集》。悲剧诗人德·洛特鲁(Jean de Rotrou)与拉辛生活在同一时代,1637年写过《安提戈涅》,前两幕依据欧里庇得斯的《腓尼基妇女》，讲述七将攻忒拜和兄弟纠纷，第三幕起依据索福克勒斯的《安提戈涅》。我随手翻到目录页，《安提戈涅》排在第二个篇目，紧接在《将死的赫拉克勒斯》之后。

"很难想象，在阿努依之前，法语文学里以戏剧形式重写《安提戈涅》的只有德·洛特鲁。"

贾非边说边拿起旁边的一本，十九世纪哲学家巴郎希（Pierre Simon Ballanche）写于1814年的散文体史诗《安提戈涅》。"他故意把安提戈涅塑造成某种基督宗教的神秘主义形象，到今天依然深入人心。安提戈涅顺服神，不顺服人，一个受难的基督徒。吉拉尔丹（Saint-Marc Girardin）的解读也是如此。很有时代特色，不是吗？"

十九世纪以来，安提戈涅数次被谱曲搬上舞台。最值得一提的莫如1841年门德尔松作曲、在德法巡演的那个版本。在德国浪漫派的影响下，演员情绪热情，措辞激烈，据说令当时的多数观众无法适应，因为他们习惯了和谐安详的古典印象。不过，诗人奈瓦尔（Gérard de Nerval）在巴黎奥戴翁剧院看完演出后，接连写下两篇文章，高度赞扬安提戈涅的自由主义激情，声称安提戈涅反抗克瑞翁，就是"道德义务对人的良知法则的永恒反抗，人性热情对顺从君主和父母的永恒反抗"[*]（1844年5月26日）。

---

[*] Jacques Monferier, *Jean Anouilh, Antigone*, Univers des lettres, Bordas, 1947, p.30.

从殉教者到自由主义者，两者间的距离似乎没有通常以为的那么遥远。

二十世纪以来，不能不说到1922年科克托在巴黎的那次阵容强大的演出。戏剧大师夏尔·杜兰（Charles Dullin）主演克瑞翁，毕加索负责舞台设计，阿尔托也参加了演出。贾非用指尖触摸那本1927年莫里斯·塞纳尔出版社的三幕剧本。"阿努依十五岁开始迷恋戏剧，杜兰在他眼里就如魔术师。他后来回忆到，每天夜里，作坊剧院散场后，杜兰如何神秘地消失在黑夜的云雾里。等到杜兰的马车过后，阿努依和同伴才沿着蒙马特的小街慢慢走路回家，做梦一般，夜夜如是……"

此外，贾非还挑出了索福克勒斯的《安提戈涅》在晚近两个世纪里的几个法译本，包括1832年的丹多尔夫（G.Dindorf）本，1886年的图尔尼埃（Tournier）本，以及美文版中1922年的马斯克瑞（P. Masqueray）本和1962年的马松（P. Mazon）重译本。"索福克勒斯原著的译注在法语世界中一直有推陈出新，这些只是其中一小部分。古典学者帕丹（Henri Patin）很早就主张脱离国族立场和思潮偏见，从古典肃剧中汲取人性的普遍意义的领悟。不过看来，人人心中有自己的安提戈涅呵……"

贾非停下来为我斟酒。水晶杯闪耀着低敛而坚定的光芒，空气中似乎有红浆果与泥土两种气息神秘地纠缠在一起。

我问："那么，阿努依心中的安提戈涅究竟又是什么样的呢？"

1941 至 1944 年纳粹占领巴黎期间，阿努依有两部戏在作坊剧院公演，《安提戈涅》*之外，就是戏仿俄耳甫斯神话的《欧律狄刻》。两部戏剧均取材于古希腊神话，阿努依后来将它们归入"黑色戏剧"系列。尽管阿努依本人从未强调过，人们还是不可避免地把《安提戈涅》放到彼时的时代背景里解读。

在纳粹占领期间公演的《安提戈涅》究竟是抵抗派，还是合作派？这个问题引发出好些争议。有人把戏中克瑞翁的长篇自白理解为合作派的自我申辩，而安提戈涅几乎顺从了。有个名叫多蒙纳克（Jean-Marie Domenach）的评论者声称，阿努依过分美化了克瑞翁的形象，"简直是对那么多死于战争的人们的侮辱"。** 1965 年 6 月，这出戏在莫斯科公演时，据闻观众的掌声更多是给了克瑞翁的国家理性的长篇申辩，而不是给呼吁自由（乃至无政府主义）的安提戈涅。另一方面，巴黎解放后，《安提戈涅》在不到一年间公演了上百次。*多数人认为，克瑞翁影射贝当政府，而安提戈涅是抵抗运动的象征。

争议进而延伸到作者本人的立场问题。尽管阿努依

---

* 阿努依的《安提戈涅》最早两次公演时间分别为 1944 年 2 月 10 日和 1944 年 9 月 29 日。

** *Jean Anouilh, Antigone*, 前揭, p.28.

夫妇在战时庇护过好友巴尔萨克（André Barsacq）的俄裔犹太妻子，把她藏在家里好几个月，但阿努依本人从未公开宣称自己的立场，似乎与抵抗组织也没有太多联系。在战后清算运动中，阿努依的日子想必不太好过。他的朋友弗莱奈（Pierre Fresnay）曾参演纳粹电影，有与纳粹合作的嫌疑。他本人在纳粹占领期间的合作派期刊上发表过文章。此外，1945年2月6日，作家布拉希亚克（Robert Brasillach）被判为"法奸"遭枪决，巴黎作家曾联名签署上呈给戴高乐求赦状，阿努依本人不认识布拉希亚克，却积极参与其中。

阿努依后来回忆道："我没记错的话，那份没起到作用的请愿书上共有五十一位知名人士的签名。我当时拜访了二十来个人，获得其中七位的签名。我为此感到骄傲。他们夸我干得不错，不失为呼吁宽恕的好代言人。就算在今天，那样的请愿书也很难拿给所有人读，尤其是那些身患冷漠和胆怯这两大内战疾病的人们。这事以后，我整个儿就老了，我甚至不想再重新提及那些人事和个中原因。"*

我忍不住打断贾非的叙述："他说，经过那件事他变老了。有趣的说法。"

"哦，他还有另一段更好的说法。"贾非于是翻出1965年版的阿努依传记，里头有这么一段引述："那个

---

* Jean Anouilh, *Préface,* in Robert Brasillach, *Œuvres*, tome 5, Club de l'Honnête Homme, 1964.

直到1945年还是年轻人的阿努依，某个清晨出了家门，忐忑不安……为布拉希亚克征求同行作家们的签名。他挨家挨户跑了整整八天。他回家时成了老人阿努依——就像一则格林童话。"*

没有鲜明的立场宣言，也没有刻意的自我辩解。布拉希亚克事件在阿努依的言语里就如生命中的一次"安提戈涅的故事"。

在《安提戈涅》问世三十多年以后，阿努依又写了《俄狄浦斯，或跛足王》（1978年完稿，1986年出版）。封底有这么几行字："索福克勒斯的《安提戈涅》是我一直以来反复阅读、烂熟于心的。战争期间，就在街上贴起红布告的那天，这部肃剧突然带给我巨大的冲击。我按自己的方式重写了一遍，心里想的是我们当时正在亲历的悲剧。"**

在今天看来，作家在二战中的立场问题显得有些遥远了。按贾非的说法，每个时代都有自己过不去的心结。"今天人们讨论一家讽刺漫画杂志是否应该有批判的限度，仿佛那也是或抵抗或合作的问题，或此，或彼，归根到底这是言说与介入的尺度问题。"

我本来还想追问：那么，贾非心中的安提戈涅又是什

---

* Pol Vandromme, *Jean Anouilh, un auteur et ses personnages*, Paris, La table ronde, 1965, pp.175—176.

** Jean Anouilh, *Œdipe ou le roi boiteux*, La Table ronde, 1986.

么样的?

　　他坐在书店深处的老位子,低着头好一会儿,仿佛陷入沉思。我不想打断他,等他再抬头,慢吞吞地说:"我承认,比起坚定不移的理念和宣言,我更认同阿努依的困惑和含糊。古怪而不确定,"他展露出他那狡黠的笑容,"这呼应了某种古典精神的均衡,不是吗?"

　　我没有说话。我举起酒杯向他致意,将杯中那点隐居地的佳酿一饮而尽。

　　我想没有再向他提问的必要。

第三场：群己之间

海蒙与克瑞翁

海蒙来求克瑞翁改变心意。

海蒙爱安提戈涅，没有她不能活。相形之下，索福克勒斯笔下的海蒙拥有充分得多的说服父亲的理性：他奉劝父亲顾及王政安危，顺服民意，而不要一意孤行。海蒙的身份首先是忒拜的王子，再是克瑞翁的儿子，最后才是安提戈涅的未婚夫。他尊重父亲的教导，远远超过看重婚姻爱情（"我不会把我的婚姻看得比你的善良教导更重"，安，行637—638）。他关心城邦的利益，又远远超过父子亲情（"你践踏了众神的权利，就算不尊重你的王权"，安，行745）。古代版本的海蒙理智、正直而虔诚，甚至超过了王者克瑞翁。尽管如此，他一上场就对父亲说："你有好界尺，凡是你给我划出的规矩，我都遵循。"（安，

行 635—636）

　　阿努依的海蒙同样也信赖别人的界尺，遵循别人划出的规矩。在开场与安提戈涅的那场戏里，海蒙几乎没有说话，而是心甘情愿地听从安提戈涅。在极为有限的台词里，他五次呼唤安提戈涅的名字，六次以"好的"作为回答。甚至安提戈涅提出分手，要求他听完以后沉默离开，他也照做了。

　　在阿努依笔下，海蒙的身份首先是安提戈涅的情人，其次是克瑞翁的儿子，并且，他一刻也不曾考虑过自己身为王子的政治身份。当克瑞翁以公众舆论作为不能赦免安提戈涅的理由时，海蒙回答道："公众不值一提，你才是主人。"（102）海蒙形象的古今之别，在所有剧中人物里最是彻底。

　　在这场戏里，海蒙为安提戈涅求助，却更像是在为自己求助。他像从前呼唤安提戈涅的名字那样，连续六次呼唤父亲。只不过，从前呼唤安提戈涅的时候，爱人就在身边，父亲还能仰靠，海蒙作为情人和儿子的人生还没有坍塌。现在，安提戈涅与克瑞翁的致命冲突狠狠击垮了海蒙的幸福生活。

　　父亲，这不是真的！这不是你，这不是今日！我们两个不是站在这堵墙的脚下，不得不说"是"。你依然强大，和我小时一样。啊！父亲，求你，让我仰慕你，让我继续

仰慕你！我若再也不能仰慕你，那我太孤独了，这世界太无意义了。（104）

在克瑞翁面前,海蒙犹如安提戈涅的某种形式的翻版，一个拒绝说"是"的孩子。只是，在对安提戈涅做出一切努力却失败之后，克瑞翁显得对海蒙无能为力。他要求他长大成人，要求他面对现实。他告诉他，人生来就是孤独的，世界本就无意义。轮到海蒙去孤零零地面对那堵人生的荒诞的墙。

现代的海蒙口喊着"救命"，软弱无助，彻底崩溃，"像疯子一样"地狂奔出场（105）。与古代的海蒙的离场略有细微差别。他与父亲有理说不清，在忒拜长老们的伴唱下，气冲冲地离开。索福克勒斯让歌队唱的居然是一曲"爱神颂歌"，以此解释海蒙的愤怒：

爱情啊，你战无不胜！
爱情啊，你无处不在！
你日夜守在
少女们的娇颜里！
你漂洋过海，
步入荒野农家。
谁也躲不过你，无论天神，
还是朝生暮死的凡人！

谁遇上你，谁就疯狂。（安，行782—790）

古代肃剧人物不是不当众谈情说爱吗？为什么爱情偏偏在这里出头？

我们说过，忒拜长老们心系城邦传统的宗法价值。他们不赞同克瑞翁的新政，却不敢直言说真话，顶多旁敲侧击，含糊其辞。父子相争时，忒拜长老们始终在场，他们暗自赞同海蒙的意见，却没有因为海蒙有理而立场鲜明地支持海蒙，反而固守儿子敬顺父亲的传统礼法，批评海蒙对父亲的反驳，说成是爱情的鲁莽，归咎为爱神的恶作剧："你把正直的人的心引到不正直的路上，使他们遭受毁灭：这亲属间的争吵是你挑起的……爱情啊，连那些伟大的神律都被你压倒。"（安，行791—799）

在阿努依笔下，克瑞翁既没有与安提戈涅针锋相对，更不可能与海蒙针锋相对。戏剧冲突完全不再是理念冲突，而转换为某种含糊的群己之间的冲突。

同一时间，忒拜城中人闻风赶来，包围了王宫，要求处死公然违抗法令的安提戈涅。在要求没有被满足以前，愤怒的人群试图闯进王宫，犹如伊斯墨涅噩梦般的预言："他们会嘲骂我们，他们的千百只手抓住我们，他们的千百张脸用同一种目光瞪视我们。他们会朝我们脸上吐唾沫。我们要关在囚车里前行，一路伴着他们的仇恨，忍受他们的臭味和讥笑。"（27）克瑞翁本有救安提戈涅的心，

如今也不得不顾忌公共舆论："全忒拜知道她做过的事，我被迫要把她处死。"（102）

在古今版本里，王者的处境和态度形成鲜明对比。索福克勒斯笔下的克瑞翁不顾公共舆论，坚决处死安提戈涅。他发誓要严惩一切违抗法令的叛徒，认定这样做具有充分的正当性，也就是维护城邦和家庭的利益："背叛是最大的祸害，使城邦遭受毁灭，使家庭遭受破坏。自由服从才能挽救多数正直的人的姓名。所以我们必须维持秩序，绝不可对一个女人让步。"（安，行672—680）克瑞翁如此坚持这一信念，以至于听不到城中人们的窃窃私语。他们不但不愤怒，反倒同情安提戈涅，悄悄为她悲叹。安提戈涅遵循神法安葬兄长，却被迫悲惨地死去，这是"做最光荣的事"，理应"享受黄金似的光荣"（安，行695，行699）。我们看到，在古今版本里，公众的态度和处境同样形成鲜明对比。

在某个特定的时候，索福克勒斯笔下的子民比僭主更有理性，而阿努依笔下的公民群体却疯狂失控，让政府忌惮，如临大敌。基于某种必然的限制，阿努依无法给予人群发声的权利，公民群体只能被局限为某种模糊的群体概念，没有言说，没有名字，愤怒疯狂，让人畏惧。组成公民群体的每一个体均如守兵约拿，一旦拥有名字，也就被赋予正当权利和存在意义。在阿努依的现代叙事里，群己之间如此这般地陷入名曰自由的无底漩涡。

第四场：贪 恋

安提戈涅与守兵约拿

安提戈涅临刑前，只有守兵约拿在身边。

她长久看着眼前这个陌生人，这个抓住她的人。她在人间"最后见到的一张人的脸"（107）。她问了他好些问题。他的年龄，他的儿女，他的职业。安提戈涅把她对人间的最后关怀倾注在守兵约拿身上。只是，我们已经说过，他们之间的对话是不可能的。安提戈涅想要了解守兵的生活，约拿于是滔滔不绝地讲起股票、楼市和移民。安提戈涅告诉他"我等会就要死了"，又问他"死会痛苦吗"（110），她想从守兵那里寻求一点生的慰藉，但约拿告诉她，上头命令将她活活关在石窟里。约拿这么说时再平静不过，仿佛死亡不但与他无关，也与眼前的安提戈涅无关。

让我们不要过分苛责守兵约拿。安提戈涅问他爱不爱自己的孩子，约拿不肯回答。爱，如同死亡，一切关乎存在的话题令约拿不自在。约拿表现得不在乎谁被判了死刑，那是上头决定的事，他在乎的是这份差事会派给守兵还是军方去做，因为这关系到他本人的赏金，关系到他和同伴当天晚上的庆功。约拿不自在，情愿躲进鱼腹中，说明他并非生来没有良知的人。约拿拒绝拷问自己的良知，个中原因，显然不只出在约拿身上。

临死前的安提戈涅是孤零零的。守兵约拿不能带给她慰藉，反而在困住她的荒诞的墙脚生了把火，弥漫的烟雾中，小小的安提戈涅站在舞台中央，伸手抱住自己，怕冷似的。

"坟墓呀，新房呀，那将永久关住我的石窟呀！"（Ω τύμβος, ω νυμφειον, ω κατασκαφής οίκησις，安，行 891—892）阿努依再次沿用了索福克勒斯的一行诗（111）。只不过，在索福克勒斯笔下，安提戈涅喊出这句悲痛的话时，全城的人都在听，都是她的观众。

祖国的民人啊，看着我
踏上最后的路程，
我看见最后
几缕阳光，
从今后再也看不见了，

那让众生安息的冥王带我活着
去到冥河边上,没人为我唱起
迎亲的婚歌,
和给新娘们唱的洞房歌,
就这样嫁给冥河之神。(安,行806—816)

安提戈涅把赴死比作出嫁,她的新郎不是有死的人类(比如安提戈涅不曾提起的海蒙),而是冥河之神。她追溯神族,把自己比作命运悲惨的女神,又提起父亲俄狄浦斯的王族传奇。安提戈涅相信自己将和他们一样声名不朽。她像个女英雄,悲壮,豪迈,在众人的目送中上刑场。陪在身边的忒拜长老们不赞同她的做法,却也"忍不住眼泪往下流"(安,行803),给予她最大的尊严和荣耀。

在阿努依笔下,安提戈涅非但没有自比神族和王族,反倒自称比走兽还不如。因为,两只兽还能抱在一起,就算打架也不孤单,好比她那两个惹祸的兄弟,而她,安提戈涅,死前是完全孤独的。安提戈涅的孤单表现在不合时宜、没有同类。没有人认为她做了"最光荣的事",理应"享受黄金似的光荣"。忒拜城的人们与她毫无共识,无话可说,他们恨不得她死,他们也这么公开呼求,因为,从一开始,安提戈涅说了"不"。

孤独还不够,她还要经历一次让她打冷战的人间的丑陋。

安提戈涅请守兵在她死后交一封信给海蒙。命运让约拿又一次担当信使的重任。他先是吓坏了，怕惹麻烦。安提戈涅摘下指环给他。约拿抵制不住金子的诱惑，改口答应，但要求信由他来写，以免字迹成为罪证。安提戈涅打了个小小的冷战，只能答应："这太丑陋了，这一切，全太丑陋了。"（114）约拿又一次不自在。他的良知隐隐告诉他，丑陋的不仅是他的字迹，还有这笔贪婪的交易。

安提戈涅留给海蒙的遗言有两个版本。

第一个版本：亲爱的，我之前想死，你大约不爱我了。克瑞翁是对的，这真可怕，现在，在这个人身边，我不知道为什么要死。哦！海蒙，我们的小男孩！我到现在才明白要活很简单。我害怕……

第二个版本：亲爱的，我之前想死，你大约不爱我了。对不起。没有小安提戈涅，你们原该安宁的。我爱你。（114—116）

临死前的安提戈涅表现出刹那间的犹豫和脆弱，让人着迷。

"克瑞翁是对的。"生活正如克瑞翁所言，一切荒诞而无意义。既然连坚持说"不"也是无意义的，又何妨说"是"呢？临死前的安提戈涅仿佛是有生以来第一次面对这个问题（在此之前，她只是一味地说"不"，毫不犹豫），这使她真正意义地陷入了两难的困境。

"在这个人身边，我不知道为什么要死。"安提戈涅为什么非死不可，为什么非置身无人行的幽僻处不可？安提戈涅为什么不能嫁给海蒙，生一堆孩子？安提戈涅为什么不能有同类，不能享受忒拜人所享受的幸福生活，不能和守兵约拿进行有可能的对话？

"哦！海蒙，我们的小男孩！我到现在才知道要活很简单。"让我们不要误会吧。临死前的安提戈涅并没有改变心意，没有反悔，也没有否定她一贯的言行。如果生活重来一次，她依然会是安提戈涅，依然会说"不"，依然会拣尽寒枝，依然注定要在心里痛悼她的不可能出生的苍白沉默的孩子。

临死前的安提戈涅说出了心里话。天性的骄傲让她随即收回这些话，"最好永远没有人知道，这就好像他们在我死后看着赤裸裸的我还要触碰我似的"（116）。安提戈涅的遗言改成第二种版本。

"没有小安提戈涅，所有人原该安宁的。"

安提戈涅的公开遗言呼应了唱诗人对克瑞翁的话："别让安提戈涅死。这肋上的伤口，我们全要带着好些个世纪。"（99—100）安提戈涅来到人世，就是要扰乱有死者的安宁。几世纪以来，人们不断重写、重演这出肃剧，除了安提戈涅确如人心上的一道伤口，让人疼痛如初，又能有什么别的解释呢？

这生命的最后一刻,也是人性的、太人性的一刻,安提戈涅没有掩藏"灵魂深处的一丝微小的贪恋",* 让人想到在暗夜中独守客西马尼园的耶稣。明知苦路就在眼前,心里忧伤,而无人分担。不但身边的门徒在昏然沉睡中,满城的人都在昏然沉睡中。而他,那孤独的人,在暗夜的尽头忍不住地喊:"倘若可行,求你叫这杯离开我。"有人因而把安提戈涅临死前的告白比作基督宗教语境里的信仰皈依,犹如耶稣放下最后一丝有死者的贪恋,完全顺服神意:"然而不要照我的意思,只要照你的意思。" **

巴雷曾经赞叹索福克勒斯笔下那个赴死的安提戈涅:"多么光彩夺目,让我们感动和同情!"比起古本中光彩夺目的安提戈涅,两难中的安提戈涅,犹豫而脆弱的安提戈涅,如同一个真正的古典肃剧人物,让人认同和心动。

其他守兵出场了。约拿赶紧把指环塞进口袋,顺便收起那封永远不会送到海蒙手中的信。没有人知道刚才发生的事。约拿注定不是称职的传信人。安提戈涅苦笑着,低下头,苍白无语,走向其他守兵。

在守兵约拿眼里,指环只是金子,哪有约定可言?

---

* 薇依,《柏拉图对话中的神》,华夏出版社,2012年,页170。
** 《马太福音》,26:37—44;《马可福音》,14:36;《路加福音》,22:42。

| 插曲 |

母亲的葬礼

那天，我们喝光那瓶埃尔米塔日的红酒时，夜幕已悄然降临。

书店里的兰花不知不觉已开败。我信手捡起一朵地上的落花。枯萎的花瓣失了颜色，却依然优雅，带着尊严。

我们的谈话断断续续。从安提戈涅的最后的贪恋，说到奥威尔的《1984》。贾非饶有兴致地提到小说里的一个细节。男女主人公去参加反政府地下组织，表态愿意做任何事，包括牺牲、自杀、隐姓埋名、杀人，甚至杀无辜者，包括欺骗、造假、往小孩脸上泼硫酸。但他们拒绝一件事，他们做不到"两个人永远分开不再见面"。他们对做各种坏事说"是"，临了却无法忍受一个似乎再微小不过的疼痛。什么都可以，但是不能没有爱人。自然，他们有他们的逻辑：在一起本身就是反叛的手段和目的，带有某种象征意义，所以不肯舍弃。

"有趣的细节。一个微小的贪恋，却是我们多数人会采取和认同的态度，不是吗？人性的，太人性的……让人觉得温暖的。"贾非若有所思地这么说。

我忍不住问："相比之下，安提戈涅最终割舍了这微小的贪恋……"

贾非没有直接回答我的问题，反而转述起某位思想者的话："再微小的贪恋也会妨碍灵魂的转变。"念完这句话，他陷入了沉思。我坐在他面前只隔几步之遥。在安静的旧书店里，我听见他那绵长的呼吸，在某个瞬间，我几乎以为看见了他那迅速跳跃的思绪。

果然，一阵沉默之后，他对我说起尼采的一则名叫"完美的自私"的箴言。

"然而，孕育者的样子是古怪的！"[*]他反复念这个箴言收尾的句子好几遍。越念越小声。越念越缓慢。每念一遍仿佛有新的意涵溅出。

我没有打断他。我耐心等着，手拈一朵残花。

又一阵沉默之后，他轻轻放下空酒杯说："生命的孕育大抵如此。如此简单，以至于我们看不清。好比剥青豆。那些衰败不堪的豆角，失去新鲜的颜色和形状，剥开来，里头必有饱满完美的豆子。那些依然清脆的少女模样的，

---

[*] 尼采，《朝霞》，田立年译，华东师范大学出版社，2007年，页424。

里头只有稀疏而不成熟的豆子。"

我看着他,没有说话。是的,十月怀胎的古怪样子,从前在我肤浅爱美的眼里,一点也不美,甚至与美无关。但显然,我是大错特错了。

我们何尝不是有太多的贪恋?我们贪恋温存的困惑,如活水的对话,脆弱的爱,有滋养的聚散。我们害怕粗暴的人生和生硬的思想。归根到底,我们的贪恋是对所谓美的贪恋。偏偏这贪恋也许阻碍了我们对美的认知。

贾非的清澈的眼眸直视着我。几天前,当我问他阿努依的《安提戈涅》时,他也是这样直视着我。

"长久以来,我相信我有一个难以捉摸的母亲,我既触摸不到她过早消逝的身体,也触摸不到她过分古怪的思想……直到某天夜里,我问自己,我的孕生是不是母亲生命里的最后一丝贪恋呢?于是我仿佛第一次看清她似的。她在孤寂的暗夜里朝我蹒跚走来。骄傲,温柔。一个怀孕中的安提戈涅的古怪模样。"

那天晚上,贾非最后说起母亲被葬在伦敦的墓园。在葬礼上,人们徒然等待牧师。他上错了火车,最终没能到场。

他低头笑了。在夜风里,他做梦般地低语:

"听上去很像是她的故事。"

第五场与退场：缺席的先知，或均衡

在索福克勒斯笔下，盲眼的先知忒瑞西阿斯是最后一场戏的主角。

先知前来警告克瑞翁，忒拜城有祸了。由于死者不得安葬，活人却被活埋，诸神不肯接受来自忒拜的受了玷污的献祭，从鸟占和燔祭中预示的凶兆连连。克瑞翁起先不肯听劝，反而责备先知受了贿来骗他："你们全体向我射来，像弓箭手射靶子一样。"（安，行1033—1034）

我们说过，忒拜人理解和同情安提戈涅，尽管在王者面前，他们避免做出友好的示意，甚至没有给她一句好话，提醒她当初还不如顺服算了。就公共舆论而言，孤独落在王者克瑞翁的肩上。先知以前，忒拜长老们、安提戈涅、伊斯墨涅、海蒙轮番上台，在不同程度上与克瑞翁形成对峙，并丝毫没能让他改变心意。

先知当场预言了克瑞翁的灾难命运。忒拜长老们首先着了慌，因为，先知的预言从来没有落空过，俄狄浦斯老王就是再好不过的例证。忒拜长老们头一遭有了坚定的立场，奉劝克瑞翁顺从神意，亲手释放安提戈涅，并安葬那被判刑的尸体。

在最后一刻，固执的克瑞翁动摇了，承认自己"心里乱得很"："要我让步自然是为难，可是再与命运对抗，使我的精神因为闯着祸事而受到打击，也是件可怕的事。"（安，行1095—1097）克瑞翁最终在两难中做出选择："多么为难啊！可是我仍然得回心转意。我答应让步。我们不能和命运拼"（安，行1105—1106）；"一个人最好是一生遵守众神制定的律条"（安，行1113—1114）。

高傲，愤怒，血气，这些被称为古希腊肃剧英雄的真性情。在某个忘乎所以的时刻，如神一样的英雄几乎把自己误当成神，一意孤行，义无反顾。但结局无一例外，英雄终究要回到有死者的本分，回到属人的界限内。在苦难和困境中，高傲蜕变为某种高贵的力量。阿喀琉斯如此，俄狄浦斯如此，克瑞翁亦如此。

在索福克勒斯的整出戏里，克瑞翁徒然与命运抗争，并在最后顺从命运。王者在前五场戏中表现得固执而自信，与终场时的四曲哀歌（分首节与次节）里的悔恨和痛苦达成某种均衡。

仿佛有一个神在我头上重重打了一下，把我赶到残忍行为的道路上，哎呀，推翻了，践踏了我的幸福！唉！唉！人类的辛苦多么沉重啊！……快来呀，快来呀，最美最好的命运，快出现呀，给我把末日带来！来呀！来呀，别让我看见明朝的太阳！……把我这不谨慎的人带走吧！……我手中的一切都弄糟了，还有一种难以忍受的命运落到了我头上。（安，行 1272—1346）

索福克勒斯《安提戈涅》1959 年法兰西大剧院版剧照
Jean Marchat 饰克瑞翁，André Falcon 饰海蒙，
Françoise Kanel 饰欧律狄刻

王者回心转意，毫不迟疑地纠正从前的言与行。他决定亲手安葬死者，释放安提戈涅。但他注定是太迟了。安提戈涅死了，海蒙和她死在一起，欧律狄刻也跟着自杀了。

　　命数中的苦难赤裸裸摊开在克瑞翁面前。他情愿当场死去。与苦难相比，死亡成了"最美最好的命运"。然而，连这也是不能够的。克瑞翁要成为逼死至亲的罪人，并背负这罪，孤单一人，忍受痛苦无边的人生。克瑞翁经历了古希腊肃剧英雄的特有历程。徒然与命运抗争，直面属人的有限，苦涩中有高傲和尊严。正因为这样，索福克勒斯的肃剧主角更像是王者克瑞翁。

　　所有这一切完全消失在阿努依笔下。

　　第五场戏根本缺席，先知没有出场的机会，克瑞翁没有陷入两难困境。没有回心转意的挣扎，也没有肃剧英雄的悲吟。

　　在阿努依的现代肃剧里，王者克瑞翁另有一番奇遇。他无须先知前来劝说或预言。他似乎清楚掌握了所有人的命运，包括他本人的命运。他一语道破安提戈涅的命数：

　　我们没有谁足够强大到让她决定活着。我如今明白了，安提戈涅是为死而生的。她自己或许不知道，波吕涅刻斯只是借口。就算不得不放弃这个借口，她也会马上找到别的借口。对她来说，重要的是拒绝和赴死。（100）

在为安提戈涅"看命"之后，克瑞翁与唱诗人之间有一段奇妙的对话。克瑞翁既是戏中人，又仿佛置身其外，与唱诗人一起点评他参与其中的故事。海蒙绝望地跑开时，唱诗人说："他被命中了。"克瑞翁回答说："是的，我们全被命中了。"海蒙死后，欧律狄刻随即自尽。克瑞翁从唱诗人那里听到噩耗，近乎平静地说："她也一样。他们全睡去了。很好。这一整天可够难过的。睡去想必是件好事。"唱诗人说："如今你孤独一人了，克瑞翁。"王者回答："孤独一人，是的。"（121）

命数中的苦难照样赤裸裸摊开在阿努依的克瑞翁面前，*而他与古典肃剧英雄不同，没有回心转意的挣扎，也没有痛不欲生的悲吟。他只是一声不响地接受了。因为，他选择了说"是"。如果说克瑞翁拒绝过什么，那恰恰是成为和古典克瑞翁一样的英雄。高傲，愤怒，血气。他竭力摒弃这些肃剧英雄的精神特质，他称之为"俄狄浦斯的高傲"：

俄狄浦斯的高傲，你是俄狄浦斯的高傲。是的，我又一次看见这高傲，在你的眼眸深处……你父亲也一样，人世的不幸——更不要说幸福，那根本免谈——在他眼里算

---

* 不妨对观同时代的戏剧作者让·热内的戏剧理念："要让恶在舞台上爆发，让恶赤裸裸地暴露我们，让恶促使我们惊慌失措，并且除了我们自己别无求助之处。"
（Jean Genet, *Le Balcon*, Avertissement, Gallimard, 1956, p.15）

不了什么。人世让你们这个家族不自在。你们非得要与命运、与死亡直接去面对面。（68）

通过高声呼斥安提戈涅为"高傲的小俄狄浦斯"，阿努依的克瑞翁与古典肃剧中的英雄人物划清界限。他以苦涩的揶揄语气提到俄狄浦斯王的英雄命运，"非得杀了亲生父亲，娶了亲生母亲，非得挖掉眼睛，带着子女在路上行乞"（68）。克瑞翁拒绝成为这样的英雄，新政下的忒拜城也不需要这样的英雄——事实上，新王克瑞翁树立了一种新时代的新式"英雄"，民众群起崇拜、仿效"英雄"被公开宣传的形象，毫不知情（也无须知情）"英雄"那尸身模糊的真实面目——真相变成克瑞翁独守的秘密。

自一开始，自幕起时，不妨说，自他放弃闲暇，顺服命运安排，当王执政起，克瑞翁就明白等在他面前的是什么样的人生。从前的克瑞翁为美而活，他天生敏感，连安提戈涅也嘲弄他"太敏感做不成好僭主"（79）。当安提戈涅为父亲俄狄浦斯辩解，同时也是为她自己辩解的时候，克瑞翁无法反驳。王者心知肚明：他公开宣称与俄狄浦斯王所代表的旧传统决裂，归根到底，他是在与自身的一部分决裂，与他记忆深处的那个"苍白沉默只想献出一切的小克瑞翁"决裂。

父亲直到明白他杀了亲生父亲，与亲生母亲同睡，并且没有，再没有什么能拯救他时，他才变美了。他突然安静下来，像是露出一丝微笑，他变美了。一切都完了。他只要闭上双眼不看你们！啊，你们的嘴脸，你们那申请得到幸福的可悲嘴脸！你们才是丑的。（96）

面对安提戈涅以美为名的控诉，克瑞翁无言以对。尽管他深切地理解和同情安提戈涅——事实上，还有谁比他更深谙美的真相，还有谁比他更懂得看清人世的诸种虚妄（托名为希望和幸福的虚妄）？！——然而，面对安提戈涅近乎羞辱的指责，克瑞翁无从反驳。在这出名曰安提戈涅的戏里，王者扮演了如他本人所说的"坏角色"。在公众心里，从此永远回荡着安提戈涅的大声疾呼，王者的角色是"丑陋、虚假和可悲"的角色（96）。克瑞翁没有能力反驳安提戈涅，正如他同样没有能力回避海蒙临死前的注视：

海蒙没听他说，黑暗的眼睛，从来没这么像他从前做孩子时的模样。他一言不发，看着父亲……他用孩子的眼睛看他，满带鄙夷，克瑞翁无法避开这刀般的目光。（119）

克瑞翁的虚弱源于他与自我的决裂，正如新政的软肋源于它与生俱来的矛盾。面对安提戈涅以美为名的质问，他只有沉默，无能为力。对于一个天生敏感于美的问题的人如克瑞翁，舍弃美，舍弃成为古典肃剧英雄，无异于舍弃个体存在的探寻。

终场时分，只剩克瑞翁和身旁的侍童站在孤寂的暗夜。他对那少年说："我要告诉你，他们都不知道。"（121）这样的坏角色总要有人去演。然而，克瑞翁悄声说，然而，如果可能，"最好是永远不要知道……最好是永远不要长大"。（122）这是王者袒露最后一丝贪恋的时刻。他对那沉默苍白的少年说出心里话。我们几乎要以为，比起做克瑞翁，他情愿做安提戈涅，然而，如果可能，他更情愿做永远不知道的任何人……

*

天亮了。戏演完了。舍弃贪恋的安提戈涅赴了死。舍弃贪恋的克瑞翁带着肋骨上那个名曰安提戈涅的致命伤口继续活着。

而我们，我们这些看戏的人，我们这些带着贪恋的人，我们要往何处去？——只有这样，开场的安提戈涅从哪里来，才能在终场获得呼应。

在借助柏拉图的洞穴神话讲述灵魂的皈依时，薇依提到一种情形，我们这些带着贪恋的人再熟悉不过却偏偏容易忽略的情形：

有一种让事情变容易的做法。如果那个解除禁锢的人讲述外面的世界的种种奇观，植被、树木、天空、太阳，囚徒只需保持一动不动，闭上双眼，想象自己爬出洞穴，亲眼看见所有这些景象。他还可以想象自己在这次旅行中遭遇了一些磨难，好让想象更加生动逼真。

这个做法会让人生舒适无比，自尊得到极大满足，不费吹灰之力就拥有一切。

每当人们以为皈依产生，却没有伴随一些最起码的暴力和苦楚，那只能说皈依还没有真的产生。禁锢解除了，人却依旧静止，移动只是虚拟。*

天亮了。戏演完了。我们走出剧院。我们在戏中遭遇了一次虚幻的人生。我们以为从此走进了新的天地，其实我们只是做了一次虚假的移动。我们以为看见了自己，其实我们只看见了自己的影子。

---

* 《柏拉图对话中的神》，前揭，页 174。

| 插曲 |

冬天我去南方

去年冬天我最后一次看见贾非。我们约在塞纳河边的旧书摊碰面。他隔天就要出发去南方。每年冬天贾非都去南方。去年听说他去了太平洋上的某个岛国。

傍晚时分下起小雨。河上起了雾，一片迷离。天气很冷。小雨打在他冻红的脸上。他的灰色的眼睛晶亮。我们互道珍重，不知何日重逢。我沿着河慢慢走去奥赛美术馆，去看轰动一时的萨德展览。萨德，又一位蹒跚古怪的怀孕者。一路上，我莫名其妙地有些伤感。

那天傍晚，我们都不知道那个冬天即将发生的那些事。恐怖分子袭击巴黎的一家杂志社，而我几乎在同时得而复失一个生命里重要的人。那段时间，地铁常中断运行，公车里气氛哀戚，人们在讲电话时常常流泪，耳边响着警车的笛鸣。当时我并不知道，那倾城的伤逝也是我一个人的伤逝。

四百万法国人上街游行的那个周日，我一大早即往戴高乐机场赶飞机。路上有从不参加游行的朋友打电话告诉我，他们决定参加游行，虽然他们强调不抱以任何希望。各自默默受苦，在各自的角落。这始终是属人的尊严得以维系的不可绕过的一步。

我想到冬天去了南方的贾非。他当时若在巴黎，不知会不会破例。下次见到他时，我不知会不会记得问他。

（2015年暮春）

黑暗中的女人

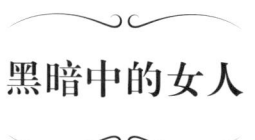

"他们旧时代的幸福在从前倒是真正的幸福。"

索福克勒斯,《俄狄浦斯王》

前页图:德尔沃,《带花边的女人队列》,1936 年
Paul Delvaux, *Le Cortège des dentelles*, 1936

一

　　如果我们相信尼采的话，古希腊肃剧的一次重大转变与歌队有关。在欧里庇得斯以前，歌队犹如一面活的墙，将神话世界与现实冲击隔绝开来，肃剧的人纯粹受困于人神矛盾，为分享至善和至美，犯下渎神的罪，受惩，受尽苦难，也成就某种高贵的德性。埃斯库罗斯的普罗米修斯。索福克勒斯的俄狄浦斯。透过这些传奇中的人，观者看见那唯一的肃剧主角，戴面具的狄俄尼索斯神，从中获得某种苦涩的快感，某种形而上的慰藉。欧里庇得斯以来，歌队这堵活墙倒了，日常生活的人从看台走上舞台，神话譬喻的人化身为现实个体的人，在尘世中寻求出路。狄俄尼索斯精神被摧毁，剧场里看不见神话，某种入世的明朗取代形而上的慰藉。欧里庇得斯背离旧肃剧基于本能的理想根基和诗性自由，转而践行与之截然相对的苏格拉底主义理念：凡是美的，就必须是有理性的，是被认知的。[*]

---

[*] 尼采，《悲剧的诞生》，孙周兴译，商务印书馆，2013年，页56，74，93—96，128—129。

自然，尼采只字不提肃剧中的女人。我们对此不应感到意外。发生在古希腊肃剧内部的这场转变据说是思想史的一次重大事件，而纵观三大肃剧诗人笔下的女人书写，我们确乎感受得到某种清晰的和相对应的变化。埃斯库罗斯笔下的女人在多数时候给人模糊和陪衬的印象。安提戈涅和伊斯墨涅一同出现在《七将攻忒拜》的结尾，为两个兄弟哭丧，姐妹两人在言语上没有差异，也不存在所谓的鲜明个性。《奠酒人》的主角是俄瑞斯忒斯，尽管最先奠酒的人是厄勒克特拉，但她只作为引子在第一场出场。从索福克勒斯开始以女人名为肃剧命名，女人的戏份也相应加重，《安提戈涅》和《厄勒克特拉》分别有两个几乎同等重要的主角，前一出戏里既有安提戈涅又有克瑞翁，后一出戏里既有厄勒克特拉又有俄瑞斯忒斯。到了欧里庇得斯那里，女人命名的肃剧多过男人命名的肃剧。在流传迄今的十八出戏中至少有十一出以女人命名。并且在很多时候，男人被排除在戏外，女人成为独立和唯一的主角。

倘若我们以伊俄来代表埃斯库罗斯笔下的女人类型，而以美狄娅来代表欧里庇得斯笔下的女人类型，两相对比的结果是让人惊讶的，如果说女人的存在及其困境始终如一，女人的认知和两难的化解在肃剧中却有了根本的变化。同是在苦难中，伊俄是看不清真相的，当普罗米修斯向她道明古往今来的事实时，伊俄承受不住疯掉了，而美狄娅独自一人从头到尾都看清楚了，也许是看得太清楚了，比伊阿宋还要清楚。

本文关注的是索福克勒斯笔下的一种女人类型，在埃斯库罗斯和欧里庇得斯那里几乎没有。她们恰恰处在某种过渡的路上。她们自然无可能担当时代的主宰，却不可避免深深卷入其中。借用尼采就欧里庇得斯的相关表述，她们被迫面临肃剧世界（也就是她们置身其中的世界）在从前凭靠诗性自由的本能（这里大可借用尼采的一个修饰语："女人气的"！），而如今转为信奉苏格拉底式的认知的美。歌队要被解散，狄俄尼索斯精神要被摧毁，连带要破碎的是整整一个旧时代的精神风貌，也包括这些角落里的女人所信靠的古老神话。她们被要求看清真相，被要求舍弃她们凭靠神话所构筑的幸福生活。换句话说，她们被要求像男人一样生活。她们却几乎都失败了。她们没有能够和欧里庇得斯笔下的那些同名姓的姐妹们一起踏进希腊的明朗的光照，而永远停留在属于她们的黑暗时期。

在俄狄浦斯三联剧中一共有四个女人出场。她们将是本文考察的对象和思索的同伴。我们本可以不去惊扰这些黑暗中的女人，倘若变化的必然不是以循环复返的方式没有间断地出现在所有时代的人们的日常生活里，或者说，倘若我们胆敢说我们从此一劳永逸地置身于时代精神的明朗的光照下。但光与影的自然原理告诉我们，在张力之间反复和困惑是一种常态，我们总会临到我们生命中的黑暗时期。

二

伊俄卡斯忒注定是命运尴尬的女人，在不知情中做了同一个男人的母亲和妻子。穿过现代神话分析的重重迷雾，回头观察这位忒拜王后在《俄狄浦斯王》里的短暂出场，我们却有新鲜的发现。索福克勒斯用温存的笔触眷顾这个人间再没有比她更悲惨的女人。

伊俄卡斯忒的第一次婚姻就不太平。依据神谕所示，她生养的孩子不幸会是杀父的凶手。她牺牲了新生的儿子，却没有因此救了丈夫。她受过丧子和丧夫之痛，与此同时，更严重的是，她对神谕起了根本的疑心——根据报信，一群外邦强盗杀了她的丈夫拉伊俄斯，与那刚出生就被弃的儿子无关，换言之，神谕失效了。她不能公然怀疑天神，只能怀疑从前的神谕不是阿波罗亲口说出，而是先知的谎造："我不能说那是福玻斯亲口说的，只能说那是他的祭司说出来的。"（俄，行712—713）也许天神知道未来，凡人的预知能力却是不可靠的。伊俄卡斯忒由此陷入了信神的困境。

不但王后如此，忒拜人也如此。有关那则没有应验的神谕对忒拜城的影响，索福克勒斯是这么说的：

关于拉伊俄斯的古老预言已经寂静下来,不被人注意,阿波罗到处不受人尊敬,对神的崇拜从此衰微。(俄,行907—910)

老王拉伊俄斯在城郊被杀,不久来了俄狄浦斯。他解开妖怪的谜语,拯救了城邦。他成了忒拜的王,她的夫婿。十多年间,他是众人心目中的"天灾和人生祸患的救星"(俄,行33,行46),是"全能的主上"(俄,行40)。在陷入信神困境的忒拜人眼里,俄狄浦斯的出现如此及时,让他们可以如信奉天神一般地爱戴他。

忒拜人如此,王后也如此。经过人生的重创,伊俄卡忒斯懂得珍惜眼前的生活。她把夫君当成神,对他言听计从,从无悖逆:"凡是你所喜欢的事我都照办。"(俄,行862)她崇拜和依恋夫君,也受到夫君的尊敬和爱护。俄狄浦斯当众声称"完全满足了她的心愿"(俄,行580),并且"我尊重你胜过尊重所有人"(俄,行701)。

身为王后,这个门第高贵的女人也是有见识的女人。她和丈夫"一起治理城邦,享有同样权利"(俄,行580)。她深受忒拜长老的敬重,有能力当众调解俄狄浦斯和克瑞翁的争吵,在必要的时候给予君王明智的劝告和有效的扶持。

人们要说，她算是彻底走出了第一次婚姻的阴影。如今她是"全福的妻子"（俄，行930），不但有恩爱的丈夫，美好的声名，还生养了如花般的两儿两女。就连外邦来的报信人见到她，也忍不住要祝福她："在幸福的家里永远幸福。"（俄，行929）

她在这幸福的生活中恢复了原有的教养，也就是敬神习惯。她去神庙祭神（俄，行912—913），在公开场合主张相信对天神发誓的人（俄，行646—648）。从前她因为丈夫的缘故而丧失信仰，如今她因为丈夫的缘故而找回信仰。归根到底说不清，她信的究竟是天神还是自己的夫君。有一点却可以肯定，两者中缺了一个，另一个也不能独存。

十多年间，身为俄狄浦斯的妻子，伊俄卡斯忒过着旧时代的女人的理想生活。幸福、安顺和敬神的生活。没有大风大浪，只有日常琐碎。甜蜜滋味自在当事人的心头，不足以交与后人评说。

但命运还要再次掀起大风大浪。先是忒拜城遭了瘟疫。早已寂静下来的拉伊俄斯的古老预言被重新挑起。一起被挑起的还有俄狄浦斯的身世之谜。天灾人祸。国难家难。这一次，伊俄卡斯忒没能挺住。

先是丈夫的不安让她不安。俄狄浦斯疯了一般地追问往事和真相。"我们看见他受惊，像乘客看见船上舵工受惊一样，大家都害怕"（俄，行923—924）。在尘世里，她首先信靠夫君，把夫君当神来崇拜。当这个"神"也慌乱了时，她想到去求告另一位神，"拿着缠羊毛的树枝和香料到神庙里"，去求阿波罗神"给出一个避免污染的办法"（俄，行914，行922）。

就在这时，报信人传来外乡的消息，俄狄浦斯的父亲（养父）波吕玻斯死了，却不是如神谕预言的死在儿子俄狄浦斯手里。那么多巧合，那么多暗示，秘密不再成其为秘密，只有当局者还一厢情愿蒙在鼓里。直到这时，有见识的伊俄卡斯忒还是不肯看清，两个被分开讲述的神谕实为同一个神谕，反倒高喊着天神做了两次错误的预言。前一秒钟她还"带着象征祈求的礼物"，当众对阿波罗祷告，下一秒钟她就质疑起神的权威，心花怒放地重复说了两次渎神的话："天神的可怕预言成了什么东西？！"（俄，行947，行954）在事不关己的看客眼里，这执迷不悟的女人错得可笑，也痴得可怜。

她尽了力，拼命抵制真相，拒绝看清事实。身为城邦女人的表率，她必定遵守礼仪，且按时祭神，至少表面如此。但眼下，为了捍卫她的婚姻、她的幸福生活，伊俄卡斯忒公然渎神，情愿陷入偶然的虚无。

偶然控制着我们，未来的事又看不清楚。我们为什么惧怕呢？最好尽可能随随便便地生活……那些不以为意的人却安乐地生活。（俄，行979—983）

她慢慢地明白过来，心慌意乱，还要一味阻止俄狄浦斯继续追问真相："为什么问说的是谁？不必理会这事，不要记住他的话"（俄，行1056），"看在天神面上，如果你关心你自己的性命，就不要再追问了，我自己的苦闷已经够了"（俄，行1060—1063）。

她无法逃避可怕的命运安排。终于，她知道了，而他还不知道。她在这时回归母亲的身份，徒然苦劝着儿子："我求你听我的话……我愿你好，好心好意劝你"，"不幸的人，愿你不知道你的身世"（俄，行1066—1068）。

真相大白之际，伊俄卡斯忒唯有一死了之。这个旧时代的女子无法超越看见真相的力量而继续活下来，就像塞墨涅无法超越看见宙斯的光芒而继续活下来。她为了自家夫君，几度背弃阿波罗神，如今这夫君成了杀父亲的儿子，而她自以为是的幸福人生，原来是在"给丈夫生丈夫，给儿子生子女"（俄，行1250）。她的世界彻底坍塌了。

索福克勒斯借报信人之口做出耐人寻味的总结：

这场祸事是两个人惹出来的，不只一人受难，而是夫妻共同受难。他们旧时代的幸福在从前倒是真正的幸福。（俄，行1283—1285）

黑暗时期的女子们，丈夫如君王，是她们的天。这夫君的权威在她们心底哪怕是起一丝儿动摇，也如天塌了一般。

她们背弃夫君只有一种被视同正当的理由，那就是以身为人母的本分而背离身为人妻的本分。这里要说的是忒拜人的新主母欧律狄刻。她和无数旧时代的女子一样，一生活在丈夫的庇荫下。若不是事出意外，她们的存在不为人所关注。欧律狄刻只在《安提戈涅》终场时出现，因为忍受不了自己生养的儿子们不幸惨死，诅咒起丈夫克瑞翁。

欧律狄刻在肃剧中仅有这一次出场，从头到尾带着虔敬的宗教气息。她本要去雅典娜神庙祈祷，一出门却听到噩耗，儿子海蒙向父亲克瑞翁求情不成，和未婚妻安提戈涅死在一起。她一言不语地转头回家，没有在众人面前流露出一丝悲伤。

她回到家，独自悲悼起早夭的儿子。海蒙之前，还有在望楼上自尽的墨伽柔斯，[*]为了平息战神的愤怒，把年轻的生命献给城邦，促成父亲当王执政。母亲悲悼孩子的伤痛是无边的。何况是这样两个金子般的儿子！正直勇敢，高贵无私。全忒拜人都在赞叹，瞧欧律狄刻的两个儿子多么漂亮又有教养！他们是她一生最大的成就，是她这个母亲心头面上的骄傲。她开始要仰头望他们时，他们开始要取代那个夫君成为她可以依靠的一片天时，却这样凋零了，一个也没有给她剩下。

---

[*] 欧里庇得斯在《腓尼基妇女》第三场提到墨伽柔斯的殉难。

她如今是孤单一人了。她掉着眼泪想。别人会说，她至少还有丈夫。只有她心里明白，打从克瑞翁当政以来，他们夫妻之间是渐行渐远了。她不是不知道他做的那些事，特别是他逼迫老王俄狄浦斯一家的那些不体面的事儿。她只是假装不知道。女人家在这方面装糊涂点是合适的。但她终究听得见人们在背地里的那些话。他如何把那瞎眼的可怜人逼走，在异乡流亡了二十年，又赶在他临死前去挟持他和他的女儿们，落下了恶名，还与外邦君王结下梁子。她是要体面的女人。她一句话也没说，全放在心里。打从克瑞翁当政以来，他们就没话说了。她把全部时间用来念祷拜神，过着比从前更简朴更虔敬的生活。在忒拜人眼里，她这个王后至少是无可指摘的："为人很谨慎，不会做错什么事。"（安，行1250）

眼下，他又下令禁止掩埋波吕涅刻斯的尸体，说什么这是对城邦敌人的惩罚，还要为此逼死安提戈涅。死者不得安葬，多么可怕的事，光想想就让人发抖。何况那是他亲姐姐伊俄卡斯忒的儿女，他的亲外甥和亲外甥女！全城的人都在为那女孩儿叹息，说她做的是最光荣的事，死了也会享受荣誉。只有他听不见这些话。

海蒙跑去劝说父亲。她那高贵的心爱的儿子。墨伽柔斯死后，她唯一的指望全在海蒙身上。她知道，海蒙是没有一点私心的，他劝父亲改变心意，不为安提戈涅是他将来的妻子，不为自己的婚姻和幸福，而先是在为城邦和父

黑暗中的女人

亲着想。可就这样，还是有去无回。她只剩这么个孩子，却生生被那叫父亲的逼死了。

从前俄狄浦斯做王时，克瑞翁多少次公开自诩天性不想做王（俄，行587—589）。那时，他们夫妻相敬如宾，日子自在如意。可如今……她错看了他。她错看了他。她突然地羡慕起那死去的伊俄卡斯忒。命运再不济，临了他们夫妻二人还是有担当，还能同患难。对一个女人家来说，还能有什么比这点强呢？

她心里莫名升起了怨恨。这怨恨让她出声地念起咒，仿佛有哪个神站在她的肩头，令她的声音变了样。她用这变了的声音狂呼神族，让厄运落到她那杀子的夫君头上。世人会说，那是她身为人母的悲愤超越了身为人妻的柔顺。这没有错。不过，在王后欧律狄刻莫测高深的内心，她还以她往日的生活为名诅咒克瑞翁。他不但要对儿子们的死负责任，也要为他们不复归来的幸福负责任。

咒语一出，那不幸的女人的眼泪骤然止住。空气在刹那间凝滞不动，连同悲伤、怨恨，连同绝望。一切全结束了。欧律狄刻的心平静下来。她知道一切全结束了。她站到自家庭院的祭坛，举起锋利的祭刀，闭上昏暗的眼睛（安，行1301—1305）。她拿自己向天神献了祭，作为她诅咒自家夫君的牺牲。

三

安提戈涅以前，[*]没有哪个希腊女子（何况一个未婚女子！）在城邦舞台上公然反抗王者。就连谋杀亲夫的克吕泰墨斯特拉也做不到。她至少还要点亮阿尔戈斯满城的灯火，佯装出满怀的欢喜，迎接从特洛亚归来的阿伽门农王。

单单看安提戈涅的名字，我们已经知道，这个女子的天性和命运与常人不同。在希腊原文中，这个名字的字面含义是"反—出生"（Αντι-γονε），这让人首先想到，安提戈涅的出生确乎是反自然的，与乱伦相连。她的父亲在不知情中娶了自己的母亲。在她还是孩子时，真相大白，母亲在羞辱和悲惨中自杀了，丢下四个乱伦出世的孤儿。而父亲，那从前宠爱她的父亲，那忒拜人敬若神明的君王，沦为全希腊皆知的丑闻中人。他戳瞎自己的眼，流亡异乡二十年，临死也没能重返故土。

二十年间，安提戈涅守在瞎眼的父亲身旁，不离不弃。她是他的眼睛、他的向导、他的全部依靠。俄狄浦斯自己也伤感地说道：

---

[*] 这里指三大肃剧诗人的叙事时间。就事件发生时间而言，俄狄浦斯家族故事早于阿伽门农家族故事。

自从她结束了幼年的抚育时期，发育成长以来，就一直照看我这老年人，分担我的漂泊生涯，时常饿着肚子，赤着脚在荒林里的迷途中奔走，在暴风雨里，在骄阳下，多么可怜，受尽奔波之苦，她全不顾惜安乐的家园生活，只要能使父亲得到女儿的照拂。（科，行345—352）

流放的日子却不只有饥寒和奔波之苦，更有羞辱和轻慢。每到一处异地，人们听闻是那被命运诅咒的不祥之人，好客的心没了，只余害怕和厌恶，只想赶走他们。科罗诺斯乡民原本还好言好语，一问明来者身世，忙不迭地说："快离开我们的地界，走得远远的……免得给我们的城邦加上更沉重的负担。"（科，行225，行232）他们这样做并非完全无理，他们不敢招待俄狄浦斯，因为"害怕众神发怒"（科，行256）。

二十年间，安提戈涅从孩子变成女人。她三十来岁了，还没有出嫁——从三千多年前的英雄时代直至我们今天所谓的后现代社会，这始终是个焦虑的问题中心。在父亲的言语里，她始终是个女孩儿，仿佛还没有长成。可父亲是看不见的。流放的路上，她过早地衰老了。青春还未绽放就不知不觉逝去了。连那冷心肠的舅父克瑞翁也忍不住要替她难过：

想不到一个女子会落到这样深的苦难里，像她这个不幸的姑娘这样落难，她一直过着乞丐生活，伺候你这人，她这样大了，可还没有结婚，一遇到强人，就会被抢走的。（科，行747—752）

旧时代女人过的那种幸福生活，安提戈涅一一错过了。城邦的庇护、王族的尊贵、少女的羞美、婚姻的温存，她一样也没尝过。严格说来，二十年间，她没过过一天女人的日子。她不得不在流放中像男人一样生活。父亲谴责她的两个兄长："应当担负这种辛苦的人像女孩子一样待在家里"，而安提戈涅"代替他们为父亲分担苦难"（科，行342—345）。在父女之间，她反成了强者。她要照顾他，为他引路（"父亲，迈开你这失明的脚步，跟着我，跟着我朝我牵引的方向走"，科，行182—183），代他求情（"可怜我这不幸的人，我纯粹是为我父亲向你们恳求，向你们恳求，用这还没有失明的双眼望着你们"，科，行241—244），关键时刻拿主意（"我们应当遵守本地的规矩，照他们说的办"，科，行170—171；"父亲啊，请听我的话，我虽然年轻，也要进一句忠言"，科，行1181）。没有安提戈涅，流放中的俄狄浦斯寸步难行。

流放中的俄狄浦斯的惨状令陌生人触目惊心，亲骨肉也不忍直视。伊斯墨涅看见父亲，脱口而出的第一句话是："父亲，你的境况多么不幸呀。"（科，行328）被骂不孝的波吕涅刻斯亲见老迈的父亲，连连悲叹，自骂不孝：

他流落在异乡，穿着这样的衣裳，恶臭的多年积垢贴在他衰老的身上，损伤着他的肌肉，那没有梳理过的卷发，在他那没有眼珠的头上随风飘动，好像他还携带着一些和这些东西相配搭的食物来填他可怜的肚子。（科，行1257—1263）

C.-J. Pomel，《俄狄浦斯和安提戈涅》，约1800年
C.-J. Pomel, *Oeudipe et Antigone*, 1800

二十年间，亲姐妹亲兄弟连一刻也难忍受的惨状，安提戈涅却没有一刻不看在眼里，也没有一刻不活在其中。而她从头到尾表现得多么勇敢，多么耐心呵！二十年间，她的每次呼吸都包含着父亲的落难气息，她的每个毛孔都浸染着父亲的悲惨思绪。她在父亲面前沉稳淡泊，滴水不漏。直到父亲过世，她才在悲痛中说了一句："他在世时，我们无休无止地忍受着长期的痛苦。"（科，行 1673—1674）她这么说时，心里想的依然不是漫长艰难时日之苦，而是眼前的丧父之痛。

我们不能理解安提戈涅，除非她对父亲怀有最深切的爱。从前母亲在世时，她虽年幼，却也耳闻目染。她和母亲一样崇拜父亲，相信人世间没有哪个男子比他更美更值得爱。那些灾难尚未降临的日子呵，多么甜美！那时她是受宠爱的忒拜公主，"凡是王吃的东西，她都有份"（俄，行 1462—1463）。那时她和所有女人一样贪恋一切美的物事，相信美只有一种绝对的样貌，美就在俄狄浦斯王身上。

但她在流放中看见了父亲的真相。盲眼。虚弱。屈辱。潦倒。肮脏。丑陋……这真相一点也不美。这真相改变了她对人世间的美的看法。

安提戈涅在心里有一个以往女子不曾有的感悟。这感悟看似违背自然和本能，却逐渐沉淀成某种坚定的信念。比起从前高傲的俄狄浦斯王，眼前落难的俄狄浦斯更美，更值得爱。这信念支撑着她，让她在苦难中没有丧失心灵的均衡，饥饿、疲倦和孤独没有摧毁她的勇气，耻辱和轻慢没有消减她的温存和耐心。这信念让她不知不觉舍弃了出自女子天性的本能，转向一种美的认知。在她不同以往的眼和心里，美呈现出了纷繁的真相。

在瞎眼不美的父亲身上，安提戈涅经历了类似于柏拉图对话里的"美的阶梯"的奇妙攀爬（《会饮》，211c—d）。苏格拉底说过，独自站在美的最高阶梯，惊鸿一瞥美本身，那是心醉神迷的时刻。

要是一个人瞥见美本身的样子……那神圣的纯然清一的美，想想看，这人会是什么心情？你可以想象，一旦一个人惊鸿一瞥，借助必不可少的精神凝视瞥见美本身，与之融为一体，过去那种可怜的生活还值得过下去吗？[*]

灵魂有过这样一次经历，看见真正的美，就不可能回到原处。安提戈涅经过这一切，人世间在她的心与眼里也就不复从前了。死在异乡的父亲与她永别时说了一番话，仿佛在预言她剩余的人生。

只需一个字可以抵消一切辛苦，这就是爱，你从我这里得到的爱，胜过你从任何人那里得到的。可是你就要成

---

[*] 《会饮》，211e—212a，引自刘小枫译，《柏拉图的〈会饮〉》，华夏出版社，2003年，页93。

为孤儿，这样度过你的一生。（科，行 1615—1619）

倘若不知道发生在安提戈涅身上的这些异常经历，我们就无法理解她重返忒拜的所作所为。她原希望能阻止两个兄长的纠纷。但希望落空了。俄狄浦斯的两个儿子在忒拜城下厮杀双亡。新王克瑞翁厚葬了其中一个，而让另一个暴尸荒地，严禁安葬。安提戈涅明知故犯，去掩埋了兄长。她很快被发现，被带到王的面前。她当场承认了，没有迟疑。法令要求人们尊重统治者的权威，安提戈涅这么做无异于挑衅城邦政治的正当性。她被判处可怕的惩罚。她将被丢进一个封死的石窟，在里面忍受饥饿和窒息，慢慢死去。

她在赴死前大声哀号。她追溯神族，把自己比作命运悲惨的女神，又提起父亲俄狄浦斯的王族传奇。她盼望和他们一样声名不朽。倘若不知道安提戈涅在流放中所发现的真相，我们会单纯地以为，她像个光彩照人的女英雄，以神律反抗暴君的人法，悲壮而豪迈，在众人的目送中上刑场。

在此之前，人们把她许配给克瑞翁的儿子海蒙。王族联姻，亲上加亲。也有人说，她兄长死后，她嫁给海蒙，才能使克瑞翁正当地取得忒拜王权。* 她都默认了，却绝

---

* 欧里庇得斯，《腓尼基妇女》，行 1586："厄忒俄克勒斯把这国土的主权交给了我，作为安提戈涅嫁给海蒙为妻的嫁资。"

口不提海蒙，也没有表现出一丝对这场婚姻的憧憬。人们以为这是姑娘家天生的羞怯。只有安提戈涅心里明白，她与婚姻是无缘的。在父母的乱伦婚姻之后，她还曾诅咒过兄长与外邦女子缔结婚姻，以致带着外邦军队回来攻城。父亲临死前说过，她不可能从别的男子那里得到更多的爱。她不但与婚姻无缘，人世间的诸种幸福她都不能企及了。

面对克瑞翁的质问，她说了心里话。不愿意看见真相的人们是听也听不见的：

> 如果我在应活的岁月之前死去，我认为是件好事，因为像我这样在无穷尽的灾难中过日子的人死了，岂不是得到好处了？（安，行461—463）

对安提戈涅来说，活着是一种禁锢。她在活人构筑的监牢里盼望死亡。她简直就像那欣然赴死的苏格拉底。她在死前一味自比神族，不仅仅出于骄傲，而更因为人世间确乎不再有什么能让她贪恋了。

当然，她不知道海蒙都为她做了什么。海蒙为了她，不但违抗了父亲的心意，还不顾惜生命地走进石牢，抱着她的尸体，和她死在一起。海蒙坚持在死神的屋子里办完了他和她的婚礼。海蒙原是可仰靠的夫君呵！她错过了。何止海蒙，她错过了旧时代的女人所仰靠的诸种美好的贪恋：爱情、婚姻、幸福，乃至希望。早在她还活着时，克

瑞翁就一语道破："她在世上居住的权利是被剥夺了。"（安，行890）

在探寻美与认知的路上，安提戈涅比她同时代的女人走得更远。但她终于也没能活下来。这个天性悖逆自然的女子在狄俄尼索斯神的精神光照下触摸到了智慧，也同时为智慧的锋芒所刺伤。[*]她一生为与常人不同而受苦。真的，她何尝能够充当世人眼里的反叛英雄！她终究是那个和父亲坐在异乡的圣林里的女孩儿，衣衫褴褛，张大一双清澈而受惊的眼，等待随时被人撵走。

四

在俄狄浦斯三联剧中，索福克勒斯总共创造了四个女人形象，只有一个活了下来。

尽管起初和安提戈涅有着共同的命运，但让人惊讶的是，发生在安提戈涅身上的事一概与伊斯墨涅绝缘。她们与她们的母亲一辈有不同的人生境遇，在成长过程中发生了重大的变故，这使她们没能顺利地嫁作人妻变身人母，

---

[*] "狄俄尼索斯神的智慧乃是一种悖逆自然的可怖之事，谁若通过自己的知识把自然投入到毁灭的深渊之中，自己也必然经历自然的解体。智慧的锋芒转而刺向智者，智慧乃是对自然的一种犯罪。"（《悲剧的诞生》，前揭，页71）。

更重要的是，她们不再可能信靠从前母亲们赖以构筑幸福生活的古老神话。有人会说，可惜她们错过了从前的美好年代；也有人说，她们从此可以更自由地选择人生道路。

安提戈涅和伊斯墨涅这对姐妹花出现在《俄狄浦斯王》的终场时，还是未成年的女孩儿，面对突如其来的灾难，她们哭作一团，分不清彼此；等到《俄狄浦斯在科罗诺斯》，她们已经长大成人，安提戈涅和父亲在外邦流浪二十年，伊斯墨涅留在忒拜宫中，偶尔捎消息出来给父亲，她们一起在雅典城郊陪父亲度过最后的时日；父亲死后，她们回忒拜城，在安葬兄长这件事上出分歧，一个被处死，一个活了下来，这是《安提戈涅》里的情节。

值得注意的是，索福克勒斯没有依照故事先后顺序写三联剧。最后发生的故事《安提戈涅》最先在公元前441年左右演出，而《俄狄浦斯在科罗诺斯》作为晚年作品，直至诗人死后才在公元前401年左右演出，前后相隔三四十年。不夸张地说，索福克勒斯用了一生时光在书写俄狄浦斯的家族故事。

《安提戈涅》开场，两姐妹的对话迅速转入无可挽回的分歧。安提戈涅决心违抗王令为兄长送葬，伊斯墨涅坚持没有力量与城邦对抗。在开口以前，安提戈涅似乎已知道伊斯墨涅不可能随她去干冒险的事。她基于同胞的情分开了口，却不指望伊斯墨涅能够理解她。一旦伊斯墨涅略有异议，她就不愿意把对话进行下去。

索福克勒斯借安提戈涅之口对伊斯墨涅表现出了极大的轻蔑。仔细品味这些言辞中毫不掩饰的敌意，实在是让人惊讶的。伊斯墨涅愧对高贵的出身，实为"一个贱人"（安，行38）；伊斯墨涅"背弃"兄长，让别人"替你尽你的义务"（安，行45），是在"藐视天神所重视的天条"（安，行77）。从头到尾，安提戈涅话不多，却没有一句客气话："我再也不求你，即使你以后愿意帮忙，我也不欢迎"（安，行69—70），"你这样说，我会恨你，死者也会恨你"（安，行93—94），"我更加恨你"（安，行86），"正义不让你分担"（安，行538），"口头上的朋友我不喜欢"（安，行543），"不要把你没有亲手参加的工作作为你自己的"（安，行546—547）。姐妹之间把话讲到这般绝情，那是连姐妹的情分也尽了。

　　表面看来，伊斯墨涅的自我辩解有充分理由。身为女人，身为弱者，她没有反抗城邦法令的能力："我祈求下界鬼神原谅我，既然受压迫，我只好服从当权的人，不量力是不聪明的。"（安，行65—68）伊斯墨涅发表了一番长篇大论，我们从中至少得出两个自带正当性的结论。第一，比起亡兄的往生归宿，她更看重自己的现世安危。第二，在她眼里，忒拜城里的新王秩序虽与俄狄浦斯王治下的旧时代不同，却始终代表某种权威，值得信靠。

　　让我们尝试多了解一点伊斯墨涅。安提戈涅随父亲在外乡流浪二十年，伊斯墨涅也在忒拜宫中寄人篱下二十年。

父母不在了，她贵为公主，却比孤儿还不如，世人不会轻易忘却别人家的丑闻，更不会放弃辱骂无人看顾的孤儿的乐趣（俄狄浦斯本人早早替女儿们预言到了这一点）——

什么耻辱你们少的了呢？"你们的父亲杀了他的父亲，把种子播在生身母亲那里，从自己出生的地方生了你们。"你们会这样挨骂的。（俄，行1496—1500）

两个兄长是不能指望的，稍微长大些就忙着争夺王权，唯一能够仰靠的只有摄政王克瑞翁。伊斯墨涅"孝顺"（安，行549）这个舅父，在他的庇护下讨生活。与安提戈涅相比，伊斯墨涅显得玲珑体贴，善解人意，格外惹人怜爱。当她说"不量力是不聪明的"时，她是在不动声色地批评安提戈涅既不量力也不聪明。聪明人必定也是识时务的人。二十年间，伊斯墨涅学会了察言观色，也成就了某种生存之道。

聪明过人的伊斯墨涅有一双会"看"的眼睛，然而，在流放中为俄狄浦斯王"看"路的却是安提戈涅的双眼。这也许就是姐妹二人的不同所在。同样的天生聪颖，同样的目光敏锐，伊斯墨涅却从来没有像安提戈涅那样看待俄狄浦斯王的命运，也从来没有看见安提戈涅看见的真相。在她眼里，"我们的父亲死得多么不光荣，多么可怕"。（安，行49—50）伊斯墨涅见识不到俄狄浦斯在苦难中的高贵德性，也欣赏不了外表褴褛的俄狄浦斯有可能蕴藏什么美的力量。伊斯墨涅选择了采取局外人的眼光去看待俄狄浦斯家族悲剧，从而使自己也置身在悲剧之外。

开场中，安提戈涅一上来即说：

俄狄浦斯传下来的诅咒中所包含的灾难，还有哪一件宙斯没有在我们活着的时候使它实现呢？在我们俩的苦难之中，没有一种痛苦、灾祸、羞耻和侮辱我没有亲眼见过。（安，行2—6）

奇特的措辞。一同受苦难的是姐妹两人，真正看见的却只有安提戈涅一人。当她说"没有一件我没有亲见"时，她似乎是在暗示，她还要亲见一种伊斯墨涅所看不见的"痛苦、灾祸、羞耻和侮辱"，那就是伊斯墨涅对俄狄浦斯家族的背叛。通过放弃履行安葬兄长的义务，伊斯墨涅自动从俄狄浦斯家族的悲惨命运中抽身而出。因为这样，经过那场对话，在安提戈涅心里，伊斯墨涅就不再是亲人了。她当众自称为"王室剩下的唯一后裔"（安，行941），把伊斯墨涅排除在家族成员之外；"我就要到那里去找我的亲人，他们许多人早已死了，我是最后一个"（安，行895）。

我们花费不少时间尝试了解的伊斯墨涅，这个在三联剧中唯一活下来的女子，归根到底不是真正意义的肃剧人物。她稳步践行她的生存之道:"不可能的事不应当尝试。"(安,行92)不再有顺应神意的必然,而只有功利标准的正当。不做没把握的事,做了就必须做成。这与现代成功人士的励志语录并无二致。她在私下拒绝了安提戈涅,随即却又公开宣称愿与安提戈涅一起送死,这难免让人对她的表面看来毫无指摘的言行产生一丝疑问。无论如何,安提戈涅无比决绝地拒绝了她,并且语带双关:"在有些人眼里你很聪明,可是在另一些人眼里,聪明的却是我。"(安,行557)

写作《安提戈涅》时,索福克勒斯不到三十岁。这位年轻的诗人以毫不迟疑的笔触让安提戈涅承认"恨"伊斯墨涅,这也许是安提戈涅唯一"恨"过的人(安,行86,行93)。一样的境遇,却是多么迥异的人生!伊斯墨涅与安提戈涅从同一个起点出发,却走向两条截然相反的道路,永远不再有交集的可能:"请放心,你活得成,我却是早已为死者服务而死了"(安,行559—560),"即使你逃得过这一关,我也不羡慕你"(安,行553)。我们从中察觉出诗人的不能释怀。三十年以后,这种心境在《俄狄浦斯在科罗诺斯》中有了微妙的改观。

伊斯墨涅出场时,骑着盛产名马的埃特纳的小马,戴着特萨利亚式的时尚帽子,并有仆人陪同(科,行313—315),做足了富贵小姐的派头,也显见克瑞翁在忒拜城是十分善待她的,并没有苛刻这个孝顺的外甥女。她看来很担心被日头晒伤。只需稍加对比她那在一旁衣不蔽体的父亲和姐妹，我们不难体会诗人不动声色的讥讽。何况她一下马就对着经年风餐露宿的亲人抱怨自己一路上的辛苦："多么累人的旅程啊！"（科，行327）

在短短几个回合的对话里，伊斯墨涅反复强调自己为父亲吃苦受累："且不说我为了打听你在何处生活而遭受的艰难困苦，因为我不愿意受两次苦：经受了艰苦，又来叙述一次。"（科，行361—362）俄狄浦斯吩咐女儿遵照当地人的习俗去举行祭神仪式，安提戈涅沉静地说："你怎么吩咐，我们就怎么做。"（科，行494）伊斯墨涅自告奋勇并趁势教训姐姐："我去执行这任务，安提戈涅，你在这里守着父亲，子女须为父母受累,这是不足挂齿的。"（科，行508—509）瞎了眼的俄狄浦斯心里并不糊涂，他听着伊斯墨涅事不关己一般毫无同情心地转述神谕如何预见他的不幸命运时，揶揄了一句："你是不是真的还希望神会关照我，拯救我？"（科，行385—386）

伊斯墨涅第二次出场是在俄狄浦斯死后。俄狄浦斯的死亡不同常人，先是有神召唤，死后没有尸身,更没有坟墓。安提戈涅悲痛欲绝，既为父亲的死，也为父亲死时她不在身边尽孝。她无法忍受不能亲眼看见——我们说过，安提戈涅不要别的，只要看见真相。若不是雅典王忒修斯劝阻，她千方百计想要回到父亲神秘死去的地方，随父亲死在一起。相比之下，伊斯墨涅也一样地连连哀叹，只不过她哀叹的不是亡父,而是她自己丧失父亲的不幸。伊斯墨涅在短短几句话里反复表达的只有一个主题,那就是她对自己未来命运的焦虑:"我未来的生活实在过不下去了"(科,行 1692—1693),"还有什么样的命运等待着我?"(科,行 1717—1718),"真可怜,我现在这样孤苦伶仃,无依无靠,到哪里去过不幸的生活"(科,行 1735—1736)。

透过伊斯墨涅的两次简短出场,老来的索福克勒斯寥寥几笔,不动声色地写出了第四个女子的世故和自私。然而,在外人眼里,伊斯墨涅与安提戈涅并没有两样,她们一起被称为"俄狄浦斯的女孩儿们",或"那两个姑娘"。科罗诺斯的乡民们赞叹她们的孝顺,悲哀她们的不幸:"你们姐妹俩是多好的孩子啊!"(科,行 1694—1695)仿佛她们没有一丝差别,她们从来是一样的遭际,也将走向同一种命运。抑或是仿佛她们一个过于天真顽强,一个过于世故灵巧,合二为一才是世人眼里的完整。

伊斯墨涅初次出场时,安提戈涅远远看见她,忍不住轻声呼喊:

宙斯啊,我该说什么呢?父亲,我该想什么呢?(科,310)

只这一句话。在此之后,肃剧中没有任何细节可以表明安提戈涅对伊斯墨涅的态度。在外人面前,安提戈涅一概使用"我们"来称呼她和伊斯墨涅。只有开初那句惊叹的话暴露她的心思。把一切看在眼里的安提戈涅决定好了该做什么和该想什么：在外乡人中，与其坚持姐妹之间的分歧，她反倒选择采用"我们"的称谓。父亲在世时，这么做是为父亲奉献一丝慰藉；父亲去世后，这么做是为父亲保留一点尊严。三十多年以后，在老年索福克勒斯笔下，安提戈涅仿佛也被赋予老者的智慧和审慎，云淡风轻坐看人世的诸种虚妄。

五

在索福克勒斯笔下，有安提戈涅和伊斯墨涅，还有厄勒克特拉和克律索忒弥斯。类似的女人对子在别处没有。

厄勒克特拉的受苦，与安提戈涅有好些相似之处。同样在花样的年岁过着非人的生活，同样诉求非人间的正义伸张，坚持信守神律去做应做的事。厄勒克特拉在七年间苦苦等待弟弟，要和他一起惩罚杀父仇人，包括他们的亲生母亲。在她误以为等不到弟弟时，她和安提戈涅下了同样的决心。她的妹妹克律索忒弥斯反对她，就像伊斯墨涅反对安提戈涅一样。姐妹之间的分歧如出一辙。[*]

在埃斯库罗斯那里，类似的女人对子不可能有。这是因为，作为个体的女人形象并不真的被埃斯库罗斯所重视。在《七将攻忒拜》中出场的姐妹不构成一对对子，正如歌队所扮演的忒拜少女分成甲乙两半，安提戈涅与伊斯墨涅仿佛分别扮演了甲乙歌队的歌队长，一人率领一群忒拜少女，分别为其中一个兄长送葬。分歧不是姐妹之间的分歧。整出戏强调的主题是兄弟之间的分歧及其导致的毁灭性后果。

埃斯库罗斯和欧里庇得斯都写过俄狄浦斯的家族故事。在迄今留存的剧本中，埃斯库罗斯的《七将攻忒拜》（公元前467年演出）和欧里庇得斯的《腓尼基妇女》（公元前410年演出）均以俄狄浦斯之子的争权战争作为故事主线。就前文述及的四个女人形象而言，除安提戈涅姐妹以外，埃斯库罗斯的戏中还两次未点名地提及伊俄卡斯忒。

埃斯库罗斯不但没有给伊俄卡斯忒一个正名（犹如随夫姓的"某氏"），还把违背神示生下杀父之子的罪过归咎于她（"拉伊俄斯听从亲爱的人的愚蠢劝告，给自己生下厄运"，七，行750）。在这个小细节的处理上，欧里

---

[*] 二十世纪四十年代，在改写《安提戈涅》之后，阿努依原本有意继续改写《厄勒克特拉》。索福克勒斯的两出戏虽呈现出迥异的风貌，但现代戏剧在抽离古典语境之后却陷入情节重复的风险。阿努依最终放弃了《厄勒克特拉》的改写计划。三十多年后，阿努依写下《小的时候你是那么温柔》（*Tu étais si gentil quand tu étais petit*），虽取材同一原始故事，却是一部改头换面的现代剧。

庇得斯相反地把罪过推给男人（"拉伊俄斯喝了酒，顺从了情欲"，腓，行19）。有趣的对比，也颇能说明问题。在另一处，同样是戏间合唱歌，歌队感叹道："那生他们的人，在所有被称为母亲的妇女中，最是不幸……"（七，行926）在埃斯库罗斯戏中，没有名字的伊俄卡斯忒是愚蠢的妻子、不幸的母亲。我们说过，模糊，幽暗，正是这位生于厄琉西斯的肃剧诗人笔下的女人印象。

类似的女人对子在欧里庇得斯那里同样不可能有，原因却大不相同。在《腓尼基妇女》中出场的有伊俄卡斯忒和安提戈涅。首先，我们几乎认不出索福克勒笔下那个伊俄卡斯忒：她把丈夫视同神一般崇拜，当美好的婚姻神话幻灭时，她选择了死亡。在欧里庇得斯这里，伊俄卡斯忒活了下来，并在开场述说那段肃剧往事——述说的过程形同重活一遍。伊俄卡斯忒不但活了下来，而且活得比俄狄浦斯更顽强。她说起俄狄浦斯"还活着在家里，因了他的厄运生了病"（腓，行66），"家里还有那瞎眼的老头儿，长是流着泪……永久在大声呼号，躲藏在黑暗里"（腓，行336）。为了活着，伊俄卡斯忒似乎更情愿俄狄浦斯的厄运被世人遗忘，因而赞同儿子们想方设法藏起父亲（腓，行64）。她显然不可能对他怀有崇拜或爱恋之心，不再分担他的苦难情绪。但她没有离弃他，而是"像拐棍似的帮助那瞎眼的手脚，一直那么辛勤从顺"（腓，行1546）。

黑暗中的女人

在欧里庇得斯的俄狄浦斯和伊俄卡斯忒之间，女人像男人一样活着，而男人像女人一样活着。他信靠和依赖她，在她和儿子们一起死时真切地悲悼她："谁给我当向导，来引我瞎眼的脚呢？那个已死的她么？如果她活着，我知道一定行的。"（腓，行1616）伊俄卡斯忒是一家之主，是强大的母亲。她为和解两个儿子，充当忒拜城中的仲裁者，随后还当众撕破衣服，袒露乳房，自贬为请愿的妇人。她养大克瑞翁的两个母亲早逝的儿子，墨伽柔斯把她当成亲生母亲来敬爱（腓，行987）——埃斯库罗斯和欧里庇得斯均未提到欧律狄刻。

基于同样的缘由，欧里庇得斯的安提戈涅首先是伊俄卡斯忒的女儿，胜过是俄狄浦斯的女儿。安提戈涅不仅由母亲起名，"两个女儿，一个她父亲叫作伊斯墨涅，那个年长的我叫她作安提戈涅"（腓，行56），也继承了母亲的明快和自主。一出场时，她不像女孩儿家留在深闺，而是走上城楼，看阿尔戈斯派来攻打忒拜的军队，并且坚决表明："我是绝不，绝不能忍受那奴隶的生活。"（腓，行192）安提戈涅为探看敌军而抛头露面，是向母亲请求，并得到母亲的授意的。随后，母亲还带她走出城外，要她克服"羞于见民众"的姑娘家的害羞（腓，行1275），当众阻止兄长互相厮杀，"神灵的意旨不是叫你出来参加跳舞，也不是闺女们的别的工作"（腓，行1266）。在母亲死后，安提戈涅主动解除与海蒙的婚约，决意陪父亲流亡。她担当了死去的母亲的职责，从此"不像闺女似的漂流"（腓，行1739）。她相信自己做的是高贵的事情（腓，行1692），勇气十足，主动乐观。

在欧里庇得斯笔下，女人独立而入世，完整又决断，除了自己不信靠任何人，轻松地像男人一样生活。她们从骨子里带有尼采说的构成现代性文化根基的乐观。[*]这是索福克勒斯的女人类型所不具备的。

不妨再举最有争议的克吕泰墨斯特拉为例。她在丈夫胜利归乡的当晚杀了他。和忒拜故事一样，三大肃剧诗人均不同程度地讲过阿尔戈斯的阿伽门农家族故事。就现存文本而言，埃斯库罗斯有三联剧《阿伽门农》、《奠酒人》和《报仇神》，索福克勒斯有《厄勒克特拉》，欧里庇得斯则有《伊菲革涅亚在陶洛人里》、《厄勒克特拉》、《俄瑞斯忒斯》等。归根到底，克吕泰墨斯特拉的行为是对夫权的终极反叛，三大肃剧诗人各费心神为她辩解。比较个中不同，相当有趣。

埃斯库罗斯一如既往将女人的意愿淹没在肃剧主题的必然之中。阿伽门农家族几代人冤冤相报被解释为宿命的必然，阿伽门农之死从根本上不是夫妻恩怨的结果，而是家族命运的环节，之前发生了阿伽门农的父亲阿特柔斯陷害自家兄弟堤厄斯忒斯，之后则发生了俄瑞斯忒斯弑母并

---

[*] 《悲剧的诞生》，前揭，页133。

为此受罚，环环相扣。在杀死阿伽门农之后，克吕泰墨斯特拉化身为堤厄斯忒斯的怨鬼说：

你真相信这件事是我做的吗？不，不要以为我是阿伽门农的妻子。是那个古老的凶恶抱怨鬼[即堤厄斯忒斯的怨鬼]，为了向阿特柔斯，那残忍的宴客者报仇，假装这死人的妻子，把他这个大人杀来祭献，叫他赔偿孩子们的性命。（阿，行1497起）

夫妻恩怨况且被忽略，更不用提男女私情。埃癸斯托斯在退场时现身，绝口不提克吕泰墨斯特拉，而一味强调他安排下杀人计划是为父亲堤厄斯忒斯报仇（阿，行1582起）。这对情人在公开场合竭力回避他们的关系，因为，这段私情即便在他们眼里也是不光彩的。

在索福克勒斯笔下，克吕泰墨斯特拉谋杀亲夫有一个公开理由，就是为在奥利斯被献祭的无辜女儿报仇：

他是死在我手里，这个我知道得很清楚，并不否认。然而那是狄刻把他杀死的，不是我独自一人……在希腊人中只有他狠心把你[厄勒克特拉]的姐姐杀来祭神，他只是播种的父亲，不如生她的我这样忍受阵痛之苦。（索福克勒斯，《厄勒克特拉》，行526—533）

克吕泰墨斯特拉坦承杀夫之罪，乃至胆敢呼求正义女神的庇助，完全基于身为人母的被视同正当的权利："那死去的女儿若能言语也会这样说，我对我的所作所为并不感到不安。"（索，厄，行550）同样，她羞于承认与埃癸斯托斯的私情，厄勒克特拉一语道破她，这也是母女彼此憎恨的来由之一。

一切在欧里庇得斯那里发生了惊人的改观。克吕泰墨斯特拉为自己辩解，同样首先提到无辜受难的女儿，随即又说：

即使如此我是受了损害，我也还不至于发野，也不会就杀了我的丈夫。可是他又带了那疯狂的附着神灵的女郎来到我这里，叫她抢夺我的床榻，要在同一家屋内放着个新娘。（欧里庇得斯，《厄勒克特拉》，行1025—1034）

克吕泰墨斯特拉承认杀夫的原因是嫉妒。她独守空房十年，丈夫总算从特洛亚回来了，却带回另一个女人。这深深伤害她，使她在怨恨中起杀心。她毫不掩饰这一点，并以此为借口，为她与另一个男人的私情公然辩解："那配偶做了错事，丢下了家里的床榻，那时女人便会学丈夫的样，去找到一个别的朋友的。"（欧，厄，行1035—1036）欧里庇得斯戏中的女人脱去神话的晦涩外衣，转而像男人一样思考和生活，某种明朗和乐观的特质，某种"快乐的知识"就此进入肃剧，并在随后必然导致了狄俄尼索斯精神的逐渐枯萎和肃剧的自我毁灭。*

从埃斯库罗斯到欧里庇得斯，关乎女人的书写呈现出了两种极致的风景。在传统宗法的限定与个体自由的诉求之间，索福克勒斯的女人类型恰恰置身于两极的冲突之间无可自拔。几乎无一例外。在流传迄今的七出肃剧中，还有两个女人我们未提到。《特剌喀斯少女》里的德拉涅拉一样把丈夫当成神，在被背叛时连报复的心也没有，只想唤醒对方那移情别恋的心思，她在不自知中让他穿上毒袍死了，而她最终也不能独活。《埃阿斯》里的苔柯梅萨把一生幸福寄托在那个从前灭了她的城邦的丈夫身上，百般规劝和哀求，而他却不耐烦，因为她不能理解他，正如他不愿理解她，他粗暴地撵走她，自顾自地赴死去了。被断然拒绝的女人，被男人抛弃的女人，她们进一步呈现出女人肃剧的纷繁样貌。

她们活在她们的神话洞穴里，活在秘仪里三生三死的狄俄尼索斯神的精神弥漫中。她们渴望纯粹，有洁癖，极易走向极端。她们在自身以外、在男人身上寻求精神寄托，因而总在男人的问题上遭遇精神悲剧。她们的世界毫无疑问是易碎的。但有什么办法？"女人气"不正是女人的自然天性吗？任何时代无不如是。如伊俄卡斯忒般难以承受

---
* 《悲剧的诞生》，前揭，页104。

真相的重负，如欧律狄刻般在冷淡中生出怨恨，如苔柯美萨般渴望交流而又绝望于交流，如德拉涅拉般无故被情感抛弃，如安提戈涅般孑然一身……索福克勒斯笔下的女人肃剧没有一样不在现世生活场景轮番上演，几千年来日复一日。

然而，事实惊人而矛盾地摆在我们眼前：我们不是明明自诩为欧里庇得斯的女人的后代吗？我们不是早已走出那古早的黑暗，进入理性和进步的明朗吗？我们不是在那些伟大的思想者身后亦步亦趋已然走了很远吗？我们不是欣然分享了尼采深刻揭露的作为现代文明的原始苦难的"断裂"真相，并且切实地在苦难中获得形而上学的慰藉吗？

一切似乎要从公元前五世纪古希腊肃剧内部的那场重大转变说起。随着歌队的消失，戏中人转而要承担起从前歌队所承担的激情和经验。当欧里庇得斯为他戏中的新人——那些让人赞叹的女人——寻找新语言和新基调时，如果我们相信尼采的话，他在心里想到的没有别人，而只有他的两个理想观众：苏格拉底和他本人。[*]苏格拉底的"巨人之眼"颠覆了传统肃剧，最终代之为柏拉图对话（辩证术）形式的新戏剧。作为某种不被人在意的顺带的转变，苏格拉底的"从未燃起过艺术激情的优美癫狂的眼睛"[**]

---

[*] 《悲剧的诞生》，前揭，页 87。
[**] 《悲剧的诞生》，前揭，页 101—102。

从前不曾看向索福克勒斯的女人类型，如今破天荒地把目光投向欧里庇得斯的女人，她们和理想观众一起嘲笑"女人气"，嘲笑"像女人一样生活"的男男女女。当尼采心无芥蒂地畅快地使用"女人气的"或"奴性的"这类修饰语时，我们甚而无须多做一次心理挣扎——这些言语首先并不针对我们，但随后又切实地针对我们。我们为了回避尴尬而情愿忽略一个事实。自苏格拉底以来，在贴近一切属人的真相以前，我们总是首先被要求接受一个超越我们的本性的教训。我们为此付出的代价远远超过我们本身。

如果我们肯回首，我们会看见索福克勒斯的女人，那些披着遗忘的乌纱的女人，那些永远停留在黑暗中的女人，我们会无比惊讶地发现，她们就如影子，总在我们身边，不曾离开，她们就是我们。

潘多拉的记忆

"你想进入人世,空着手走去,带着某种自由的誓约。"

陀思妥耶夫斯基,《卡拉马佐夫兄弟》

前图注:雷东,《带翼者》,1890 年
Odilon Redon, *L'homme ailé*, 1890

几年前，巴黎蓬皮杜艺术中心曾经发起一场名为"她们"（Elles）的女性当代艺术展。走在长长的展厅里，抬头赫然是一幅1989年纽约街头海报："女人只有脱光才能进美术馆吗？"据当年发起抗议者统计，现代艺术博物馆里只有百分之五的作品出自女性艺术家之手，却有百分之八十五的裸体作品表现女人的身体。时隔二十年，这样的状况似乎没有太多改善。许多观众驻足在这件充满火药味的女人作品前。我听到身边两个法国男人小声嘀咕：女人话题非要和政治扯上关系吗？

同时期还有卢西安·弗洛伊德（Lucien Freud）的新展。这位曾经创下在世画家最高画价记录的艺术家代表无可指摘的男性和传统的绝对价值。他不仅画裸体的女人，也画裸体的男人，包括自己。老年卢西安·弗洛伊德在工作室里的裸体自画像具有索福克勒斯肃剧般的魅力。看见他的画，让人一如既往地惊叹，相信传统意义的绘画没有死去。

对于一个眼与心已然被传统审美收买的观者而言，两相对比，女性当代艺术作品非但不美，不舒适，不服帖，还像是一种破坏和暴力。我们毫不迟疑地认为安格尔的女浴者很美，在现代粘贴海报上，她顶着一个野兽的头，拒斥与美发生关系。看到最后，我们不免心里只剩一个问题：采取如此暴力的"反女性"姿态是必要的吗？为什么女人必须代表这种相对价值？

古希腊诗人赫西俄德最早讲起女人的神话。他还给最初的女人起了个名字，叫潘多拉。自那以后，在传统男性思维里，美丽纤弱（却未必无辜）不知如何成了女人的标志。现代女性主义者大声批判男人们出于自私而有意成就永恒偶像的女人神话。法语女歌者希尔薇斯特（Anne Sylvestre）在《寻常的女巫》（*Une Sorcière comme les autres*）这首女人写给男人的歌曲里也半带微笑半含泪地说："求求你们，别再虚构我，你们虚构已太多"——

> Vous m'avez faite statue,
>   Et toujours je me suis tue.
> Quand j'étais vieille et trop laide,
>   Vous me jetiez au rebut.
> Vous me refusiez votre aide,
>   Quand je ne vous servais plus.
> Quand j'étais belle et soumise,
>   Vous m'adoriez à genoux.
> Me voilà comme une église,
>   Toute la honte dessous.

你们把我雕成像
　　总让我去殉难。
待我老来枯竭
　　你们如弃草芥。
我不能使唤
　　你们哪肯顾眷。
我美丽顺从
　　你们当成神尊宠。
我像一座教堂
　　千年立在耻辱上。

这首法语歌写在 1975 年，在最早的演绎版本里，基调是诙谐、轻柔而优美的，随着时光的推移，歌者的演绎越来越凝重有力。老年希尔薇斯特在舞台上吟唱《寻常的女巫》时同样具有索福克勒斯肃剧般的魅力。看来，就真正的创作也就是重现柏拉图所说的"世界之美"这一努力而言，男人与女人的异同不是几句话就能说清楚。

在宫崎骏的电影《哈尔的移动城堡》里，苏菲不小心打乱盥洗室里的魔法秩序，哈尔的头发为此失去轻盈的金色。在哈尔眼里，再没有比这更严重的事：不美了，活着还有什么意思？他绝望地呼唤黑暗力量，想要死去。

当年苏格拉底在雅典被判死刑也面临同样的问题。究竟要像天鹅一般死去，还是苟且存活流亡他乡？苏格拉底没有哈尔美貌，也绝不讲究形象，据说喜欢打赤脚。在人类灵魂的诸种问题上，古往今来大约少有人比他想得更透彻。然而，在面临美不美的问题时，他的答案和荒唐的哈尔近乎一样。

不美了，活着还有什么意思？这个问题苦苦纠缠我们好几千年。哈尔的烦恼是人类的根本烦恼。加缪从《西绪福斯神话》开篇就说，活着究竟值不值，这是唯一严肃的哲学问题。

不美了，活着还有什么意思？对于女人而言，这个问题显出双重的艰难：究竟作为与男人同等欲求存在之美的人，还是作为在男人眼里必须是"美"的女人？蓬皮杜中心的女性当代艺术家们因为纠结在这个政治的难题之中而陷入艺术的失落。

但何止她们？从古至今潘多拉的后代们不曾从这个困境中摆脱出来。

赫西俄德不只一次讲过潘多拉的神话。很久很久以前，"神和人有同一个起源"（劳，行108）*。那时，雅典娜的双眸和爱琴海水一样湛蓝，明朗的希腊阳光不仅照在仙女们的飘逸的裙裾上，也照在人类的不知忧愁的脸上。不死，或永生，是神性的根本，人性所欠缺的。在诗人创造最初的女人神话以前，不仅人与神几乎没有分别，也不存

---

* 本书中的赫西俄德诗文出自《神谱》和《劳作与时日》，均由作者所译，并直接在引文后的括号里标注出处行数，《神谱》简称"神"，《劳作与时日》简称"劳"。

在男人与女人的根本区分。

神话中说，普罗米修斯为人类盗走火种，宙斯作为还击送给人类一件不幸的礼物，也就是最初的女人。潘多拉是神送给人的礼物。诸神参与最初的女人的诞生。这使她拥有一切优点，堪称完美的存在。她最基本的特点是诱人。作为"美丽的灾难"（神，行585），她是"专为人类而设的玄妙的圈套"（神，行589），"让人心中欢喜，从此依恋自身的不幸"（劳，行58）。

《宙斯、赫尔墨斯、厄庇米修斯和潘多拉》，公元前450年希腊陶瓶画
Epimetheus seduced by Pandora, Attic vase, 450BC

他带她去神和人所在的地方,
伟大父神的明眸女儿把她打扮得很是神气。
不死的神和有死的人无不惊叹
这专为人类而设的玄妙的圈套。(神,行586—589)

在神话里,直到女人穿着新娘般的白纱衣飘然出世,直到人类接受了宙斯的别有深意的礼物,神与人的区别才清楚地得到揭示:"不死的神和会死的人。"伴随潘多拉来到人间,人类的存在呈现为我们今天所知的样貌,即人与神的无尽距离,以及人之有死性。

赫西俄德讲到,宙斯派心爱的使者赫耳墨斯送潘多拉到厄庇米修斯那里去。我们知道,这个厄庇米修斯('Επιμηθέα,即"先行后思")是普罗米修斯(Προμηθέα,即"先思后行")的兄弟。柏拉图在《普罗塔戈拉》中讲过的人类起源神话与他们有关。普罗米修斯事先叮嘱弟弟,不要接受宙斯的任何礼物,以免惹来不幸。然而,糊涂而快活的厄庇米修斯还是不可避免地接受了这件美丽且带来灾难的礼物。

在人间,潘多拉做的第一件事是打开一路紧紧抓在手中的瓶子,让里面的不幸和疾病散布人间,给人类招惹来要命的灾祸(劳,行94—98)。女人的到来使人类从此面临生命有死的困境,与此同时,祸水般的女人也带来解决永生问题的唯一希望,即繁衍后代。有关人类的这个最初记忆，我们很可以称作厄庇米修斯的记忆。人类原本生活在天堂般的黄金时代。因为潘多拉，厄庇米修斯从神的孩子变作最初的男人，从与神相似的空中狠狠摔下，一如《创世记》中的描绘，四溅的尘灰从此与汗水不再分得清楚，原本的轻盈之躯化作沉重的肉身（3：1—19）。

在厄庇米修斯的记忆里，原罪不仅归咎于狡黠的蛇，还与女人扯不开关系。人类的软弱从此表现为一种形式，即潘多拉意义上的缺失：为了潘多拉，男人努力使自己完整；因为潘多拉，男人从此不再完整。

但另一种记忆始终被忽略。在某个神话的瞬间，苏格拉底不带一丝虚无地含笑赴死，哈尔认清从来不美的苏菲（Sophie）就是智慧（σοφία）本身。神话一一解决厄庇米修斯的诸种尴尬。唯有潘多拉定格在手持空瓶的瞬间，在某个受诅咒般的虚空之境。

属于潘多拉的记忆人们再也不曾提起。在充满明朗的希腊光照的战场上，宙斯和普罗米修斯斗智斗勇，谁在乎最初的女人的感受？她抱着不幸的瓶子，随着赫耳墨斯去到人间。如何设想那样艰难的跋涉！离开父神，远赴人间。神的使者领着她，一步步降落。人间空有如是多纷乱精彩。潘多拉在踏上地面的那一刻，一定抬起了头，迷离的眼睛看着天。

在她的记忆里只有天父宙斯。她甚至在未诞生之前就在父神的精神里活过一次。赫西俄德讲到，在诸神动手创造潘多拉之前，宙斯通过命令诸神，在言辞中先经验了一次潘多拉的诞生。他让她站在神和人面前，让所有生灵为她失色。他代表神性、完美和唯一。他是一切。离开宙斯的潘多拉犹如虚无，犹如不存在。

就这样。潘多拉怀着对天父的无限记忆，去日日面对心不在焉、粗愚不堪的厄庇米修斯。作为拥有诸多神性优点的存在，潘多拉应对人性欠缺的命运。大概因为这样的缘故，男人宿命的悲剧是在自身实现完美永在，女人宿命的悲剧却是在另一个身上找寻完美永在。由此造成一切不幸的源头。瓶中的希望是仅剩的记忆碎片，无论如何舍不得放开。二十世纪九十年代末，英国的 Portishead 乐队主唱以空灵的歌音喊出"give me a reason to be a woman"，让人不由得惆怅：潘多拉在宙斯和厄庇米修斯之间的游离与挣扎，几千年里并没有一丝变化。

从失去天堂到拥有潘多拉，厄庇米修斯所代表的男人记忆是连贯的。潘多拉所代表的女人记忆却中断了。从离开宙斯到走近厄庇米修斯，那一段漫长的谜般的旅途，诗人只字不提。几千年来，在所有女人和男人的眼里，它失落为一个渐渐消隐的秘密。

女人神话与诗人

"唯有希望还在瓶口内,还来不及飞出去。"

赫西俄德,《劳作与时日》

前图注:《潘多拉》,公元前 360 至前 350 年希腊陶瓶画局部
Pandora, vase grec,vers 360-350 av, J.-C.

"一切在女人身上是个谜，一切在女人身上有个谜底……"[*]

有人说，在男人女人这个话题上，尼采书中充满无稽之谈。这样的评判让人尴尬。女性主义者很可以附和波伏瓦，批判男人们有意造就女人的神秘神话，也就是让女人成为男人的他者，永远成不了自我。[**]尼采借扎拉图斯特拉之口，在对老妪谈少女时讲了上面那句话以后，又借老妪之口讲了一句更有争议的话："你到女人那儿去吗？别忘记带上鞭子。"[***]

在女人话题上，尼采公开宣称"支持赫西俄德的判断"。[****]赫西俄德与尼采相隔两千多年，据说不像另一位诗人忒奥尼格斯那样与尼采性情相投。尼采和赫西俄德的相同之处大概就在女人话题。他俩背负轻视女人的恶名，起因大抵一样，就是赫西俄德最先讲起并影响西方文明近三千年的女人神话。

---

[*] 《扎拉图斯特拉如是说》，前揭，页122。
[**] 波伏瓦，《第二性》，陶铁柱译，中国书籍出版社，2004年，页289。
[***] 《扎拉图斯特拉如是说》，前揭，页124。
[****] 此为《人性的，太人性的》第1卷第412小节标题。

赫西俄德有两部完整诗篇流传后世:《神谱》叙述古希腊诸神的世家,《劳作与时日》探讨人类世界的正义和劳作。这两首诗表面看来有极大差别,但讲了同一个神话:普罗米修斯挑战神王宙斯,作为反击,宙斯送给人类一件礼物,也就是潘多拉或最初的女人。

从她产生了女性的女人种族,
从她产生了害人的妇人族群。
女人如祸水,和男人一起过日子,
熬不住可恨的贫穷,只肯享富贵。

《神谱》这四行诗(行590—593)明显不过地表明诗人对女性的轻视乃至敌视态度。赫西俄德通过潘多拉随身带着的那只神秘的瓶子,还以寓言的方式记载人世灾难的起源。

但女人用手揭去瓶上的大盖子
散尽一切,给人类造成致命灾难。
唯有希望留在它坚牢的住所,
还在瓶口内,还没来得及
飞出去,因为她抢先盖上瓶盖。(劳,94—98)

因为潘多拉,不幸散布人间;因为潘多拉,希望长伴人类。希望是人类唯一的寄托，还是最大的不幸？希望若是善的，为何放在装满不幸的瓶中？希望若是恶的，还有什么能够抗对世间苦难？潘多拉留住希望是出于善意还是恶意？赫西俄德又如何看待最初的女人？所有的疑问一再印证尼采的女人是个谜之说。

一

普罗米修斯盗走火种之后，宙斯决定送给人类一件礼物。

《神谱》中的叙事比较简洁。"赫淮斯托斯遵照宙斯的意愿，用土塑出一个含羞少女的模样。明眸的雅典娜亲自装扮她，为她系上轻带和白袍，用一条刺绣精美的面纱从头往下罩住，并戴上用鲜花编成的迷人花冠，饰以一条金发带——那是跛足神的杰作，上头有缤纷彩饰，神妙无比"（神，行570—584）。

《劳作与时日》中有三重叙事，先是宙斯的宣称（劳，行56—58），接着宙斯吩咐诸神（劳，行60—68），最后才是诸神付诸实施（劳，行69—80）。

众神听从宙斯的吩咐，造出最初的女人，并最终为她命名：

> ……这个女人被命名为
> 潘多拉，所有居住在奥林波斯的神们
> 都给她礼物，这个吃五谷人类的灾祸。（劳，行 80—82）

对观几次版本，相同之处主要在开头，包括宙斯的命令、赫淮斯托斯和雅典娜的参与、以土塑成、少女模样。《神谱》（行 571—573）与《劳作与时日》（行 70—72）各有三行诗如出一辙。不同之处较多：前一首诗中只有赫淮斯托斯和雅典娜出场，后一首诗中有更多神参与；前一首诗中的女人没有声音，不能言语，反倒是金带上镂的生物"像活的一般，还能说话"（神，行 584），后一首诗中的潘多拉则有声音能说会道。此外，《劳作与时日》的前后几次叙事也存在出入，赫淮斯托斯本该给最初的女人声音，结果却由赫耳墨斯实现，雅典娜本该教给她编织技艺，结果却是装扮她，阿佛洛狄特换成了美惠、媚惑和时序等女神。

同一个故事，诗人为什么给出不同版本？最初的女人为什么只在《劳作与时日》中命名？同是《神谱》，阿佛洛狄特诞生时一连得到好些个名称（神，行 195—200），赫西俄德用近五十行诗讲女人的诞生，却压根儿没提她叫什么名，实在叫人费解。

与《劳作与时日》里的潘多拉相比，《神谱》里的女人没有言语能力（谎言、花言巧语），不具备自然天性（无耻、狡诈、魅力），甚至没有一丝生命的迹象（欲望、烦恼）。她出自匠神赫淮斯托斯之手，又由同样精通手艺的雅典娜精心装扮。她不哭不笑，不说不唱，没有心性。听上去，这最初的女人竟不像一个人，而像一件人偶，一件被造出来的"手艺品"。

这件美丽的人偶被从头到脚罩上面纱，让人看不见她的真实面目。她被掩藏起来。自墨科涅事件以来，普罗米修斯与宙斯展开一连串的计谋与反计谋之争，无不与掩藏（καλύψας）真实有关：普罗米修斯用牛肚"藏"牛肉（神，行539），用脂肪"藏"白骨（神，行541）；宙斯"藏"起火种不再给人类（神，行563—564）；普罗米修斯盗走火"藏"在阿魏杆内（神，行567）。用面纱藏起最初的女人，恰似最后的计谋。

普罗米修斯与宙斯的纷争，也是人神逐渐走向分离的过程。在古老的世界里，神和人共同生活，共同用餐，墨科涅聚会便如最后的晚餐。普罗米修斯在聚会上用计不公平地分配牛肉：丰肥的牛肉盖着牛肚，其貌不扬；白骨涂着光亮的脂肪，鲜美无比。宙斯代表诸神选择白骨，而把牛肉分给人类。从此人不再和神平等地分享食物，也就不再像神一样生活。人类开始祭祀神灵（神，行556—557）。宙斯"受蒙骗"，在愤怒中"不再把不熄的火种丢向梣木"（神，行563），阻止人类用火煮熟分配中得到的牛肉。普罗米修斯再次出手，盗走天上的火，带给大地上的人类。宙斯远远看见人间的火，"心里似被虫咬"（神，行568），使出最后一招。

在这一连串计谋与反计谋中，最初的女人犹如一颗棋子，被摆在一张棋盘上，这局棋的命数是神与人的最终分离。她与被分配的牛肉、被盗走的火种在本质上没有两样，她是被造出的灾祸，是一件"物品"，一个"玄妙的圈套"（神，行589）。

在《神谱》的这一段诗文里，最初的女人除了被称为"像"（神，行572）含羞少女以外，没有任何称谓或指代——她只是"像"而非"是"一个含羞少女！相比之下，《劳作与时日》至少两次明确称她为"女人"（劳，行80，行94），并说她看起来"像不死的女神"（劳，行62）。《伊利亚特》中，特洛亚将领们看着美人海伦悄悄品评："看起来她很像不死的女神。"（卷三，行158）只有人类才被形容为"像神一样"，诗人特意称潘多拉"像不死的女神"，不言而喻，潘多拉和海伦一样是有死的女人。

同是依据宙斯的意愿造出，同样戴着春天的花冠，穿着柔美的轻袍，同样具有人类所不能抵挡的魅惑力，在此处如一件不自然的物，在彼处却是真实的女人。在诗歌的遣词用字背后究竟藏着怎样如谜的潘多拉？

两首诗都讲潘多拉神话和普罗米修斯神话,讲法不同。

黑暗中的女人

《神谱》以普罗米修斯神话为主，女人神话为辅，女人的故事嵌在普罗米修斯反叛宙斯的故事中，如同其中一节，讲故事的目的在于解决神与人的分裂问题；《劳作与时日》以潘多拉神话为主，普罗米修斯神话为辅，交代普罗米修斯事件只是为了引出潘多拉的故事，讲故事的目的在于解决人类与神分裂以后的生存处境。在描述神的世界的前一首诗里，神的谱系是故事重点，人类仅仅作为与神对立的概念出现，不便细分；只有到了后一首诗的人的世界里，男人与女人的分立才有意义，女人出现促使男人面临自身生存困境，由此彰显劳作的必要性。前一首诗的人类在经过如神一般的黄金时代以后，面临与神分裂的处境；后一首诗的人类处于渐渐远离众神的黑铁时代，就连羞耻和义愤二神也将抛弃人间，回到奥林波斯神们的行列。因为这样，女人在前一首诗中被送到人和神同在的地方，而不是被送到人间，她随身带的那只装有不幸和希望的瓶子也只出现在后一首诗中。

有关女人的不同故事版本不但可以对照地读，还可以连成一个完整故事相互参补着读。这么一来，我们不仅解决不同版本的疑问，也弄清楚了《神谱》为什么没有给女人命名：当她作为神的计谋出现时，没有命名的必要；直到她作为影响人类生存状况的决定因素出现时，诗歌才给予她正式的定义。"潘多拉"（Πανδώρα）的词源：Παντής-[所有人或神]+ -δώρην[礼物]。作为"所有礼物的"，既收到所有礼物，也送出所有礼物。潘多拉收到所有居住在奥林波斯的神们的礼物，又给吃五谷的人类送去礼物。女人的出现标志着人类从此与神分离，面对有死的困境。从这层意义而言，她颇与旧约中的夏娃相似——只需把从黄金时代沦落至黑铁时代换作从伊甸园到人间。这样也就完成了最初的女人的基本定义。

成为"祸水"的女人不仅促使人类直面有死的命运，也带来人类解决永生问题的唯一方式，即繁衍的能力。在《圣经》叙事里，这个关键因素通过夏娃的第一个惩罚得到确定，即生孕的苦楚。[*] 新的疑问应运而生：两首诗中对这个问题只字不提。我们仿佛在解开女人的身份之谜时又不觉陷入诗人的叙事之谜。

二

那么，潘多拉就是神给人的一件灾祸？赫西俄德似乎是这么说的，而且还说过不只一次，语气酸楚无奈，让人印象深刻，难以忘怀。直到今天，人们要么同情这位两千多年前的满脸悲苦的希腊农夫，要么不满他仇视女人的"大男子态度"。《神谱》中短短二十行诗似乎说尽男人面对

---

[*] 《创世记》，5：16。

女人的辛酸:"女人如祸水,和男人一起过日子,熬不住可恨的贫穷,只肯享富贵。这就好比在蜜蜂的巢房里,工蜂供养那些个处处打坏心眼的雄蜂。它们整天忙碌,直到太阳下山,勤勉不休地贮造白色蜂房,天天如是。那帮家伙却成日躲在蜂巢深处,拿别人的劳动成果塞饱自己的肚皮。对于男人来说,女人正是这样的祸害。"(神,行590—600)这样一种厌恶的姿态在《劳作与时日》中一再得到呼应:

> 莫让衣服紧裹屁股的妇人蒙骗你,
> 她花言巧语,盯上了你的谷仓。
> 信任女人,就如信任骗子。(劳,行373—375)

在《人性的,太人性的》中,尼采以一则名为"寄生虫"的箴言,近乎忠实地再现了赫西俄德的说法:

> 所谓寄生,是指高尚观念的完全缺失,比如为逃避劳动而倚赖别人,靠别人生活,而且通常还对所倚赖者暗怀怨恨。——相比男人,这种想法在女人那里更为常见,也更为情有可原(出于历史原因)。*

---

* 尼采,《人性的,太人性的》,卷一,格言356,魏育青等译,华东师范大学出版社,2008年,上卷,页265。

所谓"高尚观点",就是"做最好的"(ἀριστεύειν)的贵族理念。有趣的是,"逃避劳动而倚赖别人,靠别人生活,而且通常还对所倚赖者暗怀怨恨",怎么看起来像我们自小读的文学作品中的贵族形象典型呢?在《劳作与时日》中,赫西俄德批评的这些丧失高尚观点的"寄生虫",除了女人,还有贵族本身,也就是那些贪心受贿、败坏正义的王爷们。我们也许搞不清楚,尼采究竟是批判贵族的高尚观点,还是批判败坏高尚的贵族。但我们知道,赫西俄德不仅批评"寄生"的女人,更批评女人身上的这种"寄生"特性。因为,他还说过这样的话:"男人娶到贤妻强过一切。"(劳,行702)

不是所有女人都是被厌恶的寄生虫。男人的世界还有"贤妻"这种可能。女人令男人绝望,又远不止于绝望。赫西俄德看待女人的眼光秉承一贯的二元思考方式,好比他声称有两种不和,此外誓言、报应、羞耻、希望等等概念无不如此。在女人问题上,男人若是"有个恶婆娘可就糟透了,好吃懒做的女人,就算他再能干,也会被白白榨干,过早衰老"(劳,行702—705),但无论如何,"进入婚姻生活,又碰巧遇见称心如意的贤妻"(神,行608—610),这种可能性还是有的。诗人写到冬日躲在家中的少女时,笔触充满柔情。她肌肤娇嫩,不怕严酷的北风,只想依偎在母亲身边(劳,行519—524)。如此美好的少女,岂非就是潜在的贤妻?

说到"少女",《神谱》有一处细节让人在意。厄庇米修斯"最先接受了宙斯造出的女人：一个处女"（神，行513—514）。"女人"（γυναῖκα）和"处女"（παρέθνον）这里连用，很是奇特。诗人也许想说，宙斯造出一个处女，直至她做厄庇米修斯的妻，才正式成为女人。从处女到女人的过渡必然包含"性的结合"和"繁衍后代"的涵义。然而，两首诗中对此只字不提。叙事从厄庇米修斯糊涂收下礼物（劳，行89）跳开，在下一场景中，娇嫩的少女已是名曰"祸水"的妇人（劳，行94；神，行592）。

赫西俄德并不讳避性交与生孕的描述，毫不夸张地说，《神谱》通篇都在讲神们干这些事。考虑到两首诗让人惊叹的严整结构和精审文字，从处女到女人的奇特的跳跃性写法不像笔误，更像是诗人有意所为。

回到开篇那条引文。尼采其实给出了女人之谜的谜底："一切在女人身上是个谜，一切在女人身上有个谜底：怀孕。"

如果我们没有错解尼采的话，那么诗人有意成就从处女到女人的跳跃，无非是想隐藏"孕生"这个女人之谜的谜底。潘多拉一出世，雅典娜就用一条刺绣精美的面纱从头到尾罩住她（神，行574—575）。读到这里让人不得不叹服诗人笔法的精妙：雅典娜是处女神，由她亲手掩藏与女人的"孕生"之谜有关的真相，再恰当不过。

那么，孕生意味着什么？诗人在这个问题上显得莫测高深。诗中没有任何女人怀孕和繁衍后代的明确说法。唯一能沾上边的是《劳作与时日》中提到两种子女，一种在正义城邦，"女人生养肖似父亲的孩子"（劳，行235），一种在黑铁时代，"子弟不肖父"（劳，行182）。子女肖似父亲与否，与城邦的兴衰命运休戚相关，在诗人眼里尤为重要。柏拉图的《会饮》就此给出很好的提示：

……看看荷马、赫西俄德以及其他了不起的诗人，他们留下的子女多么让人欣美！这些子女自己就是不死的，还让父母的声名不死，永世长存。[*]

狄俄提玛在向苏格拉底传授爱的教诲时，讲到灵魂怀孕的秘密：美好高贵的灵魂亲密相交，就能受孕分娩，这样生育下来的子女比肉身生下的子女更美更长久（《会饮》，209c—d）。狄俄提玛所说的"赫西俄德的子女"，显然不是通过潘多拉的母腹降生的孩子，而是诗人灵魂受孕的传世作品。只有灵魂繁衍下的子女才能在精神上做到真正肖似。

如果我们没有错解柏拉图的话，那么赫西俄德不是一味轻视女人，而是拒斥女人所代表的繁衍方式的有效性：

---

[*] 柏拉图，《会饮》，209d，引自《柏拉图的〈会饮〉》，前揭，页88。

沉重的黑铁后代不仅"子弟不肖父",兄弟也"不似从前彼此关爱"(劳,行184)——比如赫西俄德本人的弟弟佩耳塞斯。我们从诗中了解到,当初兄弟二人分家产,本地王公贪心受贿,偏袒佩耳塞斯,令赫西俄德吃了亏。佩耳塞斯疏于耕作,很快又入不敷出,向哥哥求助不成,再次惹起事端。黑铁时代的人类单单维系血肉的延续,而不重视精神的传承,不但无法拯救人类,反而会造成"以拳头称义"、"城邦彼此倾轧"、羞耻和义愤沦丧的人间绝境(劳,行189,行200—201)。

诗人绝口不提女人的生孕。诗人看重另一种繁衍方式,也就是诗歌的教诲能力,灵魂上的生儿育女。只有这种繁衍方式才能把宙斯的正义永久地传播在人间。《神谱》开篇讨论诗人身份问题,这样看来耐人寻味。赫西俄德在牧羊的路上看见,九个缪斯女神突然出现在平常的乡野,阿波罗的树下。他沉默地从缪斯手上接过月桂的杖枝,仿佛象征性地从诗神那里接过诗的权力。从此他成为真正的诗人,他的存在发生彻底的改变。这种改变首先在于,他在心中牢记缪斯的教诲:"把种种谎言说得如真的一般。"(神,行27)此句与《奥德赛》说法接近:"他说了许多谎话,说得如真的一般。"(卷十九,行203)不少人理解为,赫西俄德在影射荷马,借缪斯之口谴责奥德修斯的言语欺骗能力,也就是绕着弯儿骂荷马本人。无论如何,赫西俄德真诚地相信并向世人宣告,遇见缪斯使他拥有述说真实的能力，从此他的诗不是说得如真的一般的谎言，而是真实本身。

缪斯的教诲还有第二层意思。女神对诗人的训斥出人意料："可鄙的家伙，只知吃喝的东西。"（神，行26）缪斯的语气严厉而轻蔑，在古希腊诗文里实属罕见，让人不由联想到黑铁时代的农夫也遭到同样的批评（劳，行182起）。在荒野中获得诗神灵感的赫西俄德，不仅是对诗歌技艺做出缜密思考的诗人，还是必须面对温饱问题的普通农夫。他清楚地知道，阿斯克拉的乡下日子不好过，储藏粮食的坛子等不到来年春天就空了，无望的冬日里饥饿随时会来袭。在残酷无比的现实面前，他清醒地选择歌唱神族，赞美宙斯的正义秩序。我们从中了解到诗人的真实，也就是《神谱》和《劳作与时日》这些不死的诗作的真实意图。如柏拉图所言，这些灵魂孕生的子女确实做到了让诗人"声名不死，永世长存"。

在一则名为"完美的自私"的箴言里，尼采描述那些促使灵魂生孕的人们：

> 这是一种完美的自私：不停地看管和照顾我们的灵魂之树，保持它的安静，以便它最终结出幸福的果实！因此，作为一个监护者和中介者，我们是在看管和照顾所有人的果实，而我们作为孕育者生活于其中的那种心态，那种骄傲和温柔的心态，也会在我们周围扩散开去，给那些躁动

不安的灵魂带去安慰和平静。——然而，孕育者的样子是古怪的！*

赫西俄德和尼采笔下的女人神话，目的不在于追究女人与男人的关系，而在于探讨"灵魂的孕育者"，也就是诗人的身份问题。诗人孕育自身的灵魂之树，也在孕育流传后世、属于所有人的果实。他（她）骄傲而温柔，平静而幸福，完美又自私。"对未醒悟的人而言"**，他（她）看上去古怪而疯狂，却是灵魂的真实慰藉。

在接触赫西俄德作品的漫长时光中，我曾感到深切的苦恼。这个生活在两千多年前的古希腊人不轻易对我说话，也不让我看见他的样子。他单单告诉我们，他在赫利孔山中牧羊时遇见了缪斯！究竟要相信这匪夷所思的事件真的发生过，还是把他看成疯子呢？对于一个无知而认真的读者来说，这真是莫大的折磨。

直到某个孤寂的暗夜，他姗姗朝我走来。我想我看清楚了。一个怀孕中的赫西俄德的古怪模样。

---

* 《朝霞》，格言 552，前揭，页 424。
** 阿尔托，《残酷戏剧》，前揭，页 51。

阿佛洛狄特的缺席

"人如何通过狭窄的竖琴跟他走?
……在两条心路的
交会处,没有阿波罗神庙。"

里尔克,《献给俄耳甫斯的十四行诗》之三

前图注:柯罗,《维纳斯与丘比特》,1857 年
Camille Corot, *Vénus et Cupidon*, 1857

一

那天，阿佛洛狄特为什么没来？

……

奥林波斯天庭出了大事。传闻伊阿佩托斯之子普罗米修斯接连惹祸。先是在墨科涅让宙斯王当众下不来台，随后不知悔改，盗火去送人类。恨得宙斯王着人捆了他，用那解不开的镣铐绑在悬岩上，又派一只大鹰，天天飞去啄食他的肝脏。那肝脏本是肉生的，掉一口就能痛死过去半天，何况白天缺了的，夜里又长回来。这样的下场委实生不如死。

但这事没完。宙斯王随即又下达一项重要指示，要求诸神团结合力，造一件礼物送给人类，这礼物据说要让人类"满心欢喜，从此依恋自身的不幸"（劳，行56）。这礼物从前没有过，取名"潘多拉"，另有个名称，叫作"女人"（γυναῖκα）。

宙斯王特别点了四位神的名——赫淮斯托斯、雅典娜、阿佛洛狄特和赫耳墨斯。不料消息传开，当天许多神都来了，比预想的还多。奥林波斯山上如此团结，除了大战提坦那次以外，实在少见。诸神纷纷出力，很快把那叫女人的造好，送到反贼普罗米修斯的弟弟那个叫厄庇米修斯的家里。人间的那些个事儿，从此才渐渐摆平。宙斯王了却一桩心事，在天庭设宴，欢庆表彰种种，不在话下。

读《劳作与时日》这一段，我有很长时间陷进一个疑问里，不能自拔。

赫西俄德说，宙斯总共对四个神下命令：赫淮斯托斯负责"把土掺和水，揉入声音和气力"，造出的模样要"看似不死的女神，如惹人怜的美丽少女"；雅典娜负责教授"各种编织针线活儿"，后来这被称为女人的手艺；阿佛洛狄特负责"倾注魅力、愁煞人的思欲和伤筋骨的烦恼"；赫耳墨斯负责安上"无耻之心和诈诡习性"（劳，行60—68）。从里到外，神王事无巨细全想到了。再挑剔的心和眼也不得不承认，这个计划周密详尽，万无一失。

到了当天，赫淮斯托斯、雅典娜和赫耳墨斯如约而至，只有阿佛洛狄特不知为什么没有来，临时换成别的一些神完成本该由她主事的工作。除去宙斯王没有点名的魅惑女神、三名美惠女神和三名时序女神以外，本来就在场的神们也临时搭了把手。雅典娜尤其顾全大局。本该传授编织技艺，结果却忙着装扮潘多拉，又是为她"系上轻带"，又是"整理全身装扮"，为兼顾阿佛洛狄特的事，反耽误了父神交代在自己名分下的本职工作（劳，行69—82）。

这则神话叙事有一个中心思想，在赫西俄德诗中得到反复强调："宙斯的意志没有可能逃避。"（劳，行71，行79，行99，行105）潘多拉诞生事件从头到尾是宙斯王的意愿。阿佛洛狄特的缺席因此是神意的安排。从诸神积极装扮潘多拉来看，神意如此，似乎不是要让潘多拉天生欠缺阿佛洛狄特式的魅力和其他特质，而是有意规避阿佛洛狄特的在场。

阿佛洛狄特的在场与不在场究竟意味着什么？女神在宙斯的王权活动中究竟扮演什么角色？

很长时间里，我只在意一个问题：那天，阿佛洛狄特为什么没来？

二

在《神谱》中，赫西俄德讲阿佛洛狄特的诞生以前，先讲到天地分离神话。

起初，地生天，天与地等大，罩着大地，犹如大地的备份，不分彼此（神，行126—127）。广天不肯与大地分离，为此天地的孩子们一出世就被滞留在受孕的母腹中，没有出路。大地"想出一个凶险的计谋"（神，行160），中断天神永不满足的性欲，世界的形成才得以脱离困境。

于是，在永是漆黑的夜里，小儿子克洛诺斯用一把坚不可摧的刀割下父亲的生殖器，往身后一扔（神，行178—181）。天神乌兰诺斯丧失了生殖器，也就丧失了性交和繁衍的能力，不再可能如前似的覆盖大地。天地就此分开，原本被压迫的生命，从此得见天日。

天地分离事件也是一起直接影响神族历史的政治事件。随着克洛诺斯的背叛行为，不和、仇恨和暴力出现在世上。乌兰诺斯诅咒自己的孩子（即以克洛诺斯为首的提坦神族，神，行207—210），这个诅咒随着宙斯推翻克洛诺斯王权而得到实现（神，行472）。从儿子背叛父亲的那一刻起，开始了几代神王的政治战争。

> 从中溅出的血滴，四处散落，
> 大地悉数收下，随着时光流逝，
> 生下厄里倪厄斯和癸干忒斯巨人族
> ——他们穿戴闪亮铠甲手执长枪，
> 还有广漠上的自然仙子墨利亚。（神，行183—187）

神受伤流血之处，必有新的生命生成。从乌兰诺斯的血滴生下三类后代：复仇女神厄里倪厄斯、巨人族和自然神女墨利亚。作为克洛诺斯反叛行为的直接产物，他们依次代表仇恨、暴力和战争在世间的显现，并呼应父子王权战争的特质。

与此同时，乌兰诺斯的生殖器漂流在海上（与广天一样，深海同样由大地所生），奇迹从中出现：

> 话说那生殖器由坚不可摧之刃割下，
> 从坚实大地扔到喧嚣不息的大海，
> 随波漂流了很久。一簇白色水沫
> 在这不朽的肉周围漫开。有个少女
> 诞生了……（神，行188—192）

诗歌从黑暗残酷的复仇场景，突然转入女神出世的动人一幕，让人印象深刻。阿佛洛狄特生在海上，依水而行，婀娜上岸，纤足过处，茵草丛生。爱神爱若斯和愿望神伊墨若斯(Ἵμερος)前来作伴。这个场景给人的第一印象无他，就是美。不但在后世的文人画家如波提切利的画笔下如此，在赫西俄德的诗中也几经强调：阿佛洛狄特"美丽"（καλὴ，神，行194）端庄，两个伴从同样有所修饰——爱欲神在众神中"最美"（κάλλιστος，神，行120），愿望神被形容为"美丽的"（καλὸς，神，行201）。整首诗从"最初的神"讲到这里，只出现过三次"美"的说法，全用来定义在这里出场的三位神。这个美的形象如此深入人心，以至于世人后来往往误称阿佛洛狄特为"美神"。我们知道，阿佛洛狄特当然不等同于美的哲学概念，但女神诞生确乎是世界生成以来第一次美的感发。

神话告诉我们，阿佛洛狄特从天神没有得到满足的性欲中生成。从词源上看，Ἀφροδίτη 这个名称与诗中的"爱阴茎的"（φιλομμειδής，神，行 200）或动词"性交"(ἀφροδισάξειν) 相连。世人为此也称阿佛洛狄特为"性感神"，说她是性欲和性感的象征。女神的神性职分因而涉及诸种"性事"，或者不如说"情事"——起初也许是不经意的委婉，致使后一个词比前一个词拥有更丰富含蓄的意蕴。女神一出世就有专属的荣誉，"从人类和永生神们那里得到份额"（神，行 204）——这里应该理解为，不管人类还是诸神，但凡关乎"情事"，都听阿佛洛狄特的。

少女的絮语、微笑和欺瞒，
享乐、甜蜜的承欢和温情。（神，行 205—206）

以上几项是阿佛洛狄特的"份额"（μοῖραν）。女神借助这些"份额"施展力量。这是一些让人误以为与爱有关的"谈情说爱"的小伎俩：絮语、微笑、享乐。这还是一些让人忍不住想到"政治手腕"的小手段：欺瞒、承欢、温情。我们不会忘记，阿佛洛狄特的生成既带有自然因素（天地分离神话），又带有政治因素（神权战争神话）。

从阿佛洛狄特的诞生叙事引出两个让人在意的问题。

首先是阿佛洛狄特与美的关系。阿佛洛狄特不等同于美本身，却是世间第一次美的感发。阿佛洛狄特的美具有这样一些特质：轻盈（水沫所生）、纤美（少女形象）和令人愉悦（絮语、微笑、享乐、承欢、温情）。不但如此，自诞生那一刻起，轻盈甜美、令人愉悦的女神与同时问世的仇恨、暴力和战争相影相随。——事实上，荷马和赫西俄德都以某种方式安排战争神阿瑞斯作她的伴侣。在讲解柏拉图的《会饮》时，施特劳斯列举了几种"可追溯至柏拉图的[美的]观念"。在托马斯·阿奎那或康德的概念里，"美是对令人愉悦的东西的领会"，或"美是创造无关利害的喜悦或愉悦的东西"。还有一种相反的观念，比如"司汤达认为，美是对幸福的许诺，这在根本上是霍布斯式的美的观点"。*从某种程度而言，这几种观念概括了西方传统中有关美的认知的两种路向，大致说来，一种认为美独立于政治共同体的利害关系之外，另一种则认为美直接影响人类公共政治生活的幸福。我们发现，这样两种近乎截然相反的路向，恰恰以奇妙的方式显现在赫西俄德的神话叙事中。

其次是阿佛洛狄特与爱的关系。阿佛洛狄特诞生时，爱神爱若斯主动前来作伴。正如阿佛洛狄特不等同于美，这里的爱若斯也显然不等同于柏拉图对话中的爱欲概念。在古希腊早期文学中，阿佛洛狄特与爱若斯往往不假区分。在柏拉图的《会饮》中，苏格拉底以前的几位讲者就在不

---

* 施特劳斯，《论柏拉图的会饮》，邱立波译，华夏出版社，2012年，页320。

同程度上混淆了这两位神，直至苏格拉底重新定义爱欲，这才奠定了两者之间的根本区分。在《神谱》中，爱若斯是最初的神，代表原初的结合本原，直到天地分离，这才有了阿佛洛狄特所代表的异性相吸原则，或者说，两个个体（两种性别）以繁衍为目的的既彼此差异又相互吸引的关系。*

阿佛洛狄特的形象既不等同为美，也不等同为爱。然而，世人对阿佛洛狄特的纷繁解释往往与美、与爱难分难解，以至于我们今天勉强地认定她的神性职分是性美和性爱。依据学者的考订，阿佛洛狄特女神甚至不是西方的土产，而是希腊古人从近东引进的舶来品。也许出于同样的原因，赫西俄德给予这位形象含糊的女神多种名称：

……阿佛洛狄特，
神和人都这么唤她，因她在水沫中生成；
或库忒瑞娅，因她从库忒拉经过；
或塞浦若格尼娅，因她生于海浪环护的塞浦路斯；
或爱阴茎的，因她从天神的生殖器生成。（神，行195—200）

《创世记》里的神同样给了第一个人"为万物命名"

---

* 参看 Annie Bonnafé, *Théogonie, La naissance des dieux*, Rivages, 1993, pp. 14—15.

的权力。命名即定义的过程,又被称为"行主人或家长之权"[*]——赫西俄德看重"为诸神命名"的权力和时机,某种程度上更接近认知的权力。《神谱》在命名方面的努力令人赞叹,不但给九个缪斯命名(神,行77—79),还列出涅柔斯的五十个女儿(神,行240—264)、四十一个大洋女儿(神,行349—361)这样的长名单。不过,给同一位神多种名称,仅此一例。

阿佛洛狄特拥有多种名称,这是因为阿佛洛狄特无法用单一的名称得到定义。在探讨赫西俄德赋予阿佛洛狄特何种指代含义时,含糊性是不容忽视的根本特性。

三

《神谱》中有九处提及阿佛洛狄特。除在序歌中的一处(神,行16)带有明显的荷马神谱传统意味外,其余八处大致可分成三类。

第一类即阿佛洛狄特诞生神话。这段章节占近二十行诗文,在赫西俄德笔下,除宙斯的诞生和潘多拉的诞生以外,再也找不到比这次叙事更有分量的诞生神话。值得一

---

[*] 冯象,《创世记:传说与译注》(修订本),北京三联书店,2012年,页249。

提的是，赫西俄德讲述天庭三代王朝的政治神话，从阿佛洛狄特的诞生讲起，到潘多拉的诞生结束。第一次政治斗争，也就是克洛诺斯反抗父亲乌兰诺斯，直接造成女神诞生；最后一次政治斗争，也就是普罗米修斯反抗宙斯，直接造成最初的女人诞生。从阿佛洛狄特到潘多拉，宙斯是一系列跌宕起伏的政治事件的主角，宙斯的诞生也恰恰处于这两次诞生叙事的中间位置，如此谋篇，不能说不精妙。

作为政治神话的开端和结局，阿佛洛狄特与潘多拉的两次诞生叙事确乎在许多方面彼此呼应，颇有可比性。一次是女神的诞生，一次是女人的诞生，两者均非两性结合的孕生产物（前者从天神的生殖器生成，后者由诸神手造），却都与性息息相关（前者自不必说，后者的家庭角色和繁衍功能，无不暗含性的隐喻）。两者诞生均有诸神群体的参与（前者伴有策反天神的群神暴动，并在出世时有诸神相伴；后者则是诸神合作的结晶），并有诸种消极因素随之问世（前者伴有复仇、夜神家族的邪恶成员等等，后者则有从瓶子飞出的疾病和不幸）。从某种程度而言，这两次诞生叙事互相平行，彼此对应，分别奠定了自然世界的秩序和人类世界的秩序。

第二类出场交代阿佛洛狄特本身的经历。一次提到她有个名为"和谐"（Harmonia）的女儿（神，行975），另一次提到她爱上了黎明之子"光明"（Phaeton），选他做神殿祭司（神，行989—991）。此外还以"库忒瑞娅"

（Kythereia）的别名，提及她和阿瑞斯生养三个子女（神，行934—937），和英雄安喀塞斯生下埃涅阿斯（神，行1008—1010）。

第三类出场次数最多，罗列了女神发挥司掌力量的五个实例。第一次使该亚和塔耳塔罗斯生下提丰（神，行822），第二次使太阳神赫利俄斯之子埃厄特斯（Aietes）和大洋女儿伊底伊阿（Idyia）生下美狄娅（神，行958—962），第三次使墨杜萨之子克律萨俄耳（Chrysaor）和大洋女儿卡利若厄（Kallirhoë）生下革律俄涅（Geryon）（神，行980），第四次使英雄埃阿科斯（Aiakos）和涅柔斯的女儿普萨玛忒（Psamathe）生下福科斯（Phokos）（神，行1005），第五次使英雄奥德修斯和太阳神赫利俄斯之女基尔克生下特勒戈诺斯（Telegonos）等后代（神，行1014）。

细察这里的五桩"情事"，不难有有趣的发现。

首先，阿佛洛狄特的力量既对最古老的神（如大地该亚和塔耳塔罗斯）有效，也对新神（比如神谱中被排到第五代的革律俄涅）乃至英雄（埃阿科斯、奥德修斯）有效。女神的权力跨越了从老神到新神、从神到英雄半神的时间维度。

其次，除第一例的老神和英雄以外，这里提到的神属于三个家族：大洋家族（两个大洋女儿伊底伊阿和卡利若厄）、许佩里翁家族（赫利俄斯的一对子女埃厄特斯和基尔克）和海神家族（普萨玛忒和克律萨俄耳）。在《神谱》列出的六个提坦家族中，大洋家族有三千大洋女儿和三千河神，许佩里翁家族有太阳、月亮和黎明，黎明又生风神和群星。比起其他提坦家族，尤其连出几代神王的克洛诺斯—宙斯家族，这两个家族的成员叙事关乎流水、星辰、风月，往往被列入宇宙起源神话的范畴，与政治神话没有直接关联。海神家族的多数成员则继承了大海祖先无常、无序的品性，是一些介于永生和有死之间的怪物，最终往往死于英雄手下。不妨说，这里提到的神无不游离于历代王朝的主流政治秩序之外。

再次，这些神的后代同样暗藏玄机。第一例中的提丰是宙斯王继提坦之后遇到的最强大的挑衅者，他的出现象征混沌和无序的回归，打乱了宙斯刚刚整顿的世界秩序，几乎取代宙斯，"差点儿统治有死的人和不死的神"，宙斯大战提丰是《神谱》的重要篇章（神，行820—880）。第二例中的美狄娅是复仇者，为着与英雄伊阿宋的恩怨情仇，不惜杀死亲生骨肉。第三例中的革律俄涅是三个脑袋的怪兽，最终为英雄赫拉克勒斯所杀。第四例中的福科斯传说死在自家兄弟手上。第五例中的特勒戈诺斯传说错杀了父亲奥德修斯。这些后代要么作为神的世界里的反派，为宙斯或其英雄儿子所征服（提丰、革律俄涅），要么成为人类世界里悖逆人道的暴力事件的主角，具体说来，还分别对应父子关系（特勒戈诺斯）、兄弟关系（福科斯）

和夫妻关系（美狄娅）。

阿佛洛狄特用功之处，结果无不与暴力、仇恨相连，这呼应前文所说，女神与同时出世的复仇神、巨人族和自然神女相伴相随。不妨说，在《神谱》中，这些在阿佛洛狄特庇护下生成的后代子女不是别的，就是宙斯王所建立的世界秩序的敌对者乃至破坏者。

还有一点。除了几处例外，阿佛洛狄特的出场几乎全部集中在《神谱》的最后一个篇章，也就是"女神与凡间男子的情事"（神，行963—1018）。十例女神的情事，对应宙斯的十次联姻（神，行881—929）。阿佛洛狄特频频操持女神与凡人的情事，却无从掌控宙斯为巩固王权的政治联姻，两相对比，发人深省。

联系《劳作与时日》，我们会看得更清楚。阿佛洛狄特在《劳作与时日》中只出现两次。一处如前所述，在潘多拉诞生时，女神本该现身却缺席。另一处在诗中写寒冷的冬日，纯真的少女躲在深闺，情窦未开，对阿佛洛狄特的秘密一无所知：

肌肤娇嫩的少女倒不怕寒，
躲在家中慈爱的母亲身旁，
不谙金色的阿佛洛狄特忙活的事。（劳，行519
　—521）

《神谱》的主题是神的世界，《劳作与时日》则关注人类世界的方方面面，从人类生存状况到公共政治生活的正义，从农耕知识到时日吉凶，无所不谈。在这部探讨人类共同体秩序的叙事诗里，阿佛洛狄特两次被提及，两次的方式都是某种程度的"不在场"。我们有理由相信，这前后两次"不在场"，道理其实是相通的。毕竟，最初的女人被造出，是要送到人间，嫁作人妻，主持丈夫的家业（劳，行699，行702），并生养肖似父亲的儿子（劳，行235），继承家产（劳，行376），成就正义城邦的美好秩序。从诗歌叙事角度看，纯真的少女在政治共同体中的未来身份，与潘多拉的使命重合。

四

在宙斯点名的四位神里，赫淮斯托斯和雅典娜是匠神，专司手工技艺，早在《神谱》的同样场合中出现过（神，行571，行573等）；赫耳墨斯是宙斯之子、神使，往往还专做宙斯的使者。这三位都是奥林波斯新神，都是神王的心腹干将。相形之下，阿佛洛狄特被点名却值得斟酌。依据赫西俄德的神谱谱系，阿佛洛狄特的辈分比宙斯还高，至少与提坦同辈，不能算作宙斯当政的新神成员——奥林波斯神族一章里讲到阿瑞斯的婚姻，不提阿佛洛狄特的大名，而只叫别名库忒瑞娅（神，行934）。

> 显赫的跛足神立刻用土造出一个
> 含羞少女的模样：克洛诺斯之子的意愿如此；
> 明眸女神雅典娜为她系上轻带，
> 美惠女神和威严的媚惑女神
> 在她颈上戴金链子，一边又有
> 秀发的时序女神为她辫上春花，
> 帕拉斯·雅典娜整理她的全身装扮；
> 弑阿尔戈斯的神使在她胸中
> 造了谎言、巧言令色和诈诡习性。（劳，行70—78

那天，阿佛洛狄特女神没来，诸神纷纷到场替代她，打扮最初的女人。赫淮斯托斯、雅典娜和赫耳墨斯以外，在场的神里头，有这么几位事先没有被点名，但事后得到了表彰：魅惑女神、三名美惠女神和三名时序女神。诸位女神在雅典娜女神的带领下，勤快而活泼，在现场特别引人瞩目，大出风头。她们忙碌地打扮潘多拉，抢着为她系发带、戴金链、别鲜花。她们目标一致而明确，务必使潘多拉看上去不欠缺本该由阿佛洛狄特赋予的特质。雅典娜女神忙着这些，反顾不上父神交代的任务，也就是传授手艺，仿佛阿佛洛狄特的事比她自己的事更要紧。总之，从那天的现场报道看，在诸神的努力下，阿佛洛狄特缺席这件重要的事几乎不为人所觉察。

宙斯原本吩咐阿佛洛狄特使潘多拉生来有"魅力和欲思"（χάριν καὶ πόθον，劳，行65—66），这两种特质最终化身成临时到场的两类女神，"美惠女神和媚惑女神"（Χάριτές τε θεαὶ καὶ Πειθώ，劳，行73），直接武装潘多拉。无论从名称的词源看，还是从司掌的力量看，美惠女神和媚惑女神本该足以完成阿佛洛狄特应尽的任务。相形之下，第三类女神也就是时序女神的出场，格外让人在意。

时序女神是宙斯和法义女神忒弥斯的女儿，共有三个。在《神谱》中，赫西俄德为她们一一命名，从名称的词源看，她们分别是法度女神（Eunomia）、正义女神（Diké）与和平女神（Eirene）（神，行902）。时序女神首先代表季节，之所以是三个而不是四个，因为希腊古人依据月亮运行规则，将一年大致分为三个季节，一个季节也相应地代表一年的三分之一而不是四分之一时光。* 在命名之后，赫西俄德接着说："她们时时关注有死的人类的劳作。"（神，行903）时序女神既象征生命和生长的节令，又是诸种社会政治气候的化身。因为，人类的劳作与社会的稳定、法则的公正息息相关（劳，行225—247）。这三位女神一

---

* 参看《劳作与时日》的农时历法章节（行383—617），或在托名荷马的《德墨特尔颂诗》（行399—400）里，佩尔塞福涅一年有三分之一时间留在哈德斯，另外三分之二时间住在母亲德墨特尔身边。

黑暗中的女人

同出现在《劳作与时日》所描绘的正义城邦的日常生活场景：一个有法度、正义与和平的城邦，也就是有时序女神庇护的城邦（劳，行225—237）。

在潘多拉的诞生过程中，阿佛洛狄特缺席的原因，与时序女神的到场紧密相关。我们说过，阿佛洛狄特不属于奥林波斯新神，而是与提坦同辈的老神。在传统说法里，这些以提坦为首的老神象征原初的宇宙倾覆力量，具体表现为无度、暴力和非理性，有一个专门名称，叫hubris，一般译为"肆心"或"无度"。依据《神谱》的说法，阿佛洛狄特的力量源自天神没有得到满足的性欲，当她发挥力量时，其根本特点就是肆心。首先，这些受女神力量影响的伴侣完全游离于天庭王朝的政治秩序之外；其次，在女神庇护下孕生的子女后代要么作为秩序破坏者为宙斯父子所征服，要么纷纷悖逆父子、兄弟和夫妻的礼法，呼应《劳作与时日》中不义城邦的写照："婴儿出世时两鬓皆斑白，父不慈幼，子不肖父，兄弟不像从前彼此关爱。"（劳，行181—186）阿佛洛狄特施展力量的后果与宙斯重建世界秩序的理念显得格格不入——宙斯王重建世界秩序，某种程度上就是克制和整顿肆心的过程。这在《神谱》中具体表现为神王大战提坦和提丰，派他的英雄儿子去征服神怪等等，在《劳作与时日》中则具体表现为正义—肆心（diké-hubris）这对贯穿全诗的关键命题的多重呈现。

潘多拉诞生时，阿佛洛狄特缺席，而时序女神到场。

通过安排新旧两类女神的对峙（也就是正义与肆心的对峙），宙斯王实现了某种奇妙的均衡。潘多拉美妙无比，好似阿佛洛狄特的翻版，神和人都无法抵挡她的令人愉悦的魅力（神，行588—589）。只是，潘多拉被公开宣扬的美已然屏蔽了阿佛洛狄特所含带的肆心本质，而被塑造成某种时序之美，某种对法则、正义与和平的承诺，或者说，某种对幸福生活的承诺。

五

那天，阿佛洛狄特为什么没来？借助以上行文的努力，我们大概明白了个中原因。然而，在解决这个疑问的同时，我发觉又陷入新的困惑。

既然阿佛洛狄特不会来，宙斯王为什么还要在事先公开点名？

这个点名的小动作，起初被我忽略了，一经察觉，我却再也无法移开关注的目光。乍看之下，这个点名的小动作仿佛是宙斯王完美计划中的一点瑕疵，仿佛他不经意中犯下了一个谬误，仿佛他点错了名或根本不该点名。

这个小细节却集中呈现了神话叙事的微妙之处。正如开篇所言，宙斯王代表不可逃避的神意，这里所说的谬误只能归列为宙斯王意愿中的谬误，更准确地说是宙斯王的佯谬。事实上，早在与普罗米修斯的纷争中，宙斯王就展现过相似的政治技艺。一切表面的谬误无不最终证明，整个潘多拉诞生计划周密详尽，万无一失。

在宙斯王的安排下，正义与肆心在人间的对峙，也就是正义与肆心在人间的完美均衡。尽管自人类种族神话起，有关肆心的言说几乎与恶同名，诗中不厌其烦地强调"正义战胜肆心"的道理，教导世人遵从正义，放弃肆心（劳，行217，行213，等等），但与此同时，从赫西俄德的文字里无时不流露出清醒的认识，也就是作为源自提坦神族的深层人性，肆心从来不曾离开过人类共同政治生活。诗中既没有脱离肆心语境的正义言说，也没有脱离正义语境的肆心言说。有关这一点，我们再怎么强调也不为过。因为，不知从何时起，正义与肆心被分开言说，并分别丧失参照，走向各自的极端。这对对子的张力与均衡本身反倒为共同体中人遗忘，鲜少有人说起。

发生在雅典诗人阿伽通家里的会饮事件因此值得新的关注。依据柏拉图的记载，那天夜里，所有人赞美"爱"这位大神，纷纷假以诸种时序之美的粉饰，只有苏格拉底反其道而行，还原了爱欲不为人所愿知的真相，也就是爱"欲求在美中孕生"[*]的肆心本质。

---

[*] 柏拉图，《会饮》，206e，引文出自《柏拉图的〈会饮〉》，前揭。

青年斐德若首先发言。爱被说成"德高望重的了不起的神"（177a），爱神几乎就是诸种人生问题的终极答案。我们应该理解，这是彼时雅典人的共识而非斐德若的独见。尽管他为了显出与众不同，自称为无人赞美爱神愤愤不平。通过这位紧跟潮流的文艺青年，我们得以见证一个事实，整个雅典城顶礼膜拜爱若斯大神，人们不分剧场内外都在表演"谈情说爱"，视之为不容置疑的真理。

暖场之后的三次发言各有精彩。泡赛尼阿斯关心如何在法律上确立某种更高贵的（"属天的"，180d）谈情说爱的合法性，身为阿伽通的同性恋人，雅典的时髦人士，他这一番话很容易让人想起今人呼吁同性恋婚姻合法化。医生厄里克希马库斯宣扬顺应自然秩序的爱。他显然受智术师影响，相信科学的正义有助于文明进步，主张把知识应用到日常生活。喜剧诗人阿里斯托芬讲了一个让人意犹未尽的故事，世间的人都如苹果的两半，寻寻觅觅，无非是一半想要找到自己的另一半，唯有爱才能完成人的圆满，与自身和平相处。

这三次发言的中心思想恰好对应庇护城邦秩序的时序三女神——泡赛尼阿斯强调"法度"，厄里克希马库斯强调"正义"，阿里斯托芬强调"和平"。潘多拉事件以降，时序之美深入人心，已然是无可争议的城邦共识。第五名发言者阿伽通紧接着把对爱神的赞歌唱到了极致。

会饮上的这群人互相调侃，彼此瞧不起，自诩比别人高明。作为雅典城里最聪明也最有影响的一群人，他们的观点（尽管有细微差别）共同构成了雅典公共政治生活的舆论共识。只是，在任何时代的共同体里，文化的自我省思不能仅仅满足于表面的细微差别，而必须触动深层的内在运动，让思想在矛盾中痛醒过来，在张力中争取平衡，就如那走钢丝的人，他是不能有一刻放松的，每一小步都有可能坠入死亡的深渊。正是从这个角度出发，我们必须重新审视苏格拉底在那天夜里的所作所为。

那天夜里，苏格拉底对雅典城的舆论共识公然发出挑衅。通过转述某个异邦女祭司的教诲，他对爱欲的认知做出更正：首先，爱不是神，而是介于有死和不死之间，表面看来，爱若斯只是一个脏兮兮、有欠缺的小孩。其次，爱既不美也不善，正因为爱若斯天生欠缺美和善，所以爱欲从一开始就表现为欲求美和善的东西。这两点彻底颠覆雅典人（乃至后人）对爱的判断，诗人阿伽通的爱颂中最强有力的观点在于，爱神最美也最善。尽管在雅典人（乃至后人）眼里，阿伽通的最后发言代表最高水准，而斐德若的最初发言因先天不足而常被忽略不计，但从某种程度而言，阿伽通没有跳脱斐德若一开始奠定的格局。

众人大谈爱神的正义，苏格拉底却揭示爱欲的肆心本质，用施特劳斯的话说，也就是"爱欲的内在危险"。[*]

---

[*] 《论柏拉图的〈会饮〉》，前揭，页326。

几乎在会饮发生的同时，雅典城还发生一件亵渎宗教秘仪的大丑闻。传说有人亵渎神灵，污损神像。在讲解《会饮》时，施特劳斯给出一种参考意见，罪魁祸首不是阿尔喀比亚德，而是苏格拉底本人。丑闻事件就是会饮本身。那天夜里，苏格拉底确乎犯下了亵渎爱神的罪过。并且，在揭示爱欲的肆心时，他暴露了自身的肆心。"《会饮》表现了苏格拉底的肆心，它已近乎完全坦率的方式表现了苏格拉底的离经叛道。" *

在一篇题名为"启示的假想或寓言片段"**的短文中，卢梭以寓言的形式再现了苏格拉底的"离经叛道"。巨大的神殿，众人膜拜无名的女神偶像。这个女神恰如雅典城中的爱若斯大神。会饮的人们赞美他，"兴高采烈的颂诗和赞歌形成此起彼伏的声响"，赞美者无不是"用想象描绘他，在神秘的面纱下安置心中的偶像"。倘若苏格拉底说的属实，那么，爱若斯不是众人口里的那个完美强大的神，只是一个生来有欠缺的流浪孩子。众人看不清爱若斯的真相，这与卢梭的描述很是相似："这些雕像近看可怕而畸形，但透过巧妙的透视手法，从建筑中央看过去，每个雕像变了样，呈现出迷人的模样"。***

---

* 《论柏拉图的会饮》，前揭，页325。
** 卢梭，《启示的假想或寓言片段》，参看 Jean-Jacques Rousseau, *Fiction ou Morceau allégorique sur la Révélation*, in Œuvres Complètes, IV, Paris: Bibliothèque de la Pléiade, 1969, pp.1044—1054。
*** 《启示的假想或寓言片段》，前揭，pp.1049—1050。

在寓言中，有个老人揭开偶像的面纱，让她毫无遮蔽，暴露在世人眼前。人群朝他扑去，几乎将他撕成碎片。他们审判他，判他喝下鸩酒。那是判给智者的通常死法。他从容接受这一命运的安排。这个老人不是别人，就是苏格拉底。

德里达在评论卢梭《论语言的起源》时说过一句话："没有脱离语境的文本"（Il n'y a pas de hors-texte）。苏格拉底的"离经叛道"有两个不能跳脱的语境：一个是《会饮》影射的雅典城邦共识，另一个是苏格拉底的赴死。

老人最后的话竟是在对被他揭开面纱的雕像明白致敬，这给哲人的思想留下永远无法摆脱的疑问和困扰。他始终不确定，老人最后的话究竟隐藏着某种寓意，或者只是服从法律规定的崇拜仪式的行为。因为老人说过，既然所有侍奉神灵的方式在他看来无关紧要，那么他宁可选择服从法律。只不过，在这个行为与之前的行为之间永存着无法磨灭的矛盾。[*]

卢梭不只一次表达过对苏格拉底事件的困惑。苏格拉底顺从审判，似乎有悖他所宣扬的精神，苏格拉底的死又"给他的一生带来荣誉"，按卢梭本人的话说，我们因此

---

[*] 《启示的假想或寓言片段》，前揭，p.1053。

不去怀疑,"苏格拉底再怎么睿智也终究只是一个智术师"。*也许,这一"永远无法磨灭的矛盾",这一"永远无法摆脱的疑问",就是一种文明自我省思的时刻。在那个时刻,所有看似微不足道的进退应对无不攸关生死,并且是远远超乎某个人的生死。

离题的话讲罢,我们在分岔的小路上并未走太远。倘若没有宙斯王事先点名这件事,阿佛洛狄特的缺席就不会为人所在意,也就不足以成为值得探究的问题。在某个可珍贵的神话时刻,阿佛洛狄特被公开点名又悄然缺席。故事游走于言辞的进退之间,诸种纷繁的启示和思绪从中获得可能。在不死的古老神话里,每个引发困惑的细节无不最终指向这样的张力和均衡。

---

* 卢梭多次表达同样的困惑,比如《萨瓦本堂神父的信仰自白》,全集,IV,625—627;《致博蒙书》,993。

匹桑与神话诗

"原来我深觉你的心结，
　犹如一道准确的倾斜。"

匹桑，《乌塔耶书简》

前图注：匹桑《女史之城》手抄件插画，现藏法国国家图书馆
Christine de Pizan, *La Cité des dames*, BNF 1178

> 此情可待成追忆，
> 只是当时已惘然。

一

我们对克里斯蒂娜·德·匹桑的了解首先得益于她本人的自述。[*] 在《命运转变之书》中，这位中世纪晚期女作者以神话譬喻的方式讲述人生的变故。她在命运女神的召唤下出海远洋。起初她并不慌张，她的同伴是出色的航海家，她在他的引领和陪伴下度过十年美好人生。后来风暴来了，同伴遇难了，她被抛弃在汪洋海上。一个弱女子，一叶风雨飘摇中的小舟。她没有能力掌舵，既无力量

---

[*] 匹桑在《问学长路》（1402）、《命运转变之书》（1403）和《劝言书》（1405）等作品中详细记载自己的身世经历。参看 Christine de Pizan, *Le Chemin de longues études*, éd. Andrea Tarnowski, Paris, Librairie générale française, 2000 ; *Le Livre de la Mutacion de Fortune*, éd. Suzanne Soelnte, Paris, Picard, 1959—1966 ; *Le Livre de l'advision Cristine*, éd. Christine Reno & Liliane Dulac, Paris, Honoré Champion, 2001.

也无知识,只有惊惧和悲鸣。命运女神怜悯她,在她的梦中现身,轻抚她的身体手足。醒来时她发现自己变了。恐惧和疑虑消散了。她的声音变得有力,她的目光变得坚毅。她亲手修补破败的小舟,从此做了掌舵的人。*

这则寓言值得玩味,还因为它记载了欧洲文明史上第一位以写作谋生的职业女作者的养成经过。倘若匹桑不是在最好的年华遭逢那场生命里的海难,需要改写的也许不只是她一人的人生。

匹桑的父亲早年深造于古老的博洛尼亚大学,通医学、天文学和星相学(这两样学问在中世纪不分家)还有法学,担任过十年星相学教授,做过威尼斯共和国的政府顾问,在十四世纪的欧洲算是知名学问人。匹桑在威尼斯出世那年,他同时得到欧洲两大君王的邀约,一个是匈牙利王路易大帝,一个是法兰西王查理五世。他去了法国。查理五世史称"智者查理"(Charles le sage),在世即有贤君的美誉,设第一座王室图书馆,巴黎且有与博洛尼亚齐名的大学。这些都是老匹桑考虑的因素。事实证明他没有选错。整整二十五年,他不离君侧备受尊宠,直至查理五世去世。匹桑稍后不无夸张地回顾,法兰西这一时期的繁荣应归功于其父高妙的占星技艺。尽管依据别的史料记载,老匹桑

---

* *Le Livre de la Mutacion de Fortune*, livre I, 前揭, pp.51—52.

的占卜并不太灵验。*

匹桑三岁同母亲赴巴黎，在宫中长大，享尽荣华。十五岁父亲替她选中门当户对的夫婿。夫妻十年恩爱，生养二子一女。查理六世登基后，老匹桑成了前朝元老，风光大不如前，没过几年即去世，留下大堆债务。两个兄长回威尼斯。匹桑与母亲留在巴黎。一年后雪上加霜。丈夫随君出行意外病逝，同样没有为家人考虑过经济保障问题。

二十五岁时，匹桑成了寡妇和孤女，兼任一家之主。她在短短一年间失去最亲近的两个男人。她的身份地位和生存状况岌岌可危。在十四世纪下半叶的法国王室贵族社交圈里，一个女人，且是孤单无依的外国女人，没有父亲、丈夫或兄弟的保护，没有经济来源，却有一堆财产纠纷和债务缠身，显然她是走到了穷途末路。她甚至不能隐居修院，像那些忧伤的贵妇人在余生中哀悼亡者。她还有现世的责任。她不仅要养活自己，还要照顾年迈的母亲、三个未成年的儿女和一个外甥女。唯一的出路是再嫁。选对有钱有势的婚姻对象，尚有机会保持宫廷交际，继续贵族生活。这也是无数与她同处境的女子所走的路。

匹桑没有走这条路。她很有勇气地走了一条在此之前还没有女人走过的路。好些个世纪以后，女子自力更生成为公认的康庄大道，女性职业作者也正式被归为社会常态。

---

* Simone Roux, *Christine de Pizan, femme de tête, dame de cœur*, Payot, 2006, pp.58—59.

生活在中世纪晚期的匹桑却是孤独一人走在这条路上。

勇气之外，她还要有足够的明智和毅力。她在接下来几年间深居简出，专注于思考和学习，为职业写作做准备。父亲给予她的教育尽管超乎同时代的女性，但她有自知之明。中世纪男性学者在大学修院受过扎实的古典训练，精通拉丁文和修辞学、哲学和神学等基础学问。这是她欠缺的。她无意仿效也仿效不来。重要的是取长补短。她有意识地自学历史和诗歌，并掌握抄写技艺。与此同时，她还要应付父亲和丈夫留下的烦琐的财产纠纷，她要经营必要的人际社交，她是皇后的贴身女侍官，与奥尔良公爵交往密切，她还要安顿逐渐成人的子女。这些日常琐事，她在自述里只字不提，她一味只强调自己身为女学者的隐居生活。她并不意气用事，也无暇多愁善感，而是理性、务实，一步步走得很稳。

三十四岁起，匹桑正式开始写作生涯。[*]她总共留下不少于二十部传世作品。她不仅在宫中出脱为公认的女学者，凭靠文名赢取君王们的庇护，还在彼时尚无女性容身之地的智识界为自己挣得一丝隙缝。当年她以女性作者身份积极介入围绕《玫瑰传奇》而展开的那场论战，到如今已成青史流芳。她借《女史之城》（*La Cité des dames*）为有史以来不同文明传统中的女性著书立传。她留下的

---

[*] 匹桑生平的几个重要年份：1365年出生，1368年到巴黎，1380年结婚，1381年查理五世去世，1389年父亲去世，1390年丈夫去世，1399年开始写作。

《明君查理五世的事迹和善德之书》(*Le Livre des Fais et bonnes meures du sage roi Charles V*)迄今依然是最基础的参考史料。她的书写乃至涉猎保安政制和武器制作等百科主题。她还是第一位公开撰文盛赞贞德的同时代作者。生逢英法百年战争和欧洲政教分离的大时代，这位了不起的女性不但彻底走出个人生活的困境，还努力做到与自己的时代一同思想和呼吸。

她的声名在世时就传到法国以外，并在接下来的两个世纪里经久不衰。她就像她擅长书写的那些神话变形故事中的主人公一样完美蜕变，从受庇护的女儿和妻子，蜕变成一家之主，蜕变成时代的写者或者，"十五世纪最重要的法国政治作者"。* 她的作品迄今仍有数量可观的手抄本传世——西方印刷术始于1450年前后古腾堡的发明，这些作品因而在某种程度上是手抄传统的最后一批瑰丽遗产。不但如此，十五、十六世纪在法国和英国还涌现出为数众多的匹桑作品的印刷本和英译本。

在迄今留存的手抄本中，我们尚能一睹匹桑的风采。至少十几幅装饰彩画表现了"工作中的女学者匹桑"这一形象。通常，她坐在书房一角，墙上是藏红底暗金花纹挂毯，临窗木桌上摊开一本书。她表情专注，正在写字或阅读。一袭深蓝的裙子，一顶素白的头巾。有时脚边站一只

---

* François Autrand, *Christine de Pizan*, Fayard, 2009, p.7. 值得一提的是，匹桑的书写在随后几世纪里遭遇了长久的湮没，直至二十世纪重新"被发现"。

安静的狗，有时桌上多几卷书或一面镜子，有时裙子从蓝变白，头巾从白变红。多数时候她独守空室，有时美德三女神或戎装的密涅瓦女神会现身，有时她对着四名男子或她的儿子施教。在所有装饰彩画里，她有白皙的脸，凸起的额，有专注的表情，朴素的装扮。她深谙这一自我形象的传世之道，坚定的，且淡定的，正如她在为同时代的君王立传的开篇直言不讳："我，克里斯蒂娜·德·匹桑……"*

二

《乌塔耶书简》（*Épitre d'Othéa*）是匹桑的早期作品，成书于 1400 年。全书包含一百篇取材古希腊传统的神话故事。每篇的正文为一首四行诗（前五首诗例外为长诗），每首诗后各带两段散文体的文字说明。第一段即"评释"，以十五世纪初的眼光对古代神话故事提出一种或多种解释，且往往以某位古代哲人的警句收尾。第二段即"寓理"，从古代神话故事中汲取基督宗教教益，往往佐以某位教会教父的引文，文末再引一段圣经经文。全书结构统一，构思新巧，实现了某种形式的诗文合璧（prosimetrum），

---

* "Moi Cristine de Pizan…" 语出《明君查理五世的事迹和善德之书》开卷句首。

与但丁在一世纪前完成的诗集《新生》（*La Vita nova*）遥相呼应，并直接影响十五世纪末欧洲文学中涌现出的大量书简体作品。*

匹桑《乌塔耶书简》1460 年波德迈手抄件，开卷页
Christine de Pizan, *Épître d'Othéa*, 1460,
Bibliotheca Bodmeriana

---

* 《乌塔耶书简》对十五世纪末的书简体作品的影响，参看 Gabriella Parussa (éd), *Christine de Pizan, Epistre Othea*, Genève, Droz, 1999, pp.29—30.

原书标题很长，直译为"审慎女神乌塔耶写给一位青年骑士赫克托耳的书信集"（*Épître d'Othéa, déesse de Prudence, à un jeune chevalier, Hector*）。依据作者的构思，这位女神致信青年骑士，信中讲述一百个古代神话故事，教导他如何理解这些故事并从中汲取教益。赫克托耳是古时特洛亚王子，出自古希腊英雄诗系传统，荷马史诗《伊利亚特》即以赫克托耳为英雄主角。古代神话中没有审慎女神乌塔耶这么个神名，似是作者臆造。Othéa 与 O thea 谐音，后者可理解为一句呼唤："哦，女神！"在匹桑笔下，负责教诲青年骑士的不是男神而是女神，值得玩味。此书假托古希腊女神之名撰文，用意不在重塑古时代的英雄，而是教养当时代的骑士贵族，乃至未来的治国君王。[*]

在百篇神话诗中，有近半数故事讲述赫克托耳的生平和特洛亚战争的始末。好些篇目提及赫克托耳的传奇故事。他本是普里阿摩斯王和赫卡柏之子，因蒙战神马尔斯和密涅瓦女神的恩宠，又被称为神族后裔。他是最英勇的特洛亚战士，一度率领特洛亚人重挫希腊人。他后来败在希腊英雄阿喀琉斯手下，他的死预示特洛亚的亡城命运。

赫克托耳的故事以外，书中亦有好些篇目交代特洛亚

---

[*] 匹桑将《乌塔耶书简》献给多位君王，包括奥尔良公爵路易一世（1401年）、英王亨利四世（1402年以前）、勃艮第公爵菲利普二世（Philippe le Hardi）（1404年以前）和贝里公爵（Jean de Berry）（1405年至1406年间）。

战争的始末，从战争的起因讲起，比如佩琉斯的婚礼、不和女神的苹果、帕里斯的审判、海伦的故事，一直讲到赫克托耳死后特洛亚的亡城经过，并追溯赫克托尔的祖父拉奥墨冬王治时代的第一次亡城故事。

除赫克托耳本人以外，书中还讲到他的亲人们的故事，包括妻子安德洛玛克、姐妹卡珊德拉和波吕克赛涅、兄弟特洛伊罗斯和赫利诺斯、表亲门农等。此外也提到希腊敌方的将领如阿喀琉斯、埃阿斯、奥德修斯和皮洛斯等。

十四世纪的欧洲人熟悉赫克托耳的传奇故事，并非因为他们熟读《荷马史诗》。中世纪早期流传两部讲述古代特洛亚战争的拉丁文著作，一部是托名弗里吉亚的达瑞斯（Darès de Phrygie）的《特洛亚的陷落》（*De excidio Trojæ historia*），一部是托名克里特的狄克提斯（Dictys de Crète）的《特洛亚战争日志》（*Ephemeris belli Troiani*）。达瑞斯是特洛亚的火神祭司，狄克提斯是克里特英雄，均系出自《伊利亚特》的人物，因而是传说中亲历特洛亚战争的古人。两部著作的作者假称分别发现达瑞斯和狄克提斯的古希腊文见闻录并迻译成拉丁文，成书年代均约为四至五世纪。受这两部作品影响，匹桑以前已有不少法文作者写特洛亚故事，其中流传最广的莫过于圣摩尔的本笃（Benoît de Sainte-Maure）在十二世纪撰写的诗体小说《特洛亚传奇》（*Roman de Troie*）。

赫克托耳是中世纪传说中的"骑士九杰"（neuf

preux）之首。自十四世纪初的武功诗歌《孔雀之盟》（*Les Voeux du paon*）问世以来，三名希腊罗马传统人物（赫克托耳、亚历山大和恺撒）、三名犹太传统人物（约书亚、大卫和犹大·马加比）和三名基督教传统人物（亚瑟王、查理大帝和布永的戈弗雷）共同组成中世纪欧洲人眼里的理想骑士的典型。仅以三名来自古希腊罗马世界的英雄为例，在时人眼里，他们分别代表三个先后承接的文明时代，赫克托耳代表古代希腊文明世界，亚历山大代表泛希腊文明世界，恺撒代表罗马文明世界。

伽洛林王朝时期广为流传一种说法。法兰克王的先祖名曰法兰库斯（Francus），或法兰西安（Francion），本是赫克托耳之子，这意味着法国王室乃是古远的特洛亚王族后裔。匹桑将《乌塔耶书简》献给奥尔良公爵时，在献词中就特别强调这一渊源。《明君查理五世的事迹和善德之书》中同样如此。这种做法在当时蔚然成风，不妨再举同时代的两部书信体作品为例，一部题为《赫克托耳写给国王的书简》（*Jean d'Auton, Epistre d'Hector au roy*），另一部题为《国王写给赫克托耳的书简》（*Jean Lemaire de Belges, Epistre du roy à Hector*）。赫克托耳自古代英雄谱中脱颖而出，做了中世纪骑士精神的代表，因而另有一番政治意味。

在百篇神话诗中，与特洛亚无关的故事，多为取材奥维德的神话变形故事。不过，正如中世纪读者不是通过希腊文原本的《荷马史诗》了解特洛亚战争，他们同样不是通过拉丁文原本了解奥维德的《变形记》。因此要读懂匹桑的这些神话诗，首先要搞清楚《乌塔耶书简》的用典出处。方法只有一个，就是对匹桑时代流传的诸种手抄作品与匹桑本人的作品进行耐心细致的文本比较和分析。欧洲学者在这方面下过不少功夫。P. G. C. Campbell 很早就有专著讨论，晚近《乌塔耶书简》的勘本作者 Gabirella Parussa 汇总既有的考证结论并加以修订，用了长达四十页的篇幅解释匹桑的用典出处。[*]这里仅简单交代五种主要参考文献。

正文部分的神话诗主要有两处用典来源。首先就是奥维德笔下的神话故事。十四世纪初期，有无名氏作者将《变形记》改写成古法语本，共 72000 行诗，题为《基督教化的奥维德》（*Ovide moralisé*）。这个改写本秉承中世纪对古典文献随文勘误的编修风格，不但添入奥维德另一部诗作《列女志》的若干内容，还加注释逐一评述书中的变形故事，以期做出适应基督宗教教化目的的解释。

其次则是《从古至恺撒时代的历史》（*Histoire ancienne jusqu'à César*），同样出自无名氏手笔，一般认为系由不同年代的多名编撰者完成，就与《乌塔耶书简》相

---

[*] P. G. C. Campbell, *L'Epistre othea, étude sur les sources de Christine de Pizan*, Paris, 1924, Champion ; Gabriella Parussa (éd), *Christine de Pizan, Epistre Othea*, Genève, Droz, 1999, pp.30—70.

关的内容也就是特洛亚战争故事而言，匹桑至少参考了成书时间分别为十三世纪初和十四世纪末的两个不同版本。第一个版本收录前文提到的托名弗里吉亚的达瑞斯的《特洛亚的陷落》，第二个版本则收录前文同样提到的圣摩尔的本笃的《特洛亚传奇》。

"评释"部分多以古代哲人的名言警句作为收尾。中世纪广泛流传一部从阿拉伯文转译成拉丁文的《明哲言行录》（Dicta et gesta philosophorum），书中收录古代哲人的名言及生平介绍。据考证，匹桑在书中的哲学援引无不涵括在内，不过，她使用的不是拉丁文本，而是法文译本，由查理六世的近臣迪农维尔（Guillaume de Tignonville）在1401年前后完成，书名为《哲人道德箴言》（Dits moraux des philosophes）。换言之，这个法文译本与《乌塔耶书简》几乎同时成书。匹桑与这位宫廷学者相识，故而有机会在第一时间参阅使用。值得一提的是，匹桑的援引不是照抄原文，往往根据行文需要加以改写。

"寓理"部分通常有两段援引，一段引自某位教会教父，另一段引自《圣经》。四世纪教父时代最早出现的三位拉丁文作者在其援引之首：哲罗姆（九次）、安布罗斯（五次）和奥古斯丁（三十六次）。一般认为，匹桑的这些援引参考了当时流传的两部手抄件著作。一部是《美德的念珠》（Le Chapelet des vertus），据考证是某部成书于1310年至1323年间的意大利文作品《美德之花》

（*Fiore di virtù*）的法译本。另一部是 Thomas Hibernicus 依据索邦神学院图书馆的藏书编修而成的《摘录集锦》（*Manipulus florum*），书中摘抄了六千多段拉丁文语录，多数出自教会教父，少数出自古代哲人，并按主题分门别类，按字母表顺序排列，查阅极为方便。这部《摘录集锦》在十四、十五世纪广为流传，迄今尚有 160 件手抄本和若干印刷初期珍本传世。

上述五种主要参考文献之外，一般认为，匹桑熟悉十四世纪诗人的作品（有的从法译本，有的从拉丁文本），诸如薄伽丘的《名女录》（*De mulieribus claris*）和《异教诸神谱系》（*De genealogia deorum gentilium*）、但丁的《神曲》和纪尧姆·德·马肖的《爱之泉》（Guillaume de Machaud, *La Fontaine amoureuse*）。此外，她也读过六世纪作者波埃修斯的《哲学的慰藉》，以及八世纪波斯炼金术士贾比尔（Jabir ibn Hayyan）的作品。

三

行文至此，我们不免惊讶于《乌塔耶书简》用典来源的驳杂，在不同语言的迻译之间呈现出近乎混沌的状态。作为现代读者，我们很难理解为什么某一部法文著作是否转译自某一部意大利文著作需要考证。原因恰恰在于，摆在我们眼前的这两种语言的文本之间有着悬殊的内容差别。在匹桑的年代，翻译往往与诂证评注相连，译者在某种程度上也是编修者。然而，倘若我们往前追溯的话，古代注家一开始并没有随文诂证的传统。所有评注独立成文，并不影响原本。编修者随文"勘误"是中世纪的产物。以十二世纪学者策泽斯为例。此人在汇编古代作品上贡献极大。其评注常常流露出轻慢古人的态度，比如在某处"勘误"添道："要么抄写人抄错了，要么作者本人搞错了。"这种做法在古代注家那里是不可想象的，诸如普鲁塔克和普罗克洛斯等传统注家对古代作者作品始终持有敬畏心态。今人自我赋予矫正古人的权利，并非只是生成所谓篡改或增删等文本争议这么简单的问题。这种薄古厚今的精神在中世纪晚期演变成某种"文艺复兴"，不出两百年进一步促生"启蒙"。我们亲近一部1400年的作品，不但要从字里行间寻觅阅读的乐趣，还要从中分辨文明史上那些重大精神事件的缩影。

同样的问题在神话的阐释上尤其显著。如果说拉丁作者奥维德的神话故事是对古希腊神话传统的有意的"去神化"改写，那么，十四世纪的法文本《基督教化的奥维德》则是有意的"去奥维德化"的改写。只需稍加阅读荷马、赫西俄德等神话诗人或埃斯库罗斯、索福克勒斯等肃剧诗人的作品，再对比《乌塔耶书简》的百篇神话诗，不难发现同一个主题的神话叙事在两千年间呈现出大相径庭的样貌，个中差异到了惊人地步。

匹桑多次明白不讳地道出她的神话阐释观点。比如，在讲皮格马利翁爱上雕像的故事时说："关于这个神话故事，我们可以给出好几种解释，其他神话也是一样；古人编造这些神话故事，是为了让后人磨炼心智，给出不同的阐释"（第二十二篇"评释"），在讲伊俄爱上神王宙斯的受难故事时说："神话往往把真相掩藏在虚构的面纱下"（第二十九篇"评释"），在讲俄耳甫斯赴冥府寻妻的故事时说："这个神话故事有多种解释"（第七十篇"评释"）。

仅以第一篇为例。匹桑先是在正文诗篇中讲述一则神话故事，也就是乌塔耶女神恩宠特洛亚王子赫克托耳，写信教诲他，送他神妙的礼物，使他拥有"一名好骑士在尘世间所能得到的恩典"。

乌塔耶，审慎女神，
养育了神勇的凡间仁人，
写信给你，王子赫克托耳，
高贵雄特，功名已赫赫。
你父亲乃战神马尔斯，
专司战斗，嗜杀成痴，
你母亲密涅瓦女神
有大能，制得缤纷的甲盾。

哦！高贵的特洛亚人之子，
特洛亚城邦与住民的后嗣……
我写信要教诲你……
这是让你心生勇气，
凭着好教养，去驾
那飞在空中的神马，
声名在外的佩伽索斯，
所有勇士爱它的薄翅。（第一篇）

有趣的是，匹桑紧接着在"评释"中笔锋一转，声称乌塔耶女神其实不是神，而在古代确有其人：

> 古代作者习惯于崇拜那些基于某种恩典的眷顾而超乎寻常命运的人，他们奉同时代好些以明智著称的女性为"女神"。据史料记载，在显赫的特洛亚城美名远扬的年代，确乎有一位明智的女性，人称"乌塔耶"。（第一篇"评释"）

这样一种去神化的解释在百篇神话故事的评释当中一而再再而三被强调。在匹桑笔下，神话仿佛是一种临时挪用的手法，在获得运用的同时仿佛也被揭穿底细。"乌塔耶"这个专有名称因而更像是一种譬喻，一种影射，一种对美德（审慎）的人身化。同样，书中一连选用七则古代神话故事来譬喻七宗罪：纳喀索斯的自恋，影射傲慢（第十六篇）；阿塔玛斯扼死亲生子，影射暴怒（第十七篇）；阿格劳洛斯变成化石，影射嫉妒（第十八篇）；独眼巨人中奥德修斯的计，影射懒惰（第十九篇）；乡人被拉托娜变成青蛙，影射贪婪（第二十篇）；巴克库斯的故事，影射贪食（第二十一篇）；皮格马利翁爱上石像，影射色欲（第二十二篇）。作者的用意再明显不过。叙事的目的是道德训诲。神话从某种程度上被缩减为两种可能性，要么是好的例子，要么是坏的例子，以供青年骑士或仿效或引以为戒。评判依据的是基督宗教的善恶标准，而与神话最初所承载的古典精神相去甚远。自开篇起，前四十四则神话故事严格依据基督宗教的主要教理教义进行编排。一至四篇的主题依次对应四枢德，六至十二篇的主题依次对应七大行星也即七美德，十三至十五篇依次对应三超德，十六至二十二篇依次对应七宗罪，二十三至三十四篇依次对应使徒信经的十二句信条，三十五至四十四篇依次对应十诫。

匹桑在书中开宗明义：

古人在信仰上未受启蒙，崇拜多神。不过，在多神崇拜下倒是产生了人类前所未有的强大政权：亚述人、波斯人、希腊人、特洛亚人、亚历山大大帝、罗马人，等等。所有伟大的哲人亦如此：神从前没有为这些人打开慈悲的大门。但如今，在神恩的光照下，身为基督徒的我们有可能从德性上修正这些古代哲人的主张，并从中汲取极美的教理。（第一篇"评释"）

众所周知，基督宗教与多神信仰的传统异教的内在冲突构成了西方文明发展的基本动因，如何从基督宗教的立场来看待"异教"文明，成了早期教父乃至历代学者的一大心病。在《乌塔耶书简》这部成形于 1400 年的神话诗集里同样可略见一斑。

四

然而，若一味看到神话在此枯萎减缩成单调的说教，亦是不公平的。《乌塔耶书简》里还有纯粹的叙事趣味。我们从字里行间可以感受到作者的两种意向，一方面是道德训导的理性，另一方面是书写爱情的诗性，在某些特定时刻，两种意向彼此冲突，形成相当迷人的叙事张力。

《乌塔耶书简》假托女神之名训导同时代的王公贵族，全书贯穿着道德训导的理性。第一篇"开场评释"即言：

人的一生即是在践行真正的骑士之道，《圣经》中有多处提及。既然尘世万物总有一死，我们须得时时记住那即来的时间，那是永恒的，藏有高度和完美的理性，能为胜者赢取桂冠。本书的做法因而就是谈论骑士精神：唯愿本书在赞美神的前提下让有意倾听教诲的人获得滋养。

骑士的生成与战争的现实有关。骑士精神最初根植于对战争的崇尚。法国王室诸多成员取名"路易"，即是一证。Louis 的词源可追溯至日耳曼语 hlodovic，由 hlod-（荣誉）和 -wig（战斗）组成，意思是"从战斗中得荣誉"。骑士制度逐渐发展成为一种道德礼法，一种生活方式，其过程中有两种主要的影响因素，一是教会文明，一是十二、十三世纪盛行的南方奥克语行吟诗中宣扬的"典雅爱情"（fin'amor）。《乌塔耶书简》的百篇神话诗谈论骑士之道的践行，同样脱不开勇武与爱情这两大骑士主题。道德训导的理性因而具体表现为乌塔耶女神谆谆教诲赫克托耳王子从战斗和爱情中实现自我的完成，或灵魂的修行。

骑士的勇武呈现为某种高度基督宗教化的英雄主义。赫克托尔王子虽系凡人所生，却一再被称为"马尔斯之子"，以譬喻其继承战神的勇武精神。

从令尊马尔斯，我深知
你有一天会承继他的风姿，
不辱高贵的出身门第，
心慕战神善战的威仪。（第十一篇）

在作者的诠释下,马尔斯不只是古代神话语境中的战神,而是进一步象征"在尘世间英勇作战的神子基督":"但凡热衷于战斗和骑士功业的骑士,并能够凭借战斗中的胜利得荣誉,均有资格获得'战神之子'的称号。"(第十一篇"评释")身为赫克托耳的后裔,虔诚的基督徒,高贵的骑士,法兰西的"路易"们因而拥有多重身份以配得上"战神之子"这一美名。

赫克托耳之外,书中还讲了好些古代英雄的勇武故事。以第三篇为例,从赫拉克勒斯立下的赫赫功名中汲取的道德训导是,只需仿效这位英雄的勇武,但不必盲从英雄上天入地惊动神鬼的壮举——

你用不着像他一样
去向冥府中的强人逞强。
用不着去较量普鲁同王,
带走珀尔塞福涅是冥王轻狂,
那谷神刻瑞斯的爱女
被他从希腊边境的海上抢去。
用不着去费心结仇
刻尔柏若斯那冥府的看门狗,
也用不着去挑战
冥府遍地的护卫余残……
尘世间自会有足够的战争,

你用不着下地狱寻访。

你同样用不着

为了扬名争高,

去大战凶骇的蛇虫、

狮子和会攀爬的熊,

还有你想都想不到

各种荒蛮的野兽怪妖,

以此立下勇敢的美名。（第三篇）

《乌塔耶书简》波德迈手抄件,第三篇
Épître d'Othéa, le 3ᵉ texte

依据书中的训导，"只能是为了捍卫性命才真有必要采取行动"（第三篇"评释"）。同样的还要避开不和女神，避免冲突，不可争竞嫉妒（第六十篇）。书中有多篇强调战斗技巧，诸如不夸口城坚（第八十九篇、第九十七篇）、不留空城（第六十六篇）、不像赫克托耳在战场上丢掉武器（第九十一篇）、不派帕里斯做先锋（第七十五篇）、不像埃阿斯空手作战（第九十四篇），等等。在匹桑的调教下，骑士的尚武风气自觉地转变为某种经过深思熟虑的勇武。

同样，骑士的"典雅爱情"也转变为某种有分寸的爱。骑士的爱不是维纳斯式的无度的爱，而是丘比特式的节制的爱。

莫认维纳斯女神，
也莫在意她的应承。
向往爱欲的人多愁困，
徒惊心，声名难存。（第七篇）

书中至少五篇神话诗提到维纳斯，均与淫乐、虚荣相连。她与马尔斯偷情（第五十六篇），诱导帕里斯的审判，令其拐走海伦（第七十五篇、第四十三篇、第六十八篇），无不是好骑士必须引以为戒的反面教例。相反，好骑士要"与丘比特交好"，这样才能"时时守住分寸"（第四十七篇）。道德训导的理性树立了一个骑士典范，也就是第五篇中的英雄珀尔修斯，他救下美人，又送她回父母身边，既实践经过深思熟虑的勇武，又表现出懂得审慎节制的爱情，真正做到"良知和声名"的完美结合。

> 你要看向珀尔修斯，
> 英雄美名传世，
> 人间无处不爱他的风雅。
> 他骑上佩伽索斯神马，
> 划破长空，快快地飞翔，
> 去给安德洛墨达救场，
> 降了害人的海怪，
> 强行带走那女孩，
> 又好似行游的好骑士，
> 送归她父母的宫室。（第五篇）

然而，道德训导的理性之外，书中不时流露出神话叙事的冲动，并且这种冲动集中呈现为书写爱情的冲动。前面说过，《乌塔耶书简》的百篇神话诗后均带有散文体的"评释"，旨在重述神话，提供有益教诲的理解神话的方法。这些重述神话的文字或长或短，短则三两句，长则如一篇小品。细读下来，篇幅最长者竟莫不与爱情故事相关。行文至动情之处，有对话，有细节，有烘托。

先以最长的一篇为例。第三十八篇讲了一对出身仇敌世家的恋人的悲剧。我们也许不知道皮拉姆与提斯柏，却不可能不知道罗密欧与朱丽叶。奥维德最早在《变形记》中做过详述，后世作者的改写中以莎士比亚最为出名。在匹桑笔下，这则传奇故事让人过目不忘。"评释"部分的叙事充满全书难得一见的细节趣味。被禁闭的情人。墙上的裂缝。幽会时的叹息。城外的泉水。狮子与荆棘丛。月光下沾满血迹的白纱巾。两次自刎的剑。白桑结出乌黑的果实。诸如此类。作者在走笔的瞬间似乎忘却了书写的理性，彻底忘情于诗意的冲动。

> 问世间多少自以为是，
> 不过求知的得失，何太痴。
> 空想臆说，焉能穷尽，
> 记住皮拉姆的教训。（第三十八篇）

有趣的是，尽管通篇故事弥漫着浪漫而悲怆的氛围，紧随而来的寓理却又与爱情全然无关。骑士从皮拉姆和提斯柏的故事中得出的最终教训是要尊敬父母，要服从父母所代表的理性权威。神话故事与道德说教之间出现某种明显的脱节，某种逻辑的欠缺，至少在我们这些现代读者眼里如此。如果我们不轻率地认作作者的笔力缺陷，这样一种叙事的矛盾张力实在妙趣无穷，值得反复玩味。

类似的例子还可以举出不少。书中细细讲了好些动人的爱情故事，并随后提出训导。在细心营造的悲剧情境之下，最终汲取的训理与情感冲动全然无关。爱情的诗性与训理的理性相互作用。第七十九篇，刻宇克斯与阿尔库俄涅是传说中的一对恩爱夫妻。他决定在暴风季节里出海冒险，她苦苦哀求，未能劝阻他。他后来死在海难中，她也跟着投海。诸神怜悯他们，把他们变作一对鸟儿。

一意在海上出行，
几经死生，多少险与惊。
且听阿尔库俄涅悲吟，
刻宇克斯的伤心命运。

要听信阿尔库俄涅，"这个教训可以理解为，一心向善的灵魂受到某些邪恶的试探，有可能思想中产生谬误或疑问，这时他应以教会的教义教理为依托"（第七十九篇"寓理"）。

第九十三篇，阿喀琉斯爱上赫克托耳的妹妹，为她冒险赶赴特洛亚，却当场被杀。作者不无唏嘘地告诫世人，遥远的爱情往往不幸。

迷恋外邦女子，
阿喀琉斯做的傻事，

他自乱了心魂，

敌人错认成爱人。

随即笔锋一转，不要迷恋异邦女子——"这个教训不妨理解为，不要爱上任何不是来自神并去向神的事；一心向善的灵魂要回避异己之物，也就是尘间万物。"（第九十三篇"寓理"）

一方面，《乌塔耶书简》一再强调神话叙事要服从道德训导的理性，神话一边发挥训诲用途，一边又被有意地解构和拆析，被去神话化。另一方面，神话并没有真的死去，只要有一丝缝隙，那些古老的东西就会自动穿墙而过，如一粒种子，一道新生的光照，拨动所有时代的生者的心弦。

五

《乌塔耶书简》因而有多种阅读可能。有心的读者自能找到有意兴的读法。神话历经希腊到罗马再到基督宗教化的命运变迁，这是一条线索。道德训导的理性与书写情感的诗性之间的张力，这是一条线索。此书从内容语境到方法用意均系一部以男性权威为基调的著作，作者却在其中为女性发声，塑造一系列女子形象，这也是一条线索。

书中百篇神话故事,近半数的主角为女性。这些女子形象若要分类,则一类即为诸种执念所困的女性。除了前面提到的爱情悲剧里的女主角以外,书中还讲到痴心嫉妒成化石的阿格劳洛斯(第十八篇)、为丈夫抛弃而杀子复仇的美狄娅(第五十四篇,第五十八篇)、爱上公牛的帕西法耶(第四十五篇)、为儿子不停哭泣的厄俄斯(第四十四篇)、因言辞不慎而亡命的塞勒涅(第六十二篇)、因自夸而变成蜘蛛的巧姑阿拉克涅(第六十四篇)、轻浮背叛的布里塞伊斯(第八十四篇),等等。

在匹桑笔下,这些深陷爱欲纠缠中的女子让读者感同身受。叙事笔触以绝望中的爱者视角出发。水仙遇见心爱的少年在水中沐浴,"脱衣下水,对他百般缠绵,他却粗暴地推开她,她苦苦哀求也无用,始终不能打动他的心"(第八十二篇)。厄科百般表白,得不到少年一丝垂顾,终于抑郁而死——

何必对厄科无情,
水仙的哀音何必看轻,
放不下各人执念,
看不穿来日云烟。(第八十六篇)

厄科死了,她的声音留下来,永在发出回声,提醒世间负心人,"真挚的爱人在被拒绝以后不得不死而遭受的巨大苦楚"(第八十六篇"评释")。

不可泯灭心智,

为那些执念情痴,

一切随风散去,

美狄娅徒有空虚。(第五十八篇)

《乌塔耶书简》波德迈手抄件,第五十八篇
Épître d'Othéa, le 58ᵉ texte

伊阿宋狠心抛弃美狄娅，书中讲到这里，发出一句叹息，仿佛是美狄娅在痛苦中的自况："尽管她是多么美呵！"（第五十四篇"评释"）神话充分展示了这些女子为执念受苦的心理处境。现代女性主义者批评传统男性作者有意成就女人形象的神秘神话，让女人沦为男人的他者。匹桑的书写在三个世纪的沉寂之后重新引起世人关注，恰与其所谓的女性主义视角有关。

第四十五篇的主角是帕西法耶王后。在神话中，她爱上一头公牛，生下人身牛头怪。书中用来作为知廉耻的教训。即便如此，作者强调的却是并非所有女性都天性荒淫，世间还有各种美质的高洁女子。

帕西法耶不知耻廉，
你何必以一概全：
不是美人都如此，
世间多少高洁女子。（第四十五篇）

书中因而还有另一类女性，她们分别带有"种种馨香的德性"（第二十五篇），诸如乌塔耶女神的姐妹节制（第二篇）、女战士彭特西勒亚的忠诚（第三十四篇）、谷物女神刻瑞斯的慷慨（第二十四篇）、伊西斯女神的丰饶（第二十五篇）、美少女阿塔兰特（第七十二篇）和达佛涅（第八十七篇），等等。多篇神话诗中提及狄安娜女神，象征女性的贞洁、矜持和纯净（第二十三篇、第五十五篇、第八十七篇、第六十九篇、第六十三篇）。此外，赫克托耳的主母神兼有两种身份和称谓，既是战斗女神密涅瓦，又是才智女神帕拉斯，骑士之道就是要践行两种德性的完美结合（第十三篇、第十四篇）。

在这些德性中，智慧被排在首位。首先是乌塔耶女神，她拥有预知未来的智慧，既预言赫克托耳注定"声名盖世传万国"（第一篇），也预言赫克托耳的死（第九十篇）。

> 因为我有女神的识见，
> 凭靠先见而不是经验
> 通晓一切将来的事……
> 若听我点明
> 一桩注定发生的事，
> 你心中切记，
> 仿佛它已经发生，
> 须知此事在我胸中，
> 俨然一则预言。（第一篇）

拥有先知智慧的女性还有特洛亚的卡桑德拉："当她开口说话时，她的言语总是会应验。没有人敢说她曾说过一句谎言，卡桑德拉是充满智慧的女子"——

常去神庙献礼，尊信
天神，要时时有心，
沾得卡桑德拉的一丝清芬，
世人好认得你是贤人。（第三十二篇）

在赫克托耳战死沙场的前夜，他的妻子安德洛玛克做了一个梦，梦里预示赫克托耳隔天出战必死无疑。安德洛玛克用尽办法想留住丈夫，但他不肯听。这是又一个应听从明智女子的劝训的例子。

你且听我念叨
安德洛玛克和她的梦兆。
自家的妻不该轻鄙，
何况世间好教养的女子。（第八十八篇）

古代还有通医术的克里奥帕特拉，也是有智慧的女子，教导医学家盖伦辨认诸种草药及其特性（第四十五篇评释）。有才智的女子伊俄则以广博的学识和她所发明的文字造福世人（第二十九篇）。有见识的男子不应轻看那些和他们一样有才智的女子。居鲁士败在女战士托米丽司手下就是教训。

托米丽司莫造次，

为她生为女子，
居鲁士当日轻狂，
枉自兵败命亡。（第五十七篇）

归根到底，在"种种馨香的德性"中，匹桑最看重的是女子堪与男子比肩的才智，这从全书首尾两篇的呼应中得到强调。第一篇，负责教诲青年王子赫克托耳的不是男神而是女神，并且不是随便哪个女神，而是象征智慧和审慎的乌塔耶女神。第一百篇则提及库莫的女先知，中世纪流传一种说法，罗马元老院提议将屋大维封为神族，库莫的女先知向求问神谕的屋大维显现了童贞女怀抱圣婴的异象，引得罗马皇帝跪倒膜拜，放弃封神。骑士如赫克托耳，君王如屋大维，也要向一名女子学习。这里不无匹桑身为女性作者的自况意味。

我写下百篇训文，
望君不止于轻哂，
屋大维当年遇女史，
百世流芬有名师。（第一百篇）

匹桑的名作《女史之城》在题意上仿奥古斯丁的《上帝之城》。五世纪罗马城被哥特蛮族攻陷，时人将罗马帝国的沦亡归咎于基督宗教对传统多神信仰的背离。奥古斯丁著书回应，为基督徒的信仰构筑一道如罗马诗人贺拉斯所言的"铜墙铁壁"（《歌集》，卷三，3）。匹桑建立一座"女子城邦"，同样也有力排众议的气魄和决心[*]。

在迄今留存的《女史之城》的手抄本中，我们还能看到一幅著名的彩绘。左边是美德三女神现身在匹桑的书斋里。她因读到太多鄙薄女人的书（就连最高贵的男子也不能幸免这样的偏见）而正感懊丧，恨不得生为男人。女神们交给她一项使命，要她为女子申辩。她要为有史以来的女性立书做传或者，作为一种譬喻的说法，她要建造起一座女子的城邦。彩绘的右半部分即是这座城邦的建造现场。在理智女神的指引下，匹桑一块块地砌起塔楼的石墙。她笔下一群可珍贵的女子形象，每一位均是城邦的一块墙石，"顽强，天真而洁净"。[**]

---

[*] 在玫瑰传奇之争里，匹桑公开反驳当时代的两个权威学者 Jean de Montreuil 和 Pierre Col："女人是什么？莫非是蛇狼狮龙，是吃人的兽，抑或是人性的大敌？……她们是你们的母亲和姊妹、妻女和良伴。她们就是你们。你们就是她们。"参看 Eric Hicks(éd.), *Le débat sur « Le Roman de la Rose »*, *Christine de Pizan, Jean Gerson, Jean de Montreuil*, Gontier et Pierre Col, Paris, 1977, p.139.

[**] 《柏拉图对话中的神》，前揭，页 298。

纳喀索斯的时代

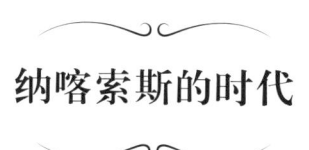

"然而,孕育者的样子是古怪的!"

尼采,《朝霞》

前图注:范·斯托克,《不协和音》,1910 年
Franz Von Stuck, *La Dissonnance,* 1910

纳喀索斯是古时彼俄提奥的美少年。传说先知忒瑞西阿斯在他出世时预言，他若不认识自己必能长生。但纳喀索斯认识了自己。他在水中看见自己，爱上那个影子，不能自拔。

1731年，青年卢梭以这名水仙少年为题，写过一出戏。二十年后，他在出版序言中说："我写这出戏时年仅十八岁。"* 事后又招认瞒了几岁，其实不止十八。** 也许，在成年卢梭的意愿里，《纳喀索斯，或自恋的情人》（*Narcisse, ou l'amant de lui-même*）的写作者有必要如主人公瓦莱尔一般，处在自恋的水仙花期。

在瓦莱尔迎娶安杰丽科的当日，妹妹吕桑德打趣地在他的一幅画像上动了手脚，往他头上添了些鲜花、绒饰，将他变作美少女。瓦莱尔看见被伪装的画像，没有认出自己，反而疯狂地爱上画中人，宣称在找到这位美人前不办婚礼。明智的安杰丽科要求他在自己与"情敌"之间表态。

---

* 《纳喀索斯》序言，参 Jean-Jacques Rousseau, *Œuvres Complètes*, Paris：Bibliothèque de la Pléiade, 1959—1964（下文简称"全集"），II，959。下文将直接在引文后的括号内标注出处页码。

** 《忏悔录》，第三章，参全集，I，120。

最终，瓦莱尔选择安杰丽科，因为"任性产生的爱情比不过安杰丽科启示的爱情"。

这出戏还有一条副线。吕桑德为父亲的安排发愁，她爱着少年克莱昂特，父亲却要她嫁给从未谋面的莱昂德尔，她不知道这两个少年其实是同一个人。戏剧在真相大白中落幕。皆大欢喜。

表面看来，整出戏脱不开谈情说爱那些事儿。法国七星全集本的注家花了几页篇幅举证，《纳喀索斯》套用彼时人们熟知的好些"经典剧目"的桥段（II, 1858—1865），读来让人不禁以为，卢梭的戏不过为应景凑趣，并且在编故事上模仿痕迹过重。一个三流小作家初到京城巴黎，急于出人头地，讨好地模仿伏尔泰、马里沃等时尚智识人的手笔，总之谈不上高明。

卢梭本人对《纳喀索斯》评价不高。时隔二十年，他将这出戏付梓时在序言开篇说，"我对作者的荣誉看得很重，所以一直没有把它拿给任何人看过"（II, 959），仿佛这部年少之作有损面子似的。谈到剧本的命运，他甚至说，演出失败比成功更让他满意（II, 973）。据《忏悔录》的说法，在初演当晚，他看不下去，干脆跑到老咖啡馆，向聚集在那儿的智识人承认自己是那部写坏了的剧本的作者。*

---

* 《忏悔录》，第八章，参全集，I, 388。

就我们所知，卢梭至少写过七出戏剧。只有《纳喀索斯》经他本人授意在法兰西剧院上演，并在随后正式出版。1752年，卢梭已是而立之年，不再有纳喀索斯的年华。他已经发表《论科学与艺术》，身陷一场愈演愈烈的大论战之中。《纳喀索斯》的出版目的相当明确，就是为了应战时人的指摘，这个目的在序言中尤其得到体现。卢梭后来在《忏悔录》中声称序言是自己毕生佳作之一。[*]

问题来了，既然卢梭写序言的用意是为《论科学与艺术》辩护，而《论科学与艺术》的根本观点是复兴科学和艺术有可能败坏德性，那么，出版《纳喀索斯》如何可能实现这个用意，一出谈情说爱的"言情戏"如何担当反启蒙重任？倘若我们不学卢梭的论敌们嘲笑让-雅克"矛盾百出"，一边"既搞音乐又写诗"，一边却"贬低艺术的价值"（II, 961），那么我们就必须重新看待卢梭的这出戏。

《纳喀索斯》的开场与一个被遮蔽的真相有关。瓦莱尔的画像"经过一番装扮，令人认不出来"。更有甚者，伪装之下的瓦莱尔不像戴上女人花饰的男人，倒像"掩藏在男人装扮中的女人"（II, 977）。谎言似真的，真相倒成了假的。黑白颠倒，呼应作者一再惊叹的社会败坏。

瓦莱尔被妹妹打趣，原因是他有些缺点要纠正。瓦莱尔的缺点果真不少，"古怪、任性、轻率、冒失、朝三暮

---

[*] 《忏悔录》，第八章，参全集，I, 388。

四,尤其那股子虚妄劲儿让人难以忍受"(II,1001)。瓦莱尔有时还被父亲戏称为"哲学家先生"(Monsieur le philosophe,II,993),他和侍从的几次对话倒是颇有哲学诡辩腔调。但多么有趣,只需往这位"哲学家先生"的头上略事粉饰,他就认不出自己了。"哲学家"瓦莱尔为了遵从德尔斐的神谕古训,走在"认识你自己"的路上,不想渐行渐远,不但没认出自己,还痴迷上自己那副丧失真相的模样。

瓦莱尔推崇画中的粉饰情趣(goût),对佳人的装扮大为倾倒(II,984)。他跑遍京城,为着这寻访的"神秘和艰难"(les mystère et la difficulté)(II,988),膜拜起一个不曾存在的美人。瓦莱尔的痴狂让人想起卢梭未刊作品《启示的假想或寓言》所描绘的崇拜场景:在一座圣殿的浓烟中,众人被蒙住眼,膜拜某个"永遮着一层不可接近的面纱"的偶像:

她永久受到人们的侍奉,从未被正眼看过;她的崇拜者们根据各自的特征和激情,用想象来描绘她,每个人更痴迷于自身仪式的对象——因为这个对象更有想象性,而只在这层神秘的面纱之下安置心中的偶像。[*]

---

[*] 《启示的假想或寓言》,前揭,参全集,IV,1049。

在已然败坏的社会里，偶像崇拜的殿堂除了滚滚浓烟，确乎什么也看不见。众人闭着眼崇拜各自的心魔。瓦莱尔的心魔是加在身上的粉饰。他喜欢打扮自己，只关心取悦于人，只要自己招人爱就够了。他没有正眼看过世界，而只看见堆砌在自己身上的粉饰。他推崇粉饰的"情趣"，这种情趣恰恰是败坏社会的流行情趣，在《纳喀索斯》序言中被精辟地定义为"文学情趣"（goût des lettres），也就是成为时尚的智识人情趣：

一个民族染上文学情趣，预示着败坏的开始，而文学情趣会迅速加快这种败坏。因为，在任何国家，文学情趣的产生无非有两个由学问所维系和滋长的坏根源，也就是闲暇（oisiveté）和欲求与众不同（désir de se distinguer）。在一个政制良好的国家里，每个公民有必须履行的义务，他们如此看重这些应尽的重要使命，因而没功夫搞那些无谓的思辨。在一个政制良好的国家里，所有公民彼此平等，没有谁因为最有学问或最精干而受人爱戴，顶多因为是最好的（le meilleur）而受人爱戴，何况后面这种区分往往很危险，因为它造就了一群骗子和伪君子。因欲求与众不同而产生的文学情趣必然会产生恶果，其危害性远远超过文学带来的有益性。（II, 965）

学问的前提是"闲暇"（oisiveté），在古希腊文中，这本是同一个字眼（σχολή）。也许是"闲暇"一词所引发的粉饰，学问有可能被误认为是一种更轻松更有用的生活方式——其实学问既不可能轻松，更哪有什么"有用之用"，有的只是如庄子《人间世》所说的世人莫知的"无用之用"。文学情趣产生于对学问的根本误解，就像瓦莱尔爱上粉饰的谎言，而没有看清真实的自己。

Valère 这个名字从拉丁文 valeō 派生而来，本义指"健康，效用，价值"。瓦莱尔本该象征促进社会健康运行的准则，这一准则却不幸偏离正轨。他只想招人爱，而不想爱别人，他自负而虚妄，他不是爱学问本身，而是想凭学问出风头。他穿戴成女人的装扮，沾惹上败坏的文学情趣。"每个卖弄才华的人都想取悦于人，想受人崇拜，他想比别人更受人崇拜。公众只为他一人鼓掌叫好——我敢说，他所做的一切就是为了博取掌声"（II, 967—968）。在瓦莱尔身上，我们看到了卢梭笔下处于败坏风尚中的文艺青年的影子。

但所幸他还只有十八岁。一个人在水仙花般的年华犯错，只能称为迷失，而不是彻底败坏。何况他还有健康的良好天性。在关键时刻，他选择安杰丽科（Angélique，即"天使般的"），选择与纯洁的美德联姻。与此同时，他第一次看清画中人的真相，他认识了自己，他为从前迷恋智识人的粉饰情趣而羞愧难当（II, 1016）。

在正式出版以前的二十年间，《纳喀索斯》几经易稿，这出表面忙于谈情说爱的戏,在不断修订之间,宛如从少年步入中年的卢梭的哲学自传。"在一个对任何事都不敢直指名姓的世纪"(II, 951),卢梭没有掩饰或否认自己,而恰恰要揭开被遮蔽的真相。这个姿态贯穿了他的写作者生涯的始终。把真相公之于众正是卢梭哲学自传的意义所在,正如《忏悔录》开篇的宣称:"我要做一项前无古人后无来者的艰难工作,把一个人的真实面目赤裸裸地揭露在世人面前,这个人就是我。"*

在几乎同一时期,卢梭塑造了一系列"风流诗人"的形象:塔索、奥维德、阿那克瑞翁、赫西俄德……这些戏的重点始终是爱情——诗人们的爱欲问题。在"认识你自己"的路上徘徊的,还是那个水仙花般的诗人。

又过了十年,在另一出戏《皮格玛里翁》(*Pygmalion*, 1762)中,一切似乎根本改观。

皮格玛里翁的故事同样源自古代神话。塞浦路斯国王皮格玛里翁爱上他亲手造的一尊石头像,为之取名"伽拉太"(Galathée),他苦求诸神赐予这石头的身体一个灵魂,使她获得生命。

表面看来,这依旧是一出"言情戏",主人公依旧是一个有情人的角色。正如《新爱洛伊丝》从表面看来也是一部"言情小说",几名主人公全是有情人的角色。

---

* 《忏悔录》,第一卷,参全集,I, 5。

但有了《纳喀索斯》的教训，我们知道，在拥有古典学识素养的卢梭眼里，"在舞台上表演谈情说爱"从来不算什么高明手法，"希腊人的肃剧从来不需要靠表演谈情说爱吸引观众的兴趣。"[*]伏尔泰亦如此。据说在改写索福克勒斯的《俄狄浦斯王》时，由于巴黎演员不肯演一出没有谈情说爱的戏，他为讨好演员起见，加了一条情节副线，也就是伊俄卡斯忒与初恋情人的故事。伏尔泰事后承认因此弄坏了这部作品。事实上，早在伏尔泰之前，诸如高乃依、德莱顿等《俄狄浦斯王》的改写者就面临同样的障碍。[**]从何时起，在舞台上表演谈情说爱成为某种时尚，某种标准，致使世人误以为这就是人生最高级的哲学？

皮格玛里翁不再是那个水仙花季的少年。经过岁月的历练，他已然进入人生和创作的成熟期，是个成年男子，"一个敏感忧伤的男人"（un homme inquiet et triste）。[***]却依旧是个自恋的人。这一次，他看见自己的影子，不是从水中，而是从一尊石头像，一件作品。他复制了自己。他爱自己的影子，在自己的作品里爱慕这个影子。他苦恼地喊：

---

[*] 《致达朗贝尔论戏剧的信》，前揭，76 注释。
[**] 罗念生，《埃斯库罗斯悲剧三种，索福克勒斯悲剧四种》，上海人民出版社，2004年，页 429—431。
[***]《皮格玛里翁》，参全集，II，1224。下文将直接在引文后的括号内标注出处页码。

我无法停止赞美我的作品,我因自恋而陶醉不已,我为我所创作的而深深爱自己。(II,1226)

《皮格玛里翁》的开场同样与一个被遮蔽的真相有关。在雕塑家的工作室里,那件完美的石像被放在最深处,"罩着一块缎子,缎子上有穗饰和花边,轻盈而闪闪发光"(II,1224)。皮格玛里翁为此焦躁不安,他为要不要揭下缎子直面真相而挣扎。从前的瓦莱尔只看见缎子上的粉饰和花边,看不清真相。但皮格玛里翁不再是那个天真无知的少年,他认识了自己,也看清了真相,他的犹豫在于是否要揭露这个真相。

皮格玛里翁犹如从一场噩梦之中惊醒。他环顾四周,一切变样了:

特尔,富足美好的城,多少艺术杰作熠熠生辉,如今再也不能吸引我。我丧失了从前欣赏它们的情趣(goût):艺术家和哲学家的交易(commerce des artistes et des philosophes)在我眼里变得乏味,画家和诗人的对话(entretien des peintres et des poètes)对我毫无吸引可言,赞美和荣誉再也不能让我高兴,那些遮蔽后世荣誉的赞美再也不能感动我,就连友谊在我眼里也失去魅力。(II,1224—1225)

把主人公换作卢梭，把地点换作巴黎或日内瓦，这出戏只会更现实。1762年是卢梭的劫难年。《爱弥儿》和《社会契约论》在巴黎和日内瓦被当众焚毁，卢梭本人被追缉，被迫四处流亡，不久还丧失日内瓦公民身份。在启蒙光照下的现代城邦，他认清自己异邦人的身份，他丧失荣誉、人身安全、公民权利乃至友谊——从此，他与启蒙哲学家彻底划清界限。

德尔沃，《皮格马利翁习作》，1939年
Paul Delvaux, *Etude pour "Pygmalion"*, 1939

有好一会儿，皮格玛里翁在斗室中一边漫步一边遐思（se promène en rêvant）。他问自己："我到底怎么了？我身上到底发生了什么奇异的变革？"（II，1224）在孤独漫步中遐思,正是晚年卢梭所确立的哲人姿态。发生在卢梭戏剧的主人公身上的这场奇异的变革,从文艺青年纳喀索斯到"深陷闲暇"(réduit à l'oisiveté, II, 1225)的皮格玛里翁的转变,正是从诗人哲学家到哲人的根本质变。

《纳喀索斯》序言如此定义了那些真正适合以爱智慧为生的人:

我承认,有少数卓越的天才懂得穿透遮蔽真相的面纱深入了解事物,有少数拥有天赋的灵魂能够抵制愚蠢的虚妄、低俗的嫉妒和文学情趣所造成的其他欲望。这些具有上述几种资质的人是人类的光照和荣耀,为了所有人的利益,应该仅仅由他们去搞学问。(II, 970—971)

卢梭笔下的皮格玛里翁正是这样的人。这是他自我认识的第一个发现。这个发现没有让他沾沾自喜,相反,他焦虑不安,他还有第二个发现。他看见自己身处一个"文学情趣"成为时尚的社会,话语由虚妄的哲学家和文艺家所掌控,不仅舞台上表演谈情说爱,整个社会都在争相表演"谈情说爱",被曲解的爱作为不容置疑的真理获得膜拜——"大城市需要戏剧,败坏的民族需要小说",[*]但不是这样的戏剧、这样的小说呵!

---

[*] 《新爱洛伊丝》序言,参全集,II, 5。

这第二个发现是致命的，凡有血肉的人都会"心中忧惧"。皮格玛里翁的困境，大约可比柏拉图对话中回到洞穴的人，等待他的不是掌声叫好，而是人们的误解、讥笑和仇恨。* 皮格玛里翁的困境，大约还可比暗夜中独守客西马尼园的耶稣，明知苦路就在眼前，身边的门徒昏然沉睡，无人分担。皮格玛里翁的困境就是启蒙时代的卢梭的困境，或哲学本身的困境："在我们的时代，偏见和谬误以哲学之名傲慢地盛行于世，人们被无用的知识弄昏了头脑。"** 以颤抖的手揭开伽拉太的面纱，需要怎样的勇气！"幻想的面纱落下了，我不敢直视我的内心：我将发现太多让自己愤怒的东西。"（II，1227）

"皮格玛里翁，别再装成诸神，你无非一个平庸的艺术家！"（II，1224）这句苦涩的讽刺针对的不是一个人，而是一个时代。在《纳喀索斯》序言的结语处，卢梭想象有人讽刺他既公开反对戏剧又公开出版剧本："我承认，这个讽刺是够苦涩的了，但不是讽刺我，而是讽刺我所生活的世纪。"（II，974）

在传统神话里，总是神意在解决人类的问题。维纳斯女神给伽拉太一个生命，好让皮格玛里翁从此和她幸福地生活在一起。但在卢梭的戏里，伽拉太的灵魂不是众神的新赐予，而是皮格玛里翁本人的灵魂。皮格玛里翁对属天

---

*　柏拉图，《理想国》，517a。
**　《致达朗贝尔论戏剧的信》，前揭，p.134。

的维纳斯的一番祷告，让人想起诗人俄耳甫斯在冥府中的歌唱，却有实质的差别。

俄耳甫斯为死去的妻子下入冥府。冥王感动于他的歌声，破例答应他带回妻子。但他在回到地面之前不可回头看她。他在最后的瞬间转头，看见她的影子在黑暗中迅速消逝。俄耳甫斯自始至终不肯放下自己。他执着于自己的目光的欲求，终于丢了自己的作品。* 占有的虚妄以爱为名。从某种程度而言，俄耳甫纳的歌唱还是"谈情说爱"。

卢梭笔下的皮格玛里翁意愿被征服。他放弃自己，在伽拉太的身上获得新生。"我把我的全部存在交付给你，从此我只通过你而活着。"（II, 1231）石头的美人伽拉太要有一个灵魂，当世只识表演"谈情说爱"的石头般无生气的作品要有一个灵魂。道成肉身的意义在于此。在"认识你自己"的路上，纳喀索斯幻灭之后，皮格玛里翁还要继续艰难地走下去。

---

* "俄耳甫斯的作品"之说，参看 Maurice Blanchot, *L'Espace littéraire*, Gallimard, 1955, pp.225—230.

萨拉邦德与基尔克果

"在与神的关系里,我们总是处于错误之中。"

基尔克果,《或此或彼》

前图注:克劳德·洛兰,《雅各与天使摔跤》,1672 年
Claude Le Lorrain, *La lutte de Jacob avec l'ange*, 1672

一

多年以前，约翰意外得到一大笔遗产，于是辞去大学教职，住在森林里的一所房子里，过起隐居生活。约翰八十六岁，正是跨进古代诗人所谓的"年老之门"[*]的年纪。

约翰的前妻玛丽安决定打破三十年的沉寂去看他。

她走进约翰的房子，看见整洁的窗帘，明媚的鲜花，静谧的光线。没有风，因为没有任何流动。但门一扇扇自行关闭。约翰的世界被弃绝在空间以外。

布谷鸟钻出闹钟报时，下午五点。几秒钟后，另一只钟，只敲了三下。时间在这里凝固，没有意义。约翰的世界被弃绝在时间以外。

在这所表面看来无可指摘的房子里，没有人影，没有琴声，甚至没有主人约翰的踪迹。约翰的房子有意掩藏在森林里，让人怀疑它的存在的真实性。如果说，这是一所远离时代与尘世的房子，一所如有神在的房子或死亡的房

---

[*] 赫西俄德，《劳作与时日》，行331。苏格拉底引用这行诗，指老人克法洛斯（柏拉图，《理想国》，328e）。

子，并不过分。

与此同时，年老的约翰躺在屋外。他仿佛被自己的房子的完美表象赶出来一样，并且一赶经年。约翰与幸福相邻，却没有真实地接触幸福。"我从未有过欢乐，然而看来欢乐似乎是我永恒的同伴。"*时间一长，约翰不能自已，沉沉睡着了。

玛丽安问约翰过得好不好。约翰回答，有时候，他对自己说，退休以来，他就像生活在地狱里。他衣食无忧，从阳台的一角可以看见森林的风景，偶尔想起童年时祖母教的旧约诗篇的句子。约翰想，很有可能，他其实已经死了自己却没有发现。约翰过的是如死一般的神仙日子，好比那被黜的老神王克洛诺斯，从此被永远安顿在极乐岛上。

约翰的话让人想起另一部"诗篇"（Διαφάλματα）**的结尾部分：

> 我的悲哀是我的豪华城堡，像一个鹰巢位于云上高高的山巅。……我像个早已死去的人一样活着。我所体验过的一切，使我沉浸在忘却的洗礼中，直至回忆永恒。……我坐着，像个头发灰白的老人，沉思着，柔声解释，近乎

---

* 基尔克果，《或此或彼》，阎嘉译，华夏出版社，2007年，上卷，"诗篇"，页53。

** 《或此或彼》上卷第一篇也叫"诗篇"。基尔克果沿用了旧约圣经诗篇的希腊语译名，并将单数改成复数形式。这个篇目里收录了一系列彼此看似无关的箴言。

耳语。*

约翰沉思自己的人生，那些短暂的偶然的，在言谈的瞬间被忘却和抹掉。约翰说，他的人生虚无而荒诞。这个结论与"诗篇"的作者不谋而合："我的生活绝对毫无意义，最好是说，一切皆虚无。"**

二

在瑞典导演伯格曼的电影《萨拉邦德》(Saraband)里，主人翁以老人约翰的身份出场。但年老之外，约翰还有别的身份。与玛丽安的对话透露出约翰一生的诸多讯息，或约翰一生的诸种关系。他与玛丽安的关系，他们的女儿，他的不忠和背叛，他的多次婚姻，他与儿子恩里克的紧张关系，恩里克的妻子安娜，恩里克的女儿卡琳，等等。除了恩里克，约翰的周围全是女人，不夸张地说，全是迷恋他的女人，就连笃信宗教的女管家也随时准备嫁给他。约翰是勾引家，至少从前是。准确说来，约翰的身份是年老的勾引家。

---

* 《或此或彼》，"诗篇"，前揭，页55。
** 《或此或彼》，"诗篇"，前揭，页44，页19。

我想起另外两个年老的勾引家的故事。有一次，克法洛斯和索福克勒斯走在一起。有人问："索福克勒斯，你那些谈情说爱的事儿怎么样了，这么大年纪还向女人献殷勤吗？"诗人回答："别提啦！洗手不干啦！谢天谢地，我就像从一个又疯又狠的奴隶主手里挣脱出来了似的。"克法洛斯自认深以为然。[*] 那么，约翰呢？

约翰稍后在书房中翻开了基尔克果的《或此或彼》。"勾引家日记"正是出自此书的名篇。这是电影唯一提到的书，伯格曼特别给印有书名和作者的扉页一个特写。《或此或彼》是一部奇书。基尔克果不但用假名出版它，而且假名作者"隐者维克托"（Victor Ermita）自称只是编者：他在从旧货店里买回的一张老写字台里意外发现了一堆论文。正如基尔克果所说，这是一种他本人并不太反对的古老的文学方法。自柏拉图对话起，这样的笔法确乎不少见，乃至薄伽丘，石头记，只到了二十世纪如博尔赫斯的小说里，反被人们看成新鲜的样法。

那堆传说中的论文分作两组，并且是相当分裂的两组。前一组是托名 A 的美学家的文字，包含八篇长度不等的美学论文，探讨审美的人生态度。我们对 A 一无所知，只能推断他是个年轻的诗人。后一组是托名 B 写给 A 的三封书信，我们知道他是法官，名叫威廉，信中讨论道

---

[*] 柏拉图，《理想国》，329b—d。

德的人生态度。或此或彼，就是在 A 与 B 之间做出决断，选择前者意味着摒弃后者，反之亦然。

《勾引家日记》被排在 A 的论文的最后一篇。有趣的是，A 同样自称只是编者，而不是作者。读者在此遭遇了纷繁的叙事迷宫。在日记中的勾引家背后藏着 A 的审视目光，而在 A 背后又藏着基尔克果的审视目光。同样，在伯格曼的电影里，当老人约翰沉思人生时，我们不应忽略玛丽安对约翰的审视，更进一步，则是导演的自我审视，以及身为观者的我们的探寻目光。

基尔克果说，每当他夜深人静忙于整理那些论文时，勾引家就像一个幽灵在黑暗中来回走动。在电影里，约翰和约翰的房子给人同样的印象。身为勾引家，重点不在于约翰如何勾引玛丽安或者女管家或者别的什么女人，重点在于，约翰"是一个在有趣范围内的爱沉思的勾引家"[*]。约翰认为自己的人生虚无而荒诞。在这一点上，老人约翰与青年诗人 A 没有差别，身为勾引家他们触摸不到"理念实现后的欢乐的任何踪迹"，而只有"某种惊惶，某种战栗"[**]。

在 A 与 B 之间，勾引家约翰的选择再明确不过，但我们说过，约翰老了，他和索福克勒斯一样摆脱了好比穷凶极恶的奴隶主的诸种欲望的羁绊。老人约翰的选择也和

---

[*] 《或此或彼》，"序言"，前揭，页 10。
[**] 《或此或彼》，"序言"，前揭，页 10。

表面看来一样分明吗？

在见约翰前，玛丽安曾面临一次选择。要么悄悄离开就当没有来过，要么勇敢迎面无从预计的重逢。或此。或彼。令人意外地，玛丽安做出第三种选择。她在推门见约翰前等待了一分钟。盯着手表，见证六十秒钟的流逝，满心满眼的恐惧与战栗。这一分钟是玛丽安单独为自己创造出的。后来，她告诉卡琳，约翰几次三番背叛她，有过各式各样的情人。尽管如此，她始终深爱着他。玛丽安的爱拥抱约翰的存在之虚无。与此同时，玛丽安的爱是难以言说的，不再能与约翰分享。

三

《或此或彼》一直是我在读而没能读完的书。难懂，难舍，让我着迷。这一次，伯格曼的电影给我一丝希望。透过约翰的重叠叙事，也许可以找到进入基尔克果的文本迷宫的一种途径。

那么，在探讨约翰与基尔克果的关联以前，还是先从电影说起吧。

《萨拉邦德》分成十幕。每一幕由故事中的两个人物的对话构成，都有小标题，加上开篇和终场，犹如一支对位工整、结构严谨的乐曲。

"开场"。六十三岁的玛丽安看老照片,说起三十多年没有联系的前夫约翰。

第一幕:"玛丽安的决定"。她走进约翰的房子,直到最后一刻还在犹豫,胆怯。他们坐在一起,手拉着手看风景,谈论那些消失在彼此生活中的时光。

第二幕:"一周以后"。约翰的孙女卡琳一脸狂乱跑到约翰家。她向初次谋面的玛丽安倾诉与父亲恩里克的生活。卡琳学大提琴,准备进音乐学院。卡琳的母亲安娜两年前去世。

第三幕:"关于安娜"。卡琳回家,恩里克夜里讲安娜生前的故事。他想不明白,完美的安娜怎能忍受让人无法忍受的他。有几次,他以为她要离开他了,但总是没有。

第四幕:"又一周以后,恩里克去找父亲约翰"。他向他要钱给卡琳买一把琴。约翰用各种轻蔑的言辞侮辱他。父子两人彼此仇视,但他们都爱安娜。

第五幕:"巴赫"。玛丽安在教堂遇见恩里克演奏管风琴。恩里克向玛丽安袒露他对卡琳的爱,对安娜的崇拜和对约翰的怨念。

第六幕:"提议"。欧洲音乐学院的教授欣赏卡琳的天分,想收她做学生,却被恩里克私自拒绝。约翰鼓励卡琳离开父亲去上学。

第七幕:"安娜的信"。卡琳发现了安娜临终前写给恩里克的一封信。信中请求恩里克放卡琳走,让她自由生活。安娜说,恩里克对卡琳的爱超过了限度。

第八幕:"萨拉邦德"。卡琳第一次自己做决定。她没有接受祖父的建议,也没有顺从父亲的安排,决定放弃做一名独奏家,去参加交响乐团的训练。离开前,恩里克要求卡琳最后弹一次巴赫的萨拉邦德。

第九幕:"结局"。卡琳走后,恩里克自杀未遂。约翰嘲笑他连自杀也没法成功。玛丽安问约翰,他对恩里克的轻蔑究竟从何而来?约翰回答,那是因为恩里克太像他自己。

第十幕:"恐惧与战栗"。夜里,约翰被突如其来的恐惧惊醒,跑去推开玛丽安的门,大声叫醒她。他们赤裸裸睡在一起,用衰老的身体慰藉彼此一去不回的激情。

"终场"。玛丽安回到从前的生活,慢慢又与约翰失去联系。她过得不错,只是偶尔觉得有些孤单。

整部电影基调晦暗。卡琳问玛丽安,祖父约翰究竟是一个什么样的人。玛丽安想了很久说,看似无情,却是动人的,太动人的。

在电影中,约翰的人生在玛丽安的目光中展开。玛丽安的目光同样看似无情,却是动人的,太动人的。

巴赫总共创作了六部无伴奏大提琴组曲,每个组曲有六个固定乐章，萨拉邦德是其中的第四乐章。电影选用了第五组曲（G小调）中的萨拉邦德。据说，这支萨拉邦德是巴赫天才的精华所在。G小调的特质通常是敏感的，忧郁而深沉。第五组曲和电影一样，基调晦暗，看似无情却动人。

有趣的是，萨拉邦德作为舞曲在十六世纪最早引进西班牙时，一度以轻佻和猥亵著称，乃至遭到西班牙菲利普二世的禁令。黎塞留时代的法国流行一种传说，萨拉邦德是魔鬼的乐曲，教给了女巫，专在安息日狂欢时使用。

到了十八世纪，出于某些值得细究的缘故，萨拉邦德改头换面，不但节奏变慢，更变得庄严，崇高，乃至被赋予引领灵魂向上的魅力。

从猥亵到庄严，或者说，从逸乐的审美追求到善恶的道德标准，人心的两端无非一场萨拉邦德舞曲的变迁史。

四

约翰在书房读基尔克果的《或此或彼》时，恩里克走进来。

恩里克六十一岁，大学教授，如今也已退休。面对父亲，他还是没有独立人格的孩子，几乎谈不上成人的尊严。

约翰对他充满轻蔑，毫不掩饰。他厌恶他的肥胖和善良，厌恶他对自己的爱。他竭力无视这个儿子的存在，待他如待一条小狗。勾引家约翰实实在在地摒弃了对儿子的诸种道德义务：不是在善与恶之间选择恶，而是从根本上排除善恶的选择。[*]

这样的轻蔑从何而来？表面看来，约翰确乎有轻蔑的理由。恩里克脆弱，无能，悲伤，仇恨，沉浸在失败感中不能自拔，毫无生存的逸乐之美可言。他耗费半生在音乐上，到头来无论学校还是乐队都不被认可；痴爱妻子安娜却无法让对方幸福，最后不得不面对安娜的早逝；苦心教女儿练习大提琴，反成女儿进步的阻碍。女儿离开后，他在绝望中自杀未遂——恩里克甚至连企图死亡也失败了。

就生存感觉而言，恩里克太不肖似父亲。约翰的轻蔑本可能因为恩里克不像自己。可是，爱沉思的勾引家约翰却说，他对恩里克的轻蔑是从他对自己的轻蔑而来。约翰竟然以为，恩里克太像他，简直是他的一面镜子。

从某种程度而言，约翰一家三代重复着那个古老的神话母题。乌兰诺斯生子克洛诺斯，克洛诺斯生子宙斯……约翰好比乌兰诺斯，恩里克对他的怨念只有暴力的出口。但恩里克没有摆脱神话的魔咒，他继续父亲的做法，有过之而无不及。在电影里，他对女儿的限制和压抑构成了最

---

[*] 《或此或彼》，"人格发展中美学与伦理学的平衡"，前揭，页825。

阴暗的场景。而卡琳如同宙斯，反叛终于有效。在两代关系上，恩里克确实太像约翰。

他们还有别的共同点。他们都爱安娜。安娜不在了。安娜却是活着的人们心头唯一的慰藉。在约翰沉思的书房里，在恩里克父女的卧室里，在玛丽安的老照片里，不约而同珍藏着一幅安娜的"圣像"。静好的容颜，安详的表情，宽容的凝视。从不爱说话的安娜，沉默守护着那些在暗夜里挣扎战栗的灵魂。

他们的分歧也源自安娜。约翰似乎认为（恩里克自己也怀疑），卑微的恩里克，如麻风病人一般的恩里克，不配得到安娜的爱。这个想法加深约翰的轻蔑，也加深恩里克的痛苦。这个想法让父子二人渐行渐远。在某个时刻，电影甚至不忌讳地暗示约翰与安娜之间若有若无的暧昧关系。约翰是天生的勾引家，如同穷凶极恶的奴隶主般羁绊他的不是道德的善恶，而是爱欲本身。

每次有人提起安娜，恩里克会忍不住掉泪。他对安娜的爱不是尘间的夫妻的爱，而带有相当狂热的宗教情绪。恩里克在努力写一本研究巴赫的《约翰受难曲》的书。这个福音书的作者与恩里克自己的父亲同名，电影里的诸多细节提示我们这不是偶然，尽管巴赫也创作过别的福音书作者的清唱剧受难曲。恩里克似乎相信，他的所有不幸源自父亲约翰。思考巴赫的《约翰受难曲》，无异于思考人类的苦难，而恩里克首先要思考的是父亲约翰带给他的苦难。

安娜是恩里克在苦难人生中的信仰和武器。安娜使恩里克成为已婚男人，一个为婚姻而奋斗，有资格谈论婚姻的人。在《或此或彼》的第二组书信里，B一再强调自己作为已婚男人的身份，并声称自己的任务是"揭示婚姻的审美效力，同时表明其中的美学仍然存在，尽管生活中存在大量障碍"。* 在某些时候，安娜使恩里克有了应战约翰的筹码，有勇气对约翰说："你在很多方面确实是一个腐败的人，越是与你纠缠，就越是糟糕。"**

但恩里克彻头彻尾是困顿和失败的人。他有心求死，却连死亡也拒斥他。恩里克就如关在笼中的库迈的西比尔，*** 就如提托诺斯，得赐永生却因而在永远的衰老中受苦。**** 究竟是什么让恩里克总在受难中？一个人受伤，真正的痛处往往不在伤口本身，而在对使自己受伤的那个人的难以释怀的怨念，同时意识到这样的怨念在何等虚妄地增加自身的痛苦。恩里克不能解决的问题是所有难以释怀的受伤者面临的难题：一种（对父亲的）恨竟然从某种程度上起源于（对安娜的）爱吗？换言之，神圣的力量竟然无法光照并弥补属人的欠缺吗？

---

* 《或此或彼》，卷二，前揭，页658。
** 《或此或彼》，卷二，前揭，页656。
*** 艾略特，《荒原》，献辞。
**** 托名荷马，《阿佛洛狄特颂歌》，行219—220。

五

夜里，约翰被突如其来的恐惧惊醒。

他直瞪着一盏灯泡，又缩回角落，不能自已地呻吟，全身战栗。约翰的恐惧活生生地折磨着他。让人弄不清楚，这恐惧究竟是来自一场梦魇，还是生活的必然。

他跑去推开玛丽安的门，大声叫醒她。他告诉她："我的恐惧比我还要大。"

恐惧从约翰身上的每个洞里爬出来，眼睛、皮肤、屁股……约翰说，他的脑袋在"拉肚子"，而且拉得很可怕。他一边说一边努力笑。因为，约翰深谙喜剧的奥妙，擅长用讥讽和嘲笑奚落一切。但这一回，他的笑和哭没有两样。他渴望大喊大叫，歇斯底里。这天夜里，恐惧爬到了他身上。

基尔克果说过："衡量一个人的标准是，在多长的时间里，以及在怎样的层次上他能够甘于寂寞，无需得到他人的理解。"只是，人如何才能做到这一点？能够毕生忍受孤独的人，"能够在孤独中决定永恒的意义的人"，从某种层面上已然与神接近。

约翰虽是四个福音书作者中最讲究"哲理"的一个，也许还是使徒中最爱沉思的一个，却和别人一样，当耶稣在客西马尼园充满忧惧地祷告时昏昏而睡,和别人一样,在耶稣受难日里因缺乏信心而绝望恐惧。约翰是人中的人,带有人身上的无耻天性。在灵魂的暗夜里,他只剩恐惧和战栗,像一个孩子一样无度地号叫,脱光衣服,去他人身上寻求慰藉。

那天夜里,约翰和玛丽安重新睡在一张床上。在玛丽安面前,约翰不仅脱光身体,也裸露了灵魂。恐惧和战栗面前,欲求找不到容身之处。赤裸裸的约翰躺在赤裸裸的玛丽安身边,就此奇妙地丢掉了勾引家身份。我想到基尔克果以假名写作的另一本书,托名沉默者约翰(Johannes de Silentio)的《恐惧与战栗》,用来对照那天夜里的约翰,真是再贴切不过。

这本书围绕亚伯拉罕祭献以撒的《圣经》叙事展开提问。耶和华试探亚伯拉罕,让他杀心爱的儿子祭献,亚伯拉罕照做了,耶和华在关键时刻让以撒幸免。*"曾有那么一个人"**(又一次地,就连沉默者约翰也不肯承认那是他本人),这个故事他从小听到大,再熟悉不过,和所有人一样,他从中理解亚伯拉罕坚定不移的信仰,但渐渐地,他发现对这个故事的理解越来越糊涂,却也因此越来越着迷。

在笔法简洁的《圣经》叙事中,没有任何细节表明,

---

* 《创世记》,22:1—14。
** 基尔克果,《恐惧与战栗》,赵翔译,华夏出版社,2014年,"调音篇",页8。

亚伯拉罕在整个献祭过程中哪怕有一刻心存疑惧，即便他拔出刀子伸向以撒时也一言不发面无表情。"我不能理解亚伯拉罕。"*沉默者约翰发出一连串疑问。亚伯拉罕愿意祭献以撒，形同放弃对儿子的诸种义务，并且犯下杀人的罪，不但如此，他始终不为自己的行为意图申辩，这在伦理上是可以得到辩护的吗？

亚伯拉罕从不自我申辩。沉默者约翰只好想象他把以撒推倒在地时目光狂乱神色恐怖，想象他献祭回来双眼暗淡无光从此再也看不见欢乐，想象他扑倒在地为杀子之罪内心永不得安宁，想象他转过身时因苦闷而攥紧左手。**《恐惧与战栗》的"调音篇"想象了信仰之父亚伯拉罕的四种面貌，尝试着一次比一次更逼近属人的真相。

在电影中，亚伯拉罕真相的诸种面具不是别的，就是约翰在暗夜里的恐惧。在完满的理性眼里，属人的贪恋只是一粒再卑微不过的细沙，却不能被轻巧地吹走，假装不曾存在。那天夜里，约翰经历了从《或此或彼》到《恐惧与战栗》的过渡，勾引家约翰变成了沉默者约翰。和亚伯拉罕一样，约翰必然面临伦理乃至审美的质问：约翰放弃对恩里克的诸种义务，这在伦理上是可以得到辩护的吗？倘若卑微的恩里克不配安娜的爱，那么约翰不也一样吗？爱沉思的老人约翰不仅深谙 A 展示的审美人生，也同样

---

* 《恐惧与战栗》，"疑难谱集"，前揭，页 41。
** 《恐惧与战栗》，"调音篇"，前揭，页 9—13。

了解 B 宣扬的伦理人生。"在美学上活着的人没有选择，在明白了伦理学之后再选择美学的人却不会在美学上活着，因为他是有罪的，要服从伦理学的限定，哪怕他的生活一定要被说成是非伦理的。"[*]

约翰的恐惧（第十章）发生在结局（第九章）之后，这不是偶然。恐惧与战栗发生在征途的尽头，[**]而不应该被作为起点。倘若约翰没有恐惧与战栗，恩里克的怨念就会有伦理上的合理性。归根到底，约翰说的没错，他和恩里克太像，他们源自同一种属人的真相，只是在纷繁的镜子里折射出不同的样貌。

六

在小教堂里，恩里克初次遇见玛丽安，温柔地谈起巴赫，谈起女儿和安娜，直到话题转到约翰身上，恩里克瞬息变得恶毒尖刻，不能自已。他离去的背影既无耻又无助。

有什么办法！当初和父亲出发以前，以撒是那么欢乐。回来的路上，他垂头丧气，失去了信仰。对于那天见到的

---

[*] 《或此或彼》，卷二，前揭，页 824—825。
[**] 《恐惧与战栗》，"序曲"，前揭，页 3—5。

一切，以撒缄口不提。从此他再也触摸不到生活的欢愉。[*]

这时，突然有一道光射进来，照亮整个教堂和墙上的圣像。圣像上描绘耶稣最后的晚餐。

四个福音书作者均讲到最后的晚餐。约翰的讲法与众不同。在逾越节的宴席上，耶稣与十二个门徒同坐，对他们说："你们中有一人要卖我了。"门徒个个惊惧，询问那人是谁。马太、马可和路加写到这里，只有约翰继续讲一个匪夷所思的细节。

耶稣蘸了一点饼递给西门的儿子犹大。他吃了以后，魔鬼就入他的心。耶稣对他说："你要做什么就快做吧。"犹大一句话不说，出了门。[**]

在约翰的叙述中，犹大的背叛像是耶稣本人的授意。离开耶稣宴席的犹大，内心被魔鬼充盈的犹大，独自一人走在暗夜里，他脆弱、无能、悲伤、仇恨、无法自控。他的背影和恩里克一样既无耻又无助，他的内心和约翰一样虚无和恐惧。犹大背负属人的诸种软弱，全在耶稣的理解之中，在神的意愿之中。

最后的晚餐在这里特别呼应约翰的叙述，而不是其他福音书作者，并非没有根据。在电影给出的特写里，小教堂的圣像群里"有一个门徒，是耶稣所爱的，侧身挨近耶

---

[*] 《恐惧与战栗》，"调音篇"，前揭，页13。
[**] 《约翰福音》，14：26—30。

稣的怀里"。*据说"耶稣所爱的门徒"不是别人,正是约翰本人。这个细节在马太、马可和路加的福音书里均没有出现过。无论如何,在教堂的光照下,圣像中的所有门徒,包括犹大,并无两样。他们表情肃穆,如原初一般纯真无辜。那道横穿圣殿照进人心的光,在电影里被定义为安娜的注视。

在《或此或彼》中,下卷结尾的第三封信对应上卷结尾的"勾引家日记"。同样是最后的篇目,作者同样声称只是编者。B 收到一个牧师朋友的布道词。这个牧师的教区在荒凉的吉兰岛上,他以自然为讲坛,在布道时完全专注于自己的内心,乃至忘却那些现实的听众,而得到想象的听众。这篇布道词构成了第三封信的根本内容,作为标题的一句话在正文中得到反复强调:"在与神的关系里,我们总是处于错误之中。"**

据说这是基尔克果提供的第三种可能。安娜的注视也许不是别的,就是在开出这个应对虚无的药方:在与神的关系里我们总是处于错误之中。写作《或此或彼》时,基尔克果并没有想到自己能活过三十三岁。他的家人多数早逝,从母亲到五个兄弟姐妹,没有谁活过耶稣死时的年纪。基尔克果不厌其烦地强调,书中观点不是他本人的完整观点。基于言说的限度,每个假名作者一次只能勉力揭示真

---

*　《约翰福音》,14:23。
**　《或此或彼》,卷二,前揭,页 1008 等。

实的一种面具。《或此或彼》是基尔克果写完博士论文[*]以后的第一部作品。第一个假名作者名叫"胜利隐者",或"隐世胜者"(Victor Ermita，Victor 有"胜利"的意思)。在彼此之间游离巡行，或许就是"隐者"的姿态。

然而，有何胜利可言？

沉默者约翰说，"那人"的灵魂最终只剩一个深切的渴望，就是亲眼目睹那件事，亲身踏上出发献祭的旅程，亚伯拉罕走在前头，以撒走在身边。"充斥他整个心灵的，不是由想象所编织的华美之毯，而是思想的颤抖。"所谓胜利，与他者眼光的荣誉无关，连自我的确信也不能算，而是个体思想的颤抖。[**]

我原以为，伯格曼的电影会帮助我"更进一步"读懂基尔克果，没想到，我只是更进一步陷入困惑。本文一厢情愿在一本书与一部电影之间建立所谓"更进一步"[***]的联系，但人如何能够"穿越狭窄的琴弦"？[****]行文的尽头只有困惑。对于一个基尔克果的平常读者来说，这算是恰当的结局罢。

---

[*] 基尔克果的博士论文探讨"苏格拉底的伴谬"，恰恰是为他后来的著述框架定下基调。
[**] 《恐惧与战栗》，"调音篇"，前揭，页8。
[***] 在《恐惧与战栗》的"序曲"中，沉默者约翰批评了"更进一步"的观念，把前人毕生努力最终获得的敏锐的怀疑能力当成自己的出发点，导致对进步的崇尚。
[****] 里尔克，《献给俄耳甫斯的十四行诗》，1，3。

萨拉邦德与基尔克果

卡米耶·克洛代尔

"正是为了让我们获得最大的幸运，神们才赋予我们如此这般的疯狂。"

柏拉图，《斐德若》

前图注：卡米耶·克洛代尔，《私密时刻》或《沉思》，1898 年
Camille Claudel, *Intimité* ou *Profonde pensée*,1898

一

她有一双蓝色的不温顺的眼睛。她天生痴迷泥土和石头。在那个属于男人的职业和世界里，她过早地确立自己的才华和使命。

在她身上奇妙地混合着女人和雕塑这两种特质。从米开朗基罗到罗丹，古往今来雕塑是男人的事。身为女人的她偏偏天赋有不合时宜的才华。身体与灵魂的冲突在她身上不可能解决，终于以疯狂作为出口。

从她六岁那年用泥土捏出第一件"作品"起，这样的人生悲剧似乎就已注定。

如今我们确乎难以想象，仅仅在一个多世纪以前，一个女子做雕塑有多么艰难。尤其她想要做得和男人们一样好，甚至比男人们还好。从这一点看来，卢梭当初为爱弥儿和苏菲设计截然不同的教育，实在是有道理的。

二

十二岁拜师阿尔弗雷德·布歇。十七岁完成弟弟保尔的头像。十八岁自立雕塑室。十九岁遇见罗丹。

1883年，罗丹四十三岁，正在造《地狱之门》。《青铜时代》的非议已成过往。他穷尽一生没能完成的作品已开始为他带来光环。他把作品当成大教堂来做，而一座宏伟的教堂要耗尽几世纪的心力。

1883年，她眼睛明亮，表情倔强。走路有点儿瘸，勇气十足，像个少年。

在罗丹工作室里，女人只以模特的身份出现，工作时脱光衣服，罗丹只雕塑裸体。她们屈从他的指令和审视。在这属于男人的大工场里，女人的美以某种无情然而精确的方式被蹂躏在泥土中。

她是例外。她是来做雕塑的。很快她就得到同事的认可，开始负责罗丹作品里的局部粗雕。我们迄今依然分不清楚，在《地狱之门》里，在《加莱市民》里，究竟有多少细节出自她手。

她擅长大理石，以女性的细腻对待坚硬的材质。她懂得大理石亦有脆弱之处。

罗丹的那群女学生介绍自己为"罗丹先生的学生"。她是例外。自 1883 年首次参加巴黎沙龙起,她自称为"罗丹先生、布歇先生和杜勃瓦先生的学生"。她如此确定自身的才华,毫不怀疑属于她的荣耀迟早会绽放。她并不知道,"罗丹的学生"这一称号终将成为她一生的梦魇乃至死后的阴影。

不久,她的头像从罗丹充满爱欲的手里一个接一个地诞生。《沉思》。《黎明》。《永恒的偶像》。一张张仿佛自动从石头里钻出的脸,见证那些最隐秘的交流,也见证罗丹身为大师和情人的双重激情。他显然从她身上得到无限灵感。她是那么圣洁、新鲜和神秘,犹如里尔克言说中的"灵魂的炼狱":天堂近了,却还未达到;地狱远了,却还未忘却。

我无所遗憾。无论是对你这样可怕的忘情,还是对我终要凋零的生命。我的灵魂得到了附丽,尽管这附丽来得如此之晚。我注定要认识你,重过一种全然陌生的生活,我那暗淡的存在才能在喜悦的火中燃烧。谢谢你。因为你,我的生命得到了属于神性的那一部分。(1886 年罗丹信)[*]

只消看一眼《吻》。那对令人心颤的情人太幸福,太

---

[*] 本文中所有书信引文出自《卡米耶·克洛代尔书信》,华东师范大学出版社,2008 年。

满足，罗丹不得不把他们从地狱之门的左扇门中移走。

十年间，他的创作里处处可见她的影子。

而她心甘情愿做他的粗雕工人。

她只为他做过一件头像。那是他不在身边时她凭记忆做的。她的眼睛没有因爱欲而失去清澈。出自她手的罗丹是真实的。他不是美少年，不是纳喀索斯或阿多尼斯。如果非要找一个譬喻，他更像跛足的赫淮斯托斯，那掌管火与土的铸造之神。

他们的通信如今所剩无几。大多数被有意地销毁了。这些罕见的文字交流，犹如他们在一起的欢乐时刻，转眼即逝。（她不保存收到的信件，读完即销毁，并且要求朋友们读完即销毁她写的信。）

听说你还在生病，我烦恼极了。我敢肯定，你是在你那些糟透的晚宴上吃多了，你那个我所恨的该诅咒的世界，它消耗你的时间和健康，却什么也没回报给你。但是我不想再说什么。因为我无力使你避开我所看见的这些恶……我在这里并不是特别开心。我总觉得离你太远。我对你来说完全陌生。总是缺了点儿什么，让我深受折磨。（1886年8月致罗丹信）

在所有留下来的书信中，这几乎是最轻快直接的表白了。他们去图兰旅行，住伊斯莱特小城堡。双栖双飞的日子在她一生中是罕有的。天气好的日子，她恳求他让自己在河里洗澡。他回巴黎，她写信让他代买一件浴衣，要"深蓝加白色镶边"的那种。"我光着身子睡觉，好让自己感觉你在身旁。可醒来的时候一切都不同了。"

信末，她添了一句："千万别再欺骗我。"

是的。在那些卢瓦河畔阳光灿烂的日子里，她写给女友的平常平静的信里已渗透出一丝悲剧的颜色。

"我还是有很多烦恼。夜里睡得很不好。"

一个不堪深究的句子。

罗丝·伯雷。当年的裁衣女工，从罗丹最贫苦的岁月就跟随他，如今不再年轻。他没有和罗丝结婚，甚至不承认他们共同的儿子。但他爱罗丝做的饭菜。他不在时也只信任罗丝照管他的作品。

安托那·布代尔太太说："他本想让她们两个都留下。但卡米耶不愿意。她很年轻，也很骄傲。她没有明白他的意思就离开了。"

她也许不是不明白。她只是骄傲。她没有想到她会哀求一个男人为她离开另一个女人。她也没有想到她的要求会被拒绝。这是让她崩溃的所在。她太要强。他们的下场因而是最坏的悲剧。

她先后怀过罗丹的四个孩子。一个也没留下。对于女人来说，这大约是最致命的伤心了。到头来，她的后代只是那些泥石的孩子。小沙特莱纳。小莱尔米特。天使般的目光，凝望着尘世。

三

弟弟保尔说，她天性有种骇人的暴戾。

勇敢，骄傲，才华。除此以外，她还是强悍的。让人无法忍受的强悍。这一精神的强悍导致了毁灭。

1886年10月12日，他们立了一份不寻常的约。他承诺永远照顾保护她，忠实不二，从此不收女学生，不用女模特。

她的高贵不在于有所保留，而在于一种近乎放诞的天真。

他们之间无法长久相容。两个天才生活在一起是难以想象的。尽管他似乎做过种种尝试想要她留下，但在激情之后放弃算得上没有意外的结果。分离的痛苦并不影响他继续有新的情事。他想要没有干扰的生活和全心奉献的女人，让他能够安静地工作。这一点罗丝做得更好。

而她一生没有从决裂的阴霾中走出。分手以后，她一直在生病，忍受连医生也无从解释的痛楚，直到最终的疯狂。她曾经在他身上找到另一半。一个集父亲、朋友、爱人和兄弟于一身的人。他唤醒她身为女人和创作者的双重身份。等到后来他们成为敌人，他还在恳切地让她放下感情追求理性，而她却是无论如何做不到的。

我的朋友，相信我吧。放弃您那些女人的特点。展现您的令人神往的作品吧，公正永远存在，请相信这一点。人被惩罚，又得补偿。像您这样的才华是罕见的。（1897年12月罗丹信）

她拒绝他给予任何形式的援助。有一天，他站在门前苦苦哀求，请她为了"前程"接受帮助。美术部部长答应来访。还有另一些有影响力的人物……她藏在屋里，怀抱一只沉默的猫，不愿开门。

在她心里，拒绝是必须的。所有的评论把她定义为"罗丹的学生"，仿佛她的作品是对大师的必然模仿。她竭力想要成为她自己，却如此之难，尤其在这样一棵大树的阴影下。何况，她并不是能够委曲求全的人。

我读了您对沙龙的报道，非常惊讶：您认为我的《克洛索》汲取了罗丹的某一素描的灵感。我似乎没有必要向您证明，我的《克洛索》是一件绝对原创的作品。我不但不知道罗丹的什么素描，而且我向您郑重宣布，我的作品

灵感从来只来自我自己，我的灵感与其说不够，毋宁说是太多了。（1899年5月致吉耶穆信）

她太骄傲，以致轻慢地待人。那些有意帮助她的人也渐渐离开了。

年华渐逝。她渐渐发现，与时光一起流逝的还有希望。爱和生活的希望。身为创作者安身立命的希望。

四

巴黎美术学院院长保罗·杜勃瓦（Paul Dubois）第一次看见她的作品时，惊讶地问道："您是不是向罗丹学过雕塑？"他们当时尚未相遇。作为现代雕塑的标志性人物，他们确实有诸多相似之处。

最初那些年，他们做过题材相近的作品。《永恒的偶像》和《沙恭达罗》不约而同地表现一个男人跪在一个女人面前。在罗丹那里，男人膜拜心目中的永恒偶像，犹如但丁顺从贝雅特丽齐的引领，苏格拉底接受异乡女人狄俄提玛的教诲，或者歌德在《浮士德》中咏叹："永恒的女性，召唤我们向上！"男人一边处在膜拜的狂喜中，一边保持某种轻盈自由的姿态，随时可能抽身离开，无所依恋。

《沙恭达罗》却拒绝这样的身份分配。在她的作品里，女人拒绝这样一种男人规定的神秘不可企及的女神姿态。她向跪在面前的男人俯下身，而他以拥抱回应她，完整地承受她的身体重量。他们之间更像是一种寻常的男人和女人的关系，而不是女神与创作者的关系。

这让人想起《华尔兹》里的那对舞者。他们紧紧相拥陷入不停歇的旋转中。女舞者把全身重心放在男伴身上，她的脸埋在他怀里。没有他，她几乎要摔倒在地。他们以某种不可思议的平衡旋转着，不知要转入何种永恒。他们根本不在乎。在几乎要冲破凝固的瞬间，有一种悲怆让旁观者也难以承受。

在创作中，身为女人的她拒绝做任何人的他者。她与生俱来的使命感太强大。她不可能满足于做大师的学生、大师的爱人，或大师的缪斯。她必须成为她自己。她必须成为和罗丹一样的创作者。

1892年，《加莱市民》以后，他们分手了。

从此她只为自己工作。

三十岁那年，她仿佛感知到自己的命运。于是做了《克洛索》。

在希腊神话里，命运有三女神。柏拉图在《理想国》里说："她们是必然的女儿，身着白袍头束发带。她们分别名叫拉赫西斯、克洛索、阿特洛泊斯，和海妖们合唱着。

拉赫西斯唱过去的事，克洛索唱当前的事，阿特洛泊斯唱未来的事。"

克洛索在命运女神中手执生命线，歌唱当下。她们在传统中的形象总是既年轻又美丽的。在这里却是一个衰老丑陋的不幸女人，仿佛集合人间所有苦难和没落。

这件雕塑一直是她本人所珍爱的。在后来那些濒临疯狂边缘的深夜里，她一件件砸碎自己的作品，独独留下《克洛索》的石膏像。

"克洛索"在她的代表作《成年》中得到再现。《成年》表现一个男人处于两个女人之间的困境。一个年轻的女人跪在地上，双手哀告地伸向他，而他被身后一个衰老丑陋的女人抓住。这件作品先后有多个版本。在最早的版本里，年轻女人握着男人的手，放在胸前。在后来的版本里，她连他的手也失去了，他完全摆脱她，渐行渐远。

据说，罗丹第一次看见这件作品时，反应是愤怒且激烈的。他从中看到了自己的生活的影射。但据说，她的本意并非讽刺那段过往恩怨，她只是想表现自己。无论如何，《成年》的自传意味毋庸置疑。

成年。成年究竟见证了她那饱受凌辱的哀告，以及她所爱的人终究抛弃了她，还是意味着她跪在地上眼睁睁看着命运之神带走那象征她的生命和创作的壮年男子？——对她来说，选择做一个雕塑者，就意味着选择一种男人的生活方式。

五

在她生命最暗淡的那些日子里，只有两样东西安慰她。猫（她收养了街区里的好些野猫）和她那些泥土做的人。她和它们交谈，并且只能忍受它们。除此之外，也许还有酒。她习惯在工作的时候喝一点酒，以抵御房子里的潮湿和寒冷。

在新世纪的最初几年，她的所有书信只记录一件事。贫穷，她一生的标志。随之而来的是羞辱。她和她的时代、她的职业、她的命运、她的女人身份做着绝望的没完没了的抗争。具有讽刺意味的是，在她最潦倒的时候，她唯一可以卖钱的作品始终是罗丹像。

她一如既往地拒绝任何来自罗丹及其友人的援助。她称之为"罗丹帮派"。她深信不疑罗丹想要她的毁灭。她的傲慢，她对周围人的轻蔑态度是没有边际的，并且随着时间的流逝越来越严重。

她提到革命者布朗基（Auguste Blanqui）的话显然适用于她自己：

他不知道自己在反抗什么，但他感觉自己生活在虚假

之中，在一个深深陷入错误的世界里。他坚持不休地反抗，却不知道真正的真实是什么。（1905年书信）

四十岁的她已然是一个老女人的模样。唯一不变的是那双叛逆的眼睛。保尔·克洛代尔从中国回来，没想到看见一个过早苍老的姐姐，肮脏，褴褛。她一个人住在波旁沿河街那间古旧的房子里。塞纳河一涨水，房子就会进水。封死的窗，紧锁的门，偶尔从屋内传出的谩骂声，以及斧头砍砸石膏像的噪音。

在巴黎。发疯的卡米耶。墙纸一片片掉裂。最后一张破旧的椅子。可怕的现实。她，臃肿，肮脏的脸，用一种单调而机械的声音，不停歇地说话。（保尔·克洛代尔1909年9月日记）

《珀耳塞斯和戈尔戈女神》成了她的天鹅绝唱。在古希腊神话里，戈尔戈姐妹有三个，墨杜萨最小。诗人赫西俄德曾经这样叹息过她的命运：

> 她是有死的凡人，别的姐妹不知死亡
> 也永不衰老。但也只有她与黑鬃神
> 躺在青草地上的春花里同欢共寝。

传说恋爱中的墨杜萨如此美丽，连雅典娜都妒忌，以至于被变成最丑陋的形象。她的头发由无数毒蛇组成，任何人看她一眼都要因为难以承受的丑陋而变得僵硬化成石头。

在这件雕塑作品里，珀耳塞斯一手提着他刚刚砍下的墨杜萨的头颅，一手举起铜镜，看镜中的自己。这个拥有智慧的英雄尽管小心不去看墨杜萨，不料还是从镜中瞥见了倒影。他于是落入自己的陷阱，在瞬间里僵硬不能动弹。

她一生都在雕塑她自己。这次也没有例外。墨杜萨，这个为了爱和美付出太多代价的女子，俨然就是日渐老去的她。臃肿、沧桑、无神。她毫不留情地再现自己那张不复美好的脸。她在时光中从花般的女子变成苍老可鄙的女巫。一个被擒获的女巫。墨杜萨的眼睛就是她的眼睛，写满呓语和昏乱。那张环绕着滴鲜血的头发的脸犹如疯狂本身。

这就是她那强悍到让人不堪承受又让人不得不心折的天性。胆敢抗拒逐渐化成石头的僵硬人生，胆敢直面这人生的诸般丑陋和不幸，胆敢在疯狂中高声承认生活确如一场真正的地狱之旅。

六

1913年，深爱她的父亲去世。突然之间她成了孤儿。

母亲和妹妹向来嫌恶她。弟弟保尔远在他乡，并且始终因为自身的难以释怀而无法给予她彻底的帮助。父亲逝后八天，一次家庭会议决定了她的命运。她就此在精神病院里度过整整三十年，再也没有出来。

三十年间，她没有碰过雕塑。她最后的心愿是离开那个女疯子们日夜咆哮的可怕地方，回到维尔纳夫老家。这个心愿最终也没能实现。

罗丹死在1917年，在享尽世间应有的荣耀之后。

十五年以后，在九月开始变得寒冷的精神病院里，时年六十六岁的她收到故友来信。长年的禁闭生活里，这封信的到来大约算得上重大事件。欧仁·布洛（Eugène Blot）在信中提到雕塑，提到罗丹。

在雕塑这个玩弄技巧的世界里，罗丹、您，也许还有其他三四个人，带来了真实。这是永远值得记住的。X始终对您的作品《哀告的女子》怀有赞叹之情。他认为这件作品是现代雕塑的宣言。您终于做回您自己，完全摆脱罗

丹的影响。（1932年9月欧仁·布洛信）

《哀告的女子》。堪与大师相媲美的杰作。跪着的女子，半阖的嘴唇，伸开的双手，闪烁着光的双眸，无法直视，不可回避。弟弟保尔写道："这个赤裸的女孩就是我姐姐卡米耶。她哀告着，受尽屈辱，跪在那里，那么美好，那么骄傲，她永远如此呈现在我们眼前……我姐姐的创作，她对创作的唯一兴趣，就在于创作是她的人生的完整记录。"[*]保尔心里有过多的苦涩，这造成某种洞见的欠缺，他从来不曾像罗丹那样肯定她的艺术价值。

布洛的信中讲到一件小事。

有一天，罗丹来我的画廊。我看见他突然停在这件作品前，长久地注视着，用手温柔地抚摸那青铜的像。然后哭了。是的，哭了。像个孩子一样。他已经死了十五年。他一生只爱过您，卡米耶，我现在可以说了。（1932年9月欧仁·布洛信）

晚年的罗丹在她的自塑像前流泪，算是追忆，又或者惋惜？有多少经年隐匿的纷繁思绪重新涌起？这一切也许并不与尘世的爱相关，而是一个创作者对另一个创作者的

---

[*] Paul Claudel, *Ma soeur Camille*, in *Cat. d'exp. C.Claudel*, Paris, Musée Rodin, 1951.

惺惺相惜?

看见您如此紧张,和我从前一模一样,我很难过。我知道,您有雕塑的品质,您像英雄一般顽强,您是一个诚实的人,勇敢的人。在人生的奋战里您顶住了……别多说话,工作,就像您所做的那样。您最终自然会获得名望。可这是多大的讽刺呵,我们只为了这么虚妄的东西而幸福!我曾经度过多么可怕的岁月。我也才刚刚认识我自己。
(1897年12月罗丹信)

归根到底,有情人罗丹所爱慕的并非任何世间的女子,而是那不会老死亦不会发疯的艺术本身。这也许就是疯狂中的她永远没有能够释怀的一点。她一度情愿放弃永恒以追寻罗丹,罗丹则情愿放弃她以追寻永恒。如果非要有对错的话,那么看上去他是对的。

1943年,她被人遗忘,死在精神病院。

她在写给弟弟保尔的最后一封信上署名:你的流放中的姐姐。她一生都在自己的流放地。伊斯莱特人想必早已忘却一个世纪以前那个疯狂的女雕塑者的传说。人们说,那个古怪的女人夜里从城堡高高的窗户偷跑出来,头上吊着一顶红色阳伞,在森林里放火。

爱恨情愁总有一天要老死去。不幸还得充作人们闲余感动的借口。不朽的只有一样。她的灵魂爱欲孕生的一件件作品。老陋的克洛索，可怖的墨杜萨，旋转的女人，受伤的女人，窃窃私语的女人，浪前无措的女人，在壁炉前沉思的女人，哀告的女人……所有这些都是她，都是属于她的永恒。

奥维德在《变形记》里讲到，从墨杜萨可怖的血里诞生了缪斯钟爱的飞马。它踏上赫利孔山，激起一股清泉，那里成了缪斯饮水之处。

在所有悲剧里，是否可能都有飞马的希望？

玛格丽特·杜拉斯

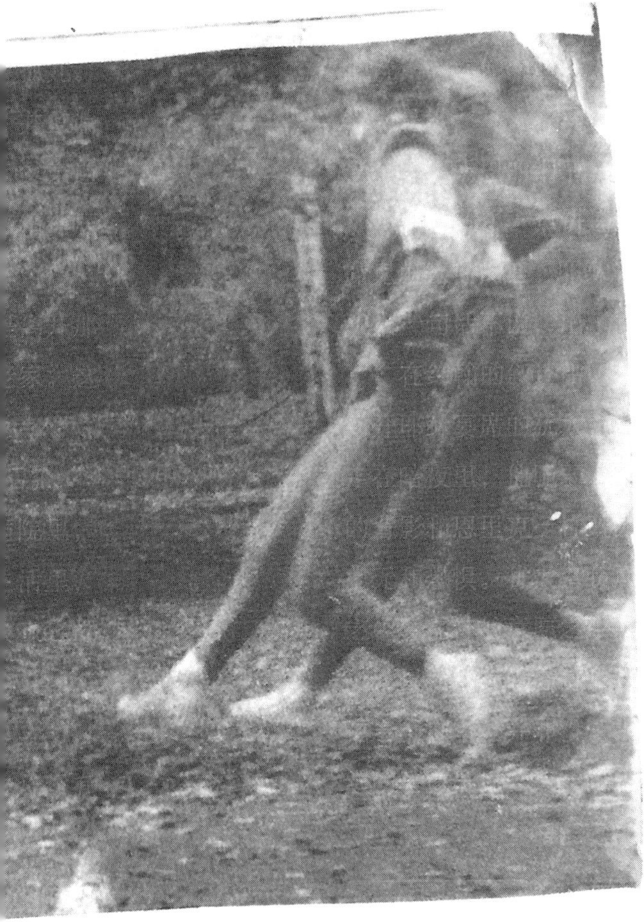

"那时你是年轻女人,与那时相比,我更爱你现在备受摧残的容颜。"

杜拉斯,《情人》

前图注:米罗斯洛夫·提奇,摄影作品《无题》,
摄于 1960 至 1990 年间
Miroslav Tichý, *Sans titre*, 1960—1990

我至少有十年没读杜拉斯的书。

那天，我在书架上翻找半天。我很快找到伽利玛口袋丛书系列的《写作》《抵挡太平洋的堤坝》《街心花园》《塔尔奎尼亚的小马》，等等，多数是在巴黎拉丁区的旧书店里几欧元买回的旧书。扉页用心地记下购书时间，2002年9月，2003年8月……但我怎么也找不到《情人》。

过了很久，我才想起，《情人》是没有简装本的。依据杜拉斯本人的意愿，只出过子夜出版社的版本。[*]那套丛书的封面有一种简单而权威的美，素白的底，书名用蓝字。我找到了同一丛书里的好几本，比如贝克特的《等待戈多》，1952年版，素白的封面沉淀成耐看的暗黄色调。但我怎么也找不到《情人》。

在翻遍书架的那几个小时里，各种消失在我记忆深处的细节，如积聚在长久没有触碰的那些书上的尘灰，在我眼前悄然飞扬起。

我首先想起那个孤零零站在甲板上的少女，戴着一顶古怪的男人的帽子，臂肘支在船舷上。在前一个画面里，

---

[*] 话虽如此，作家去世后，书市上依然陆续出现《情人》的简装本。

她还在西贡的渡船上。湄公河上雾蒙蒙的阳光，泥泞的河水闪着耀人眼的光。河两岸，周围的喧哗，少女的身影，全隐没在那闪光里。后一个画面转到回法国的邮船。她在甲板上的长椅里睡了一觉，醒来只见汪洋无边的公海，陆地是望也望不到了。她哭了。

这两个画面重叠在一起，在我模糊的记忆里，起初几乎没有差别。仿佛是同一个画面，仿佛少女是同一个少女。她"才十五岁半，胸部平得和小孩一样，涂着口红和脂粉"。但渐渐地，我记起了在这两个画面之间隔着无边的距离，无法逾越，记起了发生在这两个画面之间的那些事。它们被反复地记录。文字。电影。杜拉斯如有强迫症似的，在无数个版本的自传性作品里，反复记录那些生离死别，反复记录一个少女在瞬息之间被摧毁容颜的事实。

与此同时，我还记起了阅读杜拉斯的那些日子里的我自己。一个在外乡求学的孩子，在陌生的世界寻求实在的生存感，仿佛也乘坐一艘远行的船，原乡渐行渐远，而对岸还看不到。那些日子，阅读杜拉斯的简单的法语句子，简单到极致，简单到挑战法语写作传统，我确实从中感到难以言说的震撼和力量。无论是那个在印度支那殖民地的异邦长大的贫穷的白人少女，还是那个回到法国反复不断谈论从前和从前的自己的作家，我确实从她们的错位挣扎的生存感里获得共鸣。

然后，在接下来的十年间，辗转迁徙，生存的感觉始终脆弱，杜拉斯却彻底消失在我的生活中。2006年是作家去世十周年，国内外学界掀起新一轮"杜拉斯热"。我认识多年的好朋友们从世界各地赶赴日本，参加杜拉斯学会主办的研讨会。出版社纷纷推出新作品集。我买了王道乾先生的《情人》旧译本，新版装帧很精致。十年间，这大约是唯一的交集。

她付出毕生努力，用第三人称谈论自己，建构一个杜拉斯传奇。特别在生命的最后二十年，《情人》的巨大成功以后，她不停地谈论那个叫做杜拉斯的人。批评她的人，批评最多的莫过于此。那个不得不回去读自己从前写的作品的作家。那些"洋洋自得的圣徒传记式作品"（语出杜拉斯的传记作者阿莱德尔）。那种从字里行间扑面而来的吞噬自己的爱。那样无法自拔的水仙花少年般的自恋。1992年，她不满意让-雅克·阿诺导演的《情人》，赶在电影发行前出版新书《中国北方的情人》，分解镜头一般，把故事重新又说了一遍。她不能忍受第二个人书写杜拉斯。

看见是挥之不去的主题，和谈论自己一样强迫着她。归根到底，看见和谈论自己是一回事。《情人》里的少女想必也有古怪的眼神，没有人能捕捉的目光，虹一般却褪色的眼睛，和《劳儿之劫》中的劳儿一样，和杜拉斯所有小说里的人物一样。这样的眼睛却经常是没有能力看的，经常不得不闭上。在与情人最后离别的那天，她在人海中不朝他看一眼，她闭了眼睛，睁开眼时，他已不在那儿，他也不在别处,他走了。

没有能力在当下看见的人物。没有能力在当下直面的存在感。在杜拉斯那些才华横溢的电影里,这被处理成摇曳不休的黑暗镜头,黑夜的黑,闭上眼睛的黑,蛮横无遮拦的黑。仿佛要走过这如死的黑暗地带,才有重生,才能真正地看见。好比汪洋大海中,直等到看不见陆地,人们才会长久站在甲板上,痴痴望着再也望不见的风景。

少女孤零零站在甲板上。在前一个画面里,她还在西贡的渡船上,还没有遇见她的中国情人,后一个画面转到回法国的邮轮,她已然结束十五岁半的初恋。发生在这两个画面之间的没有别的,就是一个黑暗镜头,她闭了眼睛,不去看那最后一眼,睁开眼时,他不在了,而她不复原来的少女。她成了作家,成了老去的杜拉斯。

十年后,我带着仅存的一点《情人》的模糊记忆,第一次读《中国北方的情人》,并重新被震撼。这一回,我看到的是一个生者对逝去的时光,坦坦然的难以释怀,一边无法抑制地为难以治愈的有所欠缺的过往哭泣,一边又拼命超越去看见从前错过的风景。因为这样,那些强迫症般的重复自我叙事被赋予某种意义。"必须讲述一切,为了以后有人反复讲述这一切,不管是谁,为了全部故事不被遗忘……必须痛苦地理解这些故事。没有痛苦,一切就被遗忘。"必须按照字面意思去理解《中国北方的情人》里的这些话。

神话里，少年纳喀索斯不肯停地看水中的自己。直至某个无法预期的瞬间，他闭了眼，经历瞬息的黑暗。水中的影像发生质的变化。从前看见的是少年自恋的美颜。从此以后，水中只有水仙的踪影，只有意义的纯粹，只有美本身。

杜拉斯的秘密也许就在于此。在那个黑暗瞬间，所谓的杜拉斯传奇在世人的欣赏或非议中灰飞烟灭。她凭靠在字里行间赴死一般的坚持和挣扎，终究化身成了一则古典语境的肃剧：有死者面对存在的苦难和悲哀，坦坦然的难以释怀。不是传奇，而是肃剧。即便在这里，tragedy 也回归古典的用意，不是悲怆、哀伤的，而是肃穆、沉重的。犹如索福克勒斯的人物，她的黑暗镜头戳瞎了她自己的眼，以便更分明地看见存在的真相。

二十世纪文学用解构苦难的方式去述说和应对有死人生的必然。在这一点上，二十世纪终究还是古典的孩子，哪怕是一个逆子。杜拉斯的例子既是独特的，也是典型的，不经意地留下痕迹。

直到写完这篇短文，我始终没有找到那本子夜版的《情人》。我想象它潜伏在书架的某个角落，窥伺着重新出场的最佳时机。

薇依的门

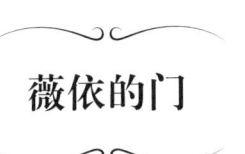

"没有人看见我从旁经过，
　在我的屋子里一片沉默。"

十字若望，《灵魂的暗夜》

前图注：范·艾克，《根特祭坛画》之《天使报喜图室内》
1432 年 Van Eyck, *Chambre de l'annonciation*, 1432

1960年，诗人米沃什如此评价：

西蒙娜·薇依是法兰西文明对当今世界的珍贵献礼；这样一位作者在二十世纪问世实属奇观——但有些时候，不可能发生的恰恰发生了。*

薇依一生留下的纯文学作品屈指可数：几首诗，** 一部模仿古希腊悲剧的未竟剧作《被拯救的威尼斯》、*** 一篇题为"超自然认知绪言"的小寓言。**** 这些文字纯净隐约，带有奇异的神秘气息。想要全面理解薇依的信仰和哲学，尤其如米沃什所强调的"不合时宜性"，忽视这些文字是很可惜的。

---

* 参见米沃什，《西蒙娜·薇依的重要性》，中译本见薇依，《柏拉图对话中的神》，前揭，页330。

** Gallimard版薇依全集的"文学作品子集"迄今未问世。1968年版的《诗集》(*Poèmes suivis de Venise sauvée, Lettre de Paul Valéry*, Paris : Gallimard, Collection Espoir, 1968) 一共收录了十首诗。参见《柏拉图对话中的神》，前揭，页294—314。

*** Simone Weil, *La Venise sauvée*, in *Poèmes*, Paris:Gallimard, 1968, pp.41—134. 中译本见薇依，《被拯救的威尼斯》，华夏出版社，2016年即出。

**** 《柏拉图对话中的神》，前揭，页1—2。

有人说，为了保留几首不为人知的小诗，薇依情愿舍弃自己的其余所有作品。*直至生命的最后时刻，在伦敦寄出的家书中，她还在牵挂这些诗，希望有机会"按写作先后顺序"一并发表。**

在薇依的诗中，《门》尤其隐晦玄妙，富有神秘气息。薇依于 1943 年 8 月逝世，这首诗写于 1941 年 10 月。那年薇依参加了葡萄秋收。从诗中的"果园"、"花儿"等意象中，我们尚能感受到特定的季节氛围。细细读来，这首看似不起眼的小诗非但结构精妙，别有深意，而且充满构成薇依思想的关键语词和意象：门、果园、异邦人、寂静、等待、受苦、希望、重负，等等。这里以"门"（la porte）、"果园"（les vergers）和"我们"（nous）为例，探究字眼的工作不仅是理解这首诗的根本，也为我们接近薇依的精神世界打开一扇可能的"门"。

---

* 语出佩特雷蒙（Simone Pétrement），薇依高师时代的同窗密友，也是她最重要的传记作者。参见 Janine Plagnol, *Poésie et musique des sphères, SW et Rilke*, in Cahier Simone Weil, TomeXX-N° 3, septembre 1997, p.194.

** *Poèmes*, 前揭, pp.7—8.

La porte (1941)

Ouvrez-nous donc la porte et nous verrons les vergers,

Nous boirons leur eau froide où la lune a mis sa trace.

La longue route brûle ennemie aux étrangers.

Nous errons sans savoir et ne trouvons nulle place.

Nous voulons voir des fleurs. Ici la soif est sur nous.

Attendant et souffrant, nous voici devant la porte.

S'il le faut nous romprons cette porte avec nos coups.

Nous pressons et poussons, mais la barrière est trop forte.

Il faut languir, attendre et regarder vainement.

Nous regardons la porte ; elle est close, inébranlable.

Nous y fixons nos yeux ; nous pleurons sous le tourment ;

Nous la voyons toujours ; le poids du temps nous accable.

La porte est devant nous ; que nous sert-il de vouloir ?

Il vaut mieux s'en aller abandonnant l'espérance.
Nous n'entrerons jamais. Nous sommes las de la voir...
La porte en s'ouvrant laissa passer tant de silence

Que ni les vergers ne sont parus ni nulle fleur ;
Seul l'espace immense où sont le vide et la lumière
Fut soudain présent de part en part, combla le cœur,
Et leva les yeux presque aveugles sous la poussière.

门（1941）

请打开那扇门，我们将看见果园，
喝园中冰冷的水，水中有月的踪影。
长路在燃烧，那异邦人的死敌。
我们无知地游荡，找不到一处地方。

我们想看见花儿。渴在这里临在。
我们就在门前，等待，受苦。
我们会亲手打碎这门，若有必要。
我们挤啊推啊，门栏却太牢固。

惟有徒然地焦灼、等待和张望。
我们望向那门；它紧闭，不可撼动。

我们紧瞅着它，在折磨中哭泣；
我们总看见它，难堪时光的重负。

门就在眼前，想望又有何用？
不如离去，就此抛却希望。
我们永进不去，我们倦怠看见它……
从前门启开为万般寂静放行，

果园和花儿不曾那样寂静；
惟有无边的空间承载虚和光，
瞬时历历在场，填满人心，
清洗在尘烟中近盲的双眼。

《门》作为开卷语最早发表在1962年的《关于神的爱的无序思考》，并附有题铭："尘世是关上的门。一道屏障。同时又是通道。"[*]1968年的《诗集》重新收入这首诗，但略去题铭。

整首诗共五节，每节由四行诗构成，遵守交叉韵（以首行为例：vergers 和 étrangers 押韵，trace 和 place 押韵）。每节的中心思想大致如下：

第一节：人类在大地上流亡，像异邦人，找不到安顿

---

[*] Simone Weil, *Pensées sans ordre concernant l'amour de Dieu*, Paris: Gallimard, 1962, p.11.

之处，又丧失对"果园"的记忆。

第二节：在生存的困境中抗争，拼命敲门，但门禁闭不开。

第三节：采取另一种姿态，不再徒然敲门，转而毫不妥协地看着那扇门。本节每行诗中均用了一个与"看"有关的动词（regarder[张望] / regarder[望] / fixer les yeux[瞅] / voir[看见] ）。然而，这种新的努力亦是徒然。

第四节：彻底放弃希望，承认永进不了门。就在此时，门自行打开（注意，动词由现在时变成简单过去时）。

第五节：门后没有预想的花儿、果园、冰冷的泉水，而是一片寂静，一个充满光照的实在。在 1942 年的那封题为"精神自传"的著名书简中，薇依向佩兰神父坦述自己背诵《主祷文》时的神秘体验，与这里的说法非常相似：

有时，经文的头几个字就使我的思想飘然离肉身而去，转入空间以外的某处，从那儿望去，一片冥芒。空间敞开了……呈现为一片寂静……[*]

简单地说，整首诗传达了两层意思。首先，人类在门前无论做何种努力都是徒然。其次，门不会因人的意愿而开，门内的世界也不以人的意愿为转移。

---

[*] Simone Weil, *Attente de Dieu*, Paris: Fayard, 1966, pp.48—49.

在结构和技法方面，第四节第四行诗（La porte en s'ouvrant laissa passer tant de silence... "从前门启开为万般寂静放行"）是关键。整首诗以此行为界，分作两部分。前一部分十五行诗，后一部分五行诗。两部分在好些方面有显著差别：

首先是格律。前一部分每行采取"六音部 + 七音部"的形式（以首行为例：Ou/vrez/ nous/ donc/la/por<te> + et/nous/ve/rrons/les/ver/gers），后一部分每行采取"五音部 + 四音部 + 四音部"的形式（同样以首行为例：La/por<te>/en/s'ou/vrant + lai/ssa/pa/sser + tant/de/si/lence）。第二部分由五行诗组成，每行以五音部起头，富有音乐美感，显然是诗人有意成就的"巧合"。

其次是时态。前一部分用现在时（兼用将来时），后一部分用简单过去时。

再次是人称。前一部分用第一人称复数，以"我们"为名做出陈述，后一部分用第三人称单数，中性地叙述某个过往的事实。

最后是行文风格，前一部分诗行简洁，顿挫明显，有多行由一个六音部短句加一个七音部短句组成,相比之下,后一部分的诗句全系长句，更繁复、流畅，甚至出现了薇依诗中罕见的跨行现象：第四节第四行跨行到第五节第一行，第五节第二行跨行到第三行。

同一节里变换格律、时态和人称，这种做法相当罕见。

第四节第四行诗以"门"(la porte)开头,从某种程度而言,它确乎就像一扇门,不仅区分了诗歌的两个部分,也区分了薇依语境中的两个世界:第一部分的门外世界和第二部分的门内世界。

整首诗重复六次出现"门"(la porte)这个词:第一、三节各一次,第二、四节各两次。第五节没有出现,仿佛门一经打开,也就随之消失,不再是一个"屏障",而化身为无处不在的"通道"。

"尘世是关上的门。一道屏障。同时又是通道。"这句题铭后来收入《重负与神恩》的"中介"篇,并紧接以下文:

在两间相邻的牢房里,两个囚徒以掌击墙传递信息。墙将他们分开,却又使他们得以交流。我们和神也一样。每种分离是一种联系。[*]

再清楚不过。门隔开的这两个世界,一个属人("我们"),另一个属神。这两个世界的交流,不是人主动寻求神,而是如薇依在《基督精神预象》中的标题所示:"神寻求人。"(quête de l'homme par Dieu)

---

[*] Simone Weil, *La Pesanteur et la grâce*, Paris: Plon, 1988, p.228.

二

里尔克用法语写过七首《果园》。在第一首开篇，他声称自己胆敢用"借来的语言"（langue prêtée）写作，仅仅为了使用法语中的"果园"（verger）这个字。长久以来，这个"未经雕琢"（rustique）的字绝无仅有地纠缠着他的灵魂。*

"果园"是什么？我们不可避免首先想到耶和华在东方的伊甸所立的那个园子，那个长满果实、有清泉流过的园子，自从亚当和夏娃这对祖先被赶出以来，确乎长久纠缠着人类的灵魂。

《创世记》中的这段叙述人人皆知。神为人造了园子，人又被永远赶出家园。这两点像是老生常谈，却值得我们一再注意。里尔克的说法很巧妙。他对"果园"做出两个充满辩证意味的界定：倾覆[一切]的虚空（un vague qui chavire），或捍卫[一切]的禁地（un clôture

---

* Rainer Maria Rilke, *Vergers suivis d'autres poèmes français*(Paris:Gallimard, 1978), p.47。在法语中，vague 用作阴性指波浪，用作阳性指虚空，里尔克在这里用的是阳性，却以形容波浪的倾覆性加以修饰，手法很巧妙。同样，clôture 既是围墙，也是围墙内的禁区。

qui défend）。

在薇依的诗中，果园恰恰兼具这两层含义。第四节中，果园就在眼前，却永进不去（"禁地"）；第五节中，在某个神性临在的瞬间，果园幻化成承载虚和光的无边空间（"虚空"）。

让我们从头看起。诗中的我们在哀求，请打开门吧，让我们看见果园。果园中有什么？也许如里尔克所言，果园掩藏着一个"古远的春天"。那里从前不仅有纯洁欢乐的初人，还有悦人眼目的树木、好作食物的果子和滋润土地的河水。让尘世中的受苦人万般想望。但果园是有死者的禁地；我们被永远地驱逐，命定要终日"汗流满面"，"耕种自出之地"。任凭我们一次次地尝试，任凭我们长久等待、焦灼和哭泣。门作为唯一的进口，经年有"火和剑的把守"，*禁闭不开。以《圣经》创世叙事来解释薇依的诗，再恰当不过。

然而，第二行诗中出现新的意象，打破了我们刚刚建立起来的确信。果园中有什么？一汪冰冷的水（eau froide），水中有月的踪影。我们干渴难当，必须喝园中冰冷的水，才能获得救赎。尽管《圣经》中不乏干渴的譬喻，但这里的说法明显属于另一种古老传统。

在笔记中，薇依郑重其事地译出并多次修改一段俄耳

---

* 《创世记》，2：8起；2：9—10；3：23；3：24；3：18。

甫斯秘教铭文。柏拉图对话中也曾数次援引这段铭文。我们不应忘记,薇依是柏拉图的忠实信徒,而柏拉图据说又是古代秘教传统的继承者。

> 你将在哈得斯的左边看见一汪泉水,
> 有株白柏树伫立在不远处:
> 不要靠近这泉水,在旁边就好。
> 你还将看见另一汪泉,从记忆的湖
> 涌出冰冷的水:园丁们看守在前面。
> 你要说:"我是大地和布满星辰的广天的孩子,
> 我是天空的后代。这一点你们都知道。
> 我如此干渴,我已死。快些给我
> 从记忆之湖涌出的冰冷的水。"*

我们今天对秘教传统所知不多,只能隐约感受到它在古代精神世界的根本而神秘的影响:厄琉西斯秘仪、俄耳甫斯秘仪、狄俄尼索斯秘仪、伊希斯秘仪……这些秘密进行、严禁泄露的崇拜仪式,个中细节唯有亲身参与的人知晓。总的说来,参与者通过特定的入会礼仪,在生前模拟死亡降临时灵魂的诸种考验。死亡、洁净、复活,等等。依据上面这段铭文,入会者到了冥王哈得斯的领土,暗示

---

* 公元前四至前三世纪的俄耳甫斯铭文(OF 32 F)。参看《柏拉图对话中的神》,前揭,页153。

着灵魂已"死",正走在地府。他必须走到记忆女神的湖边,对看守的园丁念固定的咒语,才能喝林中"冰冷的水",获得救赎。

这个喷涌着冰冷的水的所在,有时还被称为"珀耳塞福涅的树林"。珀耳塞福涅本是宙斯和德墨特尔之女,被哈得斯劫走,做了地府的王后。薇依曾译释《献给德墨特尔的托名荷马祷歌》中涉及这一传说的诗文。珀耳塞福涅还是经历"三生三死"的狄俄尼索斯的母亲。在薇依的解释下,长着牛角的狄俄尼索斯神恰恰是月亮的化身。这样,我们不难理解第二行诗中连在一起的两个晦涩意象:水中的月,犹如珀耳塞福涅怀抱中的狄俄尼索斯,是死中复活的隐喻。

在解读古希腊作品时,薇依反复提及俄耳甫斯秘教传统。显然,古希腊秘教在薇依本人的神秘主义精神历程中具有非凡的意义。《门》中的果园有冰冷的水,门外的人遭遇干渴,加上月的踪影,种种说法与俄耳甫斯秘教传统完全吻合,不是偶然。薇依本人的笔记证实了这一判断:

日与月,是独一、同一的神。夜里日化身为月。这是同一种光……清澈的月华,让人不禁要畅饮。"从记忆之湖涌出的冰冷的水。"一种经历死亡的光。*

---

* Simone Weil, *Œuvres complètes*, VI, Cahier 3, Paris:Gallimard, 2002, pp.236—237.

这段笔记清楚表明，喷涌着"冰冷的水"的果园，必须从古希腊秘教传统中觅得根源。果园作为有死者的禁地所含带的隐喻和哲思，同样可以在古希腊文明中找到踪丝。诗人赫西俄德曾在《劳作与时日》中追缅一去不复返的黄金时代："人们像神一样生活，心中不知愁虑"（劳，行112），"沃饶的大地自动为他们出产丰沛的果实"（劳，行117—118），随后又无限悲凉地提到当下的黑铁年代，人被神所抛弃，"从此无法逃脱不幸"（劳，行201）。俄耳甫斯秘教传承了另一段神话。由于赫拉妒恨，宙斯之子狄俄尼索斯被提坦们撕成碎片，吞吃了血肉。宙斯在狂怒中以雷电轰击提坦。从提坦（含带狄俄尼索斯）的余烬生成人类。* 人类因此具有双重天性：提坦的属人部分和狄俄尼索斯的属神部分。

古希腊人相信，"人和神有同一个起源"。与此同时，他们也明白"人与神的无尽距离"："古希腊人受尽这种距离的纠缠，整个希腊文明就是这么形成的。"** 在世俗的尘烟中，人类离神圣渐行渐远，乃至遗忘自己的神圣起源。人生沦为一场无知的游荡，迷了路，遗忘了故乡。薇依在解释上述铭文时说："人生是一次遗忘。我们在尘世

---

*　据六世纪新柏拉图派哲人奥林匹俄多鲁的记载。参见奥林匹俄多鲁著：《柏拉图〈斐多〉注疏》，61 c。薇依在笔记中同样提到这个神话传说，参见 Cahier 3，前揭，pp.167—168。
**　《柏拉图对话中的神》，前揭，页284。

中遗忘超验、超自然的真实……救赎的条件是干渴。必须渴求这个被遗忘的真实，乃至感到干渴而死。"[*]干渴产生欲求，让人睁开近盲的双眼，看见世界和自己。干渴让人欲求远古的果园，欲求在苦难的尽头获得喜乐，欲求神性在有死的人生中显现。

不论希伯来传统，还是希腊传统，果园在这两种语境里均承载着人类的起源记忆。这个苦涩的记忆，旧约称为"神把人赶出乐园"，希腊人叫作"人与神的无尽距离"。按薇依的话来说，这个记忆，正是"永恒而超自然的真实的最佳形象"。[**]

这样，在《门》中，果园有两个名称，既是珀耳塞福涅的树林，也是伊甸园。（——有趣的是，写十四行诗献给俄耳甫斯的里尔克，同样显示这种神秘而模糊的气质。）我们由此初步领略了希腊传统与基督精神的奇妙结合。这两种精神并行不悖，实在让人惊叹。毕竟，果园不是别的，正是薇依一生探寻的"超自然认知"的所在，与人类的生存状况息息相关。

---

[*]　《柏拉图对话中的神》，前揭，页153。
[**]　《柏拉图对话中的神》，前揭，页190。

三

人类的基本生存状况是困境。在柏拉图处,困境是漆黑的洞穴以内。在旧约中,困境则是原初的果园以外。我们生活在"长出荆棘和蒺藜"*的大地,燃烧的长路。我们全是异邦人。没有例外。

《以利亚升天》,罗马尼亚罗扎夫莱亚教堂壁画,16 世纪
Sfantul Ilie, Biserica Rozavlea, Romania, sec.XVI

---

*   《创世记》,3:18。

尘烟。盲眼。时光的重负。徒然的焦灼。在薇依简单而动人的笔触中，我们几乎要把这扇不可撼动的门当成一堵加缪所说的"荒诞而冷漠的墙"。但薇依拒绝伴谬，坚持同样如加缪所说的"清醒"姿态："再微小的贪恋也会妨碍灵魂的转变。"[*] 从某种意义而言，加缪宣扬的"地中海精神"与薇依思想极为亲近。

加缪笔下的异邦人在生命的最后一夜"向这个世界的温存的冷漠敞开心门"，他"感到从前是幸福的，现在依然幸福"。[**] 薇依没有用"幸福"定义门前的人，反而以令人赞叹的坚决口吻，宣称他（她）不如抛却希望，并继续与苦难相伴。《门》中的最后几行诗连续使用擦辅音 [s]（laissa passer tant de silence; seul l'espace immense），模拟苦难中的人类发出"嘶嘶"的呻吟。即便在门开的瞬间，惊鸿一瞥的异邦人没少受苦，看见果园的真相并不意味着痛苦就此消逝。恰恰相反。

在人间，我们自觉是异邦人，被拔了根，永在流放。犹如奥德修斯，他在熟睡时被水手带走，醒来身在异乡，肝肠寸断地思念伊塔卡。雅典娜在这时擦亮他的双眼，他发觉自己其实就在伊塔卡。[***]

---

[*] 《柏拉图对话中的神》，前揭，页170。
[**] Albert Camus, *L'Etranger*, 前揭，p.187.
[***] *Attente de Dieu*, 前揭，p.171.

醒来的奥德修斯没有认出故乡，以为命运又带他去到新的异乡，他困顿而绝望，身体灵魂俱伤。奥德修斯的苦难唯有以"穷途末路"形容，这是异邦人的苦难。在无路可走之时，雅典娜毫无预兆地现身，神恩降临，"清洗在尘烟中近盲的双眼"，他才认出故乡。注意两点：凭借自身的有死者的力量，奥德修斯不可能返乡；雅典娜女神临在与奥德修斯的意愿无关。

困顿的奥德修斯让人想起波德莱尔《恶之花》里的那只天鹅，在干涸的尘土中拍打洁白的羽翅，再也认不出他乡是故乡。* 无独有偶，赴死前的苏格拉底也曾自比天鹅，** 他一生眷念雅典城，被判死刑也不肯逃亡外邦，偏偏却有人说他"像个让人引导的异邦人，不像本地人"。***

苏格拉底身上的这种他乡与异乡的纠结，在柏拉图的洞穴神话中得到了解释。作为少数走出洞穴、看见真实的人，哲人必须再回洞穴，与其他人同住黑暗中，识辨真相，维持洞穴（或城邦）的正义和清醒（《理想国》，卷七，518 c—521d）。从某种程度而言，回到城邦的路犹如人生困境的极致，与赴死无异：身在故乡，形同异邦人，同胞的愤恨，苦难的败坏。饮下鸩酒的苏格拉底走了这条路。

---

*   Charles Baudelaire, *Les Fleurs du mal*, II, *Tableaux parisiens, 89, le cygne*, Hatier, 2003, pp.108—109.
**   柏拉图，《斐多》，68b。
***   柏拉图，《斐德若》，230c。

骑驴进入耶路撒冷的耶稣也走了这条路。他心知苦路在前，绝望无边，忧惧难耐；他已到"穷途末路"，却说："不要照我的意思，只要照你的意思。"[*]看来在他乡与故乡的话题上，从苏格拉底到耶稣，从雅典到耶路撒冷，我们并没有走得太远。在《伊利亚特，或力量之诗》中，薇依一再强调希腊精神与福音书精神在苦难情怀上的这种相互承接：

> 如果说《伊利亚特》是希腊精神的最早显示，那么福音书则是最后一次神奇的现身。在福音书中，希腊精神不仅仅在于要求人们在一切善德之外寻找"天主的公义王国"，还在于人类的困境在一个同为神和人的存在者身上得到展现。耶稣受难的叙事表明，道成肉身，也要受苦难的败坏，在痛苦和死亡面前发抖，在绝望的尽头感觉被人和神抛弃。人类困境的情怀带来一种简朴的语气，这是希腊精神的标志。[**]

这样一种以耶稣基督为典范的异邦人姿态，最终使薇依站在基督教会的门外。我们不应感到惊讶。

在《门》中，"我们"（nous）无疑是使用最频繁的词。第一部分的十五行诗总共出现十八次，其中有六行诗重复

---

[*] 《马太福音》，26：37—44；《马可福音》，14：36；《路加福音》，22：42。
[**] 《柏拉图对话中的神》，前揭，页34—35。

出现两次（第一节第一行，第二节第一行，第三节第三、四行和第四节第一、三行），另外还有两次用到"我们的"（nos）。如此频繁的重复，可谓诗歌的大忌。初读之下，第一部分给人不考究、不精致的印象，与此有关。[*]然而，第二部分的五行诗中，"我们"（nous）一次也没有出现。这种鲜明的反差不像巧合，而是诗人有意为之。

"我们"是谁？在第一部分的门外世界里，"我们"显然是困境中的人类，所有平凡的受苦人。然而，门自行启开（第二部分），神恩降临，"我们"也必须彻底消失，"完全死亡"。因为，"我们"唯一拥有的，就是一无所有，"我们"能奉献给神的，只有一无所有。这是异邦人的赴死姿态的本质，薇依称之为"我们的毁灭"。[**]

在门内的世界里，倘若一味执着于"我们"的存在，那么，"我们"势必要变身为如柏拉图所说的"社会的巨兽"，或启示录中"遍体有亵渎名号"[***]的兽。"人们很可以声称自己顺服神,实际却在顺服巨兽。"[****]在薇依看来，受洗的教会和其他形式的"我们"一样，无可避免这个弊端。

在《超自然认知绪言》中，薇依以寓言形式讲述一次神秘的灵魂之旅。文中的"他"（神，或超自然真实）毫

---

[*]　基于同样原因，汉译中酌情省略了几处"我们"。
[**]　*La Pesanteur et la grâce*, 前揭, p.73。
[***]　柏拉图，《理想国》，卷六，493a—d；《启示录》，17：3。
[****]　《柏拉图对话中的神》，前揭，页164。

无预兆地现身,"我"顺从地跟随"他",进入一座教堂,又爬上一个阁楼。"他"给"我"面包和葡萄酒,和"我"像老友般交谈,并躺在阁楼地板上,沐浴日月星辰的光照。有一天,"他"又毫无预兆地把"我"赶走,"我"忧惧而悲痛,但放弃找回那个阁楼的希望:

> 我的位置不在那个阁楼上。我的位置在任何地方,一间黑牢房,一间摆满小古玩和红色长毛玩意的中产阶级沙龙,一间车站候车室。任何地方,却不在那个阁楼上。*

离开阁楼,如同走出果园,回到洞穴。文中的"我"像耶稣、苏格拉底和奥德修斯一样,走到了他乡与故乡的困境尽头。"我"放弃成为阁楼上的"我们",同时让自我彻底消失,化身为阁楼以外的所有人:黑牢房的囚徒、沙龙里的中产阶级、车站的旅人、工人、奴隶、妓女,等等。在教堂的祭台前,"我"宣称:"我未受洗"(Je n'ai pas été baptisé)。这样一种"永远停留在教会的门槛上一动不动"**的姿态,永远坚持边缘的立场,以流放为永恒的故乡,正是薇依本人一生的坚持。

不应成为"我",更不应成为"我们"。

---

* 《柏拉图对话中的神》,前揭,页 2。
** Attente de Dieu, 前揭, p.54。

> 城邦让人感觉身在故乡。
> 必须在流放中自觉身在故乡。
> 扎根于虚空之中。[*]

这四行文字再好不过地定义了薇依的精神姿态，流放在他乡与故乡之间，扎根于虚空的边缘之地。从某种程度而言，在二十世纪的思想殿堂里，薇依的"不合时宜性"恰恰归因于这样一种对传统的天真的坚持，天真到了放诞，到了冒犯权威的地步。作为基督徒，她不曾受洗；作为柏拉图信徒，她不离基督精神的光照。她以独特的方式执着于人类最根本的问题，穿行在一座座"人类困境和神性完美之间的桥梁"。[**]尽管一路发出"嘶嘶"的痛苦呻吟，但没有什么能妨碍她品尝到"葡萄酒和面包"的真味。

如果可以，我愿把《门》视为薇依的一次个人秘仪叙事。

---

[*] *La Pesanteur et la grâce*, 前揭, p.91。
[**] 《柏拉图对话中的神》，前揭，页152。

修辞的病态

"再微小的一丝贪恋也会妨碍灵魂的转变。"

薇依,《柏拉图对话中的神》

前图注:伯恩-琼斯,《迷宫中的忒修斯和牛头怪》,1861年
Burne-Jones, *Theseus and the Minotaur in the Labyrinth*, 1861

"*神看着是好的。*"

1993年,苏珊·桑塔格在萨拉热窝导演《等待戈多》。开演当天,舞台上奢侈地点着十二支蜡烛——战时人们连往返剧院与家之间的路上都冒着生命危险,更不用谈物资的全面匮乏。街上传来持续的枪火声和装甲车开过的巨响。剧院内,当信使上来宣布戈多先生今天不会来但明天肯定会来时,人们在黑暗中静静流泪。桑塔格说,文化是人类尊严的一种表达,演一出戏的意义在于使萨拉热窝人做在战前做的事情,使他们感觉成为正常人。[*]

我想起西蒙娜·薇依在半个世纪以前参加西班牙内战的故事。1936年的薇依没有类似桑塔格那样为战时的西班牙人找回尊严的文化行动计划(也没有"能力",也许)。

---

[*] 桑塔格,《在萨拉热窝等待戈多》,《彼处与此处》,见《重点所在》,黄灿然译,上海译文出版社,2011年,页340等。

她的唯一计划是参加战争。我们知道，她是反对战争的，但她又坚持，如果战争无法阻止，从道义上就不得不参加，和那些被迫身陷战争苦难的人们在一起。她带着这么个"崇高而可笑的政治姿态"（语出桑塔格[*]）上了前线，加入一个国际行动小组。她的父母跟着动身去西班牙，她是去赴死的，他们则为了阻止女儿送命。她天生病弱，行动笨拙，在别人眼里连自己也照顾不好。行动小组里的两个同伴轮流守夜保护她，偷偷地，不让她知道。在敌机的轰炸中，她曾不要命地跑出藏身处，试图找机枪反击，直到别人把她赶回去。没过太久，她的近视眼没看清挖在地上烧火做饭用的坑，一脚踩进沸油的锅里，严重烫伤，被迫撤回巴塞罗那。若不是当医生的父亲抢救及时，她可能伤口感染被截肢。这就是薇依的匆匆结束的西班牙之行。[**]

这个真实事件具有出人意料的戏剧效果，也就是说，它带给我们这些外人一种不真实感。一边是残酷的战火、当事人不容置疑的严肃思考和果敢行动，另一边是一起粗心大意引发的烫伤事故。轻重之间的张力带来浓重的荒诞意味，几乎不亚于贝克特的戏剧。正如薇依生平的许多事件一样，这成了绝佳的谈资。批评的人借此嘲讽她的笨拙和疯狂，当然不仅限于行为方面的批评。友好的人则大

---

[*] 桑塔格，《西蒙娜·薇依》，河西译，见《上海文化》，2011年第3期，页87。
[**] 佩特雷蒙，《西蒙娜·韦依》，王苏生，卢起译，上海人民出版社，2004年，参看第十一章。

抵会称作唐·吉诃德式的经验。从某种程度而言，批评也好，赞许也罢，归根到底是同一种阐释路向，在桑塔格的修辞里化身为如下表述："像薇依这样的作家（她同时还列举基尔克果、尼采、陀思妥耶夫斯基、卡夫卡、波德莱尔、兰波和热内这几位作家）对我们具有权威性，是因为他们那病态的外表，病态是他们的基石，使他们变得具有说服力"，"她就是那个承受着精神折磨的人，那个被公认为这个痛苦的时代最不妥协而又最为病态的证人之一的人"。*

如果我没有理解错误的话，桑塔格所强调的"病态"，恰与她在萨拉热窝强调的"正常人"的常态形成对比。战争使萨拉热窝人丧失生活的常态，不能正常演戏看戏只是其中一个微乎其微的例子。另一个让人印象深刻的例子是他们每天要花很多时间，冒着极大的生命危险在公共场所排队提水，提来的水大多用于冲厕所，否则他们的浴室会变成粪池。在桑塔格看来，萨拉热窝人面临脱离常态的精神危机，除恐惧之外，更难忍受的是丧失尊严的羞辱感。** 智识分子的介入，目的就是要促使在病态中"表达一种正常性"，*** 对这种羞辱感发出挑衅。

我带着几分惶恐发现，桑塔格提及的几位"病态作家"

---

* 《西蒙娜·薇依》，前揭，页86—87，页89。
** 《在萨拉热窝等待戈多》，前揭，页339。
*** 《在萨拉热窝等待戈多》，前揭，页340。

在我心目中正好属于那些少数能够担当"穷尽一生挖掘自身真实的作者"这个称呼的人。我大概不是唯一这么想的读者（因为，据说这是大众文化心理的一种表现）。他们之所以得到我们的最高级别的尊敬，不在于他们的"病态的外表"，甚至不在于他们"承受精神折磨"的内在，而某种程度上恰恰在于他们通过自身（而不是别人，甚至不是他们笔下的人物）透露出了最根本的"羞辱感"。

看来问题在于，如何理解所谓的"羞辱感"？依据桑塔格的说法，羞辱感产生于人类尊严被迫丧失，不再能享受属于人类的正当权利，比如没有戏剧的人生，或没有冲水的厕所。在我们今天看来，这是一个相当合理的定义。

薇依在《工厂日记》中记录自己坐公车的经验，似乎可以成为桑塔格的佐证。事情发生在薇依进工厂工作三个月后，流水线上的劳动令她筋疲力尽，也切身经验了精神的羞辱和压迫。按她自己的说法，"工厂经历在我身上打下了永久的烙印；自那以后，我一直把自己当成奴隶"。[*] 有一天，她为自己可以和别人一样搭公车感到不可思议：

> 我，一个奴隶，竟然有资格上这辆公车，和别人一样用十二个铜板买票乘车？这是多大的恩典哪！要是有人粗暴地赶我下车，说我不配使用这么舒适的交通方式，只配

---

[*] *Attente de Dieu*, 前揭, pp.41—42。

走路，我大约也会觉得理所当然。奴隶状态让我不再感觉自己还拥有什么权利。只要在某些时刻不用忍受人类的残酷，对我来说就是恩典，这样的时刻简直就像天空对我微笑，是偶得的恩赐。但愿我能保持这种理性的精神状态。[*]

搭公车本是现代人的正当的公共权利，在薇依的经验里，这种正当性被动摇，乃至变成一种额外的恩典。无疑，从现代生活常态的角度出发，这是一个典型的"病态"例子，人不仅丧失了正当权利，更丧失了对这种权利的正当诉求能力，还有比这更严重的丧失尊严的例子吗？

然而，引文中最后那句结语让我们无比意外。在薇依看来，从羞辱引发的竟是一种值得保持的"理性的精神状态"？正当的公共权利莫非不具备毫无争议的绝对价值？身为奴隶的病态反倒更像是一种生活的常态？这是讽喻或别的什么高超的修辞技法吗？薇依的读者却知道，她是拒斥任何多余的技巧的，这种拒斥成就了某种独一无二的修辞。薇依的世界里没有幽默、荒诞乃至佯谬。她的文风简单而坚定，就像她本人。无论出于何种意图，我们这些外人强加在她身上的诸种修辞大概都是多余的，太多余的。文章开头讲到她的西班牙经历，在我们的贪恋修辞技法的无可救药的演绎里成了一出荒诞派的戏，或塞万提斯式的

---

[*] Simone Weil, *Journal d'usine,* in O.C. II, p.234.

叙事，但对薇依本人而言也许只是"她在思想上完美无缺的延续性"（语出米沃什[*]）的一个点——考虑到她对数学的热爱，点与线的比方想必还算恰当。正是基于这样的原因，诸如在萨拉热窝导演《等待戈多》这样充满修辞技巧的介入行动不在薇依的思考和行为（两者是多么惊人地一致！）范畴之内。我也许错了。但我大概不是唯一这么想的读者。当薇依诊断属于她自己的（永远并首先是她自己的，而不是别人的；更准确的说法也许是包括她自己在内的所有人类的）生存基础中的"羞辱感"时，我们被说服，原因不是她的"病态"，至少不应该完全是。

那么，在桑塔格的广为公众认可的定义之外，是不是还有别的关于羞辱的理解可能呢？我忍不住想要效仿薇依那经常显得不合时宜的刨根究底的劲头。汉字的"辱"在甲骨文中是"辰"下加"手"。"辰"本作"蜃"，古时耕具。换言之，"辱"的本义是人手执工具劳作。同样，在现代西文中，humiliation 源自拉丁文 humilis（贴近地面的，低的），后者又派生自 humus（大地），对应的希腊文是 χαμαλός（大地上的）。一开始，"辱"似乎并不存在。无论汉字还是西文，同一个字只是客观地表述了人在大地上劳作的原样。在古希腊诗文里，人类被称为"大

---

[*] 《西蒙娜·薇依的重要性》，前揭，页 333。米沃什在谈论薇依时同样说到羞耻："她的生平和写作（传统、严肃而简洁）体现出某种正直性，足以在我们内心促发不无裨益的羞耻感。"（页 339）这里说的羞耻显然有别于桑塔格的语境。

地上的人类"。在希伯来人那儿，人类从伊甸园被摔入尘土之中，作为耶和华的意愿，亚当注定要在大地上辛苦劳作。躬身在大地上是人类的常态，羞辱感因此是人类紧贴大地时自然生成的情感。稍后基督教会以 humiliare 指在神面前自惭形秽。面对完美永在的神，人感到渺小、有罪、一无所是、卑微。说它是褒词也许夸张了，但它似乎不带有我们今天所认同的那种贬义。

柏拉图在《普罗塔戈拉》中提到，宙斯派遣赫耳墨斯把"羞耻和正义"带给人类，由此建立城邦的秩序（322c）。人类的羞耻感来自神的意愿。在更早的文字记载里，比如赫西俄德的《劳作与时日》，羞耻干脆就是一个女神，在诸神中最后离开败坏的人间。* 自《说文》起，"辱"与"耻"互训，羞耻与羞辱至少可以看作同一问题的两种阐发——因为，无论"内省的"耻，还是"外发的"辱，都不可能脱离人与城邦群体的张力而独立发生。那个在神话中被预言终将离弃人间的羞耻神，与迄今依然在文明社会的不同层面上被争论不休的关乎人类尊严问题的羞辱，还是同一个概念吗？它会不会像好些别的概念一样在古今之变中改头换面转了意义呢？当古典诗人哀叹城邦中"羞耻不复返"**时，羞耻与其说是今天的智识分子所提倡的使命感或良知，不如说是因敬畏属神的超凡力量而引发的节

---

*　《劳作与时日》，行 200。
**　《劳作与时日》，行 192—193。

制或自我克制，从而在极大程度上与《论语》中的"行己有耻"不谋而合。两厢比较，现代性的受辱感更像是一种人义论的过度感伤。以现代语境理解上述几位"具有反文明倾向的作家"（同样语出桑塔格），并将他们定义为"病态"，我们确乎找不出逻辑的破绽。与此同时，我们也不会怀疑，这些作家的"病态"向我们展现了往往比通常所谓的现实世界更为准确的真实。

让我们尽可能接近公正和准确。作为人之常情的羞辱感在古今之变中没有发生太多变化。阿喀琉斯受阿伽门农的羞辱，与萨拉热窝人在战争中感受的羞辱，或薇依在工厂流水线上经验的羞辱，从根本上是相类的灵魂疼痛。人类的自然情感在时光中没有变质，真正发生变化的是人类对自身情感的流露与叙事。这样看来，我们始终没有绕开修辞的主题。

文章开头提到两种介入战争（或任何形式的人类困境）的方式。与智识分子的时髦方式相比，薇依的方式直接尖锐，不留一丝余地（既不给自己，也不给别人）。介入战争，就是让自己陷入杀人或被杀的旋涡，尽管她反对杀戮和任何形式的暴力，却站到敌对双方中的某一方，在树立敌人的同时成为对方的敌人。不牺牲和平的代价是牺牲个人。她近乎孩子气地为自己视力差打不中敌人而庆幸。她心里明白，每个参与战争的人都是"在一场没有正义的残酷战争中白白付出无谓的牺牲",[*]但除了身临其境，做受难者的同伴、杀人者的同谋，没有别的办法。这样一种"崇高而可笑的政治姿态"，其实就是贯穿《伊利亚特》全篇的古典英雄们的姿态。在荷马诗中，没有谁能够超脱于战争困境之外，即便最伟大的英雄也不能。阿喀琉斯确乎试过，但连他也失败了。在前十七卷中，阿喀琉斯任凭希腊战友在战场上与特洛亚人厮杀，独坐营帐中观望，就连能言善辩的奥德修斯也劝说无用。他这么做的理由恰与羞辱有关。阿伽门农抢走他心爱的女伴，剥夺他的正当权利（布里塞依斯是阿喀琉斯的战利品），他忍受不了这样的羞辱，为丧失尊严而愤怒，发出拒绝作战的挑衅。[**]然而，好友帕特罗克洛斯战死，让他改变心意："不论心中如何痛苦，过去的事情就让它过去吧，我们必须控制心灵。"[***]在关键时刻，阿喀琉斯放弃愤怒，选择克制。由于丧失正当权利而引发的羞辱感并没有减退，只是被控制住了。古典的自然正确（Natural right）法则在此超越了现代性的天赋权利（Natural right）法则——在古今语义变迁里，最古怪的变形莫过于此！阿喀琉斯重返战场，迎接短暂的胜利和命定的死亡。"没有一个《伊利亚特》

---

[*] 《西蒙娜·韦依》，前揭，页537。
[**] 在《伊利亚特》卷九中，阿喀琉斯拒绝阿伽门农的求和，并发表了长篇大论，句句声讨属人的正当权利：除了阿伽门农兄弟这样的首领外，不仅阿喀琉斯，所有参与战争的希腊人都有属于自己的权利（参看行308—355）。
[***] 《伊利亚特》，卷18，行112—113。

的人物能够幸免[力量的控制]，正如没有一个大地上的凡人能够幸免[力量的控制]"，*正因为此，在《伊利亚特》的叙事中，没有一个屈服于力量控制的人遭到轻视，灵魂虽有德性高低之分，叙事的公正却奇迹般地笼罩着所有人物。《伊利亚特》的作者由此显示出"超凡的公正"。

《伊利亚特，或力量之诗》的真正魅力也许不在于它是我们所读过的最精彩的荷马叙事诗的评论之一，而在于它所展示的矛盾和从中挣扎而出的努力，以及它在任何时代都具有的那种伤口依旧疼痛的当下性。从某种程度而言，这也正是薇依精神的魅力所在。发生在特洛亚战场上的暴力和疯狂同样发生在西班牙或其他所有战场上，发生在荷马英雄们身上的挣扎也同样发生在所有身处困境的人类身上。没有人在妄图改善他者的生存困境时能够幸免于同一困境，再高明的自以为超脱的介入姿态也只能归于虚妄，这个法则不但适用介入行为，也同样适用叙事行为。

单凭桑塔格对薇依的一篇书评，就在这两位作者之间树立某种差别或对立，这既不是靠谱的做法，也并非本文的初衷。如果有足够的能力去领会桑塔格潜藏在修辞背后的意图，我们甚至没有必要争议她使用"病态"等等说法——这么做与抓住薇依在"罗马"或"犹太人"等问题上的偏见不放的做法无异。仅就智识分子的介入角色而言，

---

* 薇依，《伊利亚特，或力量之诗》，见《柏拉图对话中的神》，前揭，页34。

这两位女性作者确乎提供了诸多可能性的话题。薇依在短暂的一生中拥有丰富的工会运动经验,并非如人们所以为的,只是躲在象牙塔里沉思纯粹形而上的命题,她曾说过:"我认为自己是在做一些伟大事业的启蒙工作。"[*] 就当下的现状来看,桑塔格在诸如回答"智识分子及其角色"的问卷调查中的言论[**]持续引发关注,在一定程度上反映了智识群体迟迟未得解决的基础性的界定问题。只不过,在我们这个难以"阻止我们赖以呼吸的空气变得越来越粗俗"[***]的时代,许多作者自视已然超越了传统,摆脱了诸种禁忌和疑难,只有少数作者敏锐地认知到古今之变的张力和从中蕴藏的新生,诸如薇依这样勇敢地亲身陷入历史裂缝的作者很可能发挥比我们想象中更大的作用,忽略这一点很可能是一种损失。

我也许错了。我带着几分惶恐地发现,在萨拉热窝发生的《等待戈多》这出戏里,最打动我的时刻不是别的,而是当信使上来宣布戈多先生今天不会来但明天肯定来时,桑塔格的眼泪和所有人的眼泪流在一起。[****] 在那一刻,

---

[*] 《西蒙娜·韦依》,前揭,页507。
[**] 桑塔格,《对一份调查问卷的回答》,见《重点所在》,前揭,页328—333,尤见332。
[***] "我们不是要把一个遥远过去的启示生搬硬套在当下的生存处境。只要我们带着关怀和爱去凝思这个时代的美,属于这个时代自身的启示将降临到我们身上,并至少部分地阻止我们赖以呼吸的空气变得越来越粗俗。"(薇依,《奥克文明的启示》,见《柏拉图对话中的神》,前揭,页293)
[****] 《在萨拉热窝等待戈多》,前揭,页358。

无论众人是否被引领回人类尊严的常态，作者不觉入戏进到了"崇高而可笑"的病态。在那一刻，桑塔格与薇依无比靠近，而我们也明白了，贝克特的伟大戏剧的根本主题不是荒诞，而是等待，他没有颠覆什么或创新什么，而是在严谨地传承某种从古有之的传统，从索福克勒斯的肃剧[*]和希伯来圣经开始的传统。那一刻令整个事件具有意义。戏剧的力量在某个分不清戏里戏外的神奇时刻流溢而出，依据旧约创世记提供的伟大范例，这个法则不但适用观众，也同样适用作者。

---

[*] 索福克勒斯的《厄勒克特拉》讲述了女主人公在漫长的绝望中等待弟弟的故事。薇依从中识辨出有关"神的临在"的基督精神启示。正如旧约先知书传统所显示的，等待不是"人寻求神"，而是"神寻求人"。参看薇依，《厄勒克特拉》、《德墨特尔颂歌》，见《柏拉图对话中的神》，前揭，页133—148，页138—139。

图书在版编目（CIP）数据

黑暗中的女人：作为古典肃剧英雄的女人类型/吴雅凌著. --北京：华夏出版社，2016.10
ISBN 978-7-5080-8918-8

Ⅰ. ①黑… Ⅱ. ①吴… Ⅲ. ①女性－人物形象－文学研究－世界 Ⅳ. ①I106

中国版本图书馆 CIP 数据核字(2016)第 181889 号

黑暗中的女人

作　　者	吴雅凌
责任编辑	陈希米　柳闻雨
装帧设计	释　文
责任印制	刘　洋
出版发行	华夏出版社
经　　销	新华书店
印　　刷	三河市万龙印装有限公司
装　　订	三河市万龙印装有限公司
版　　次	2016 年 10 月北京第 1 版 2016 年 10 月北京第 1 次印刷
开　　本	880×1230　1/32
印　　张	10.5
字　　数	132 千字
定　　价	59.00 元

华夏出版社　地址：北京市东直门外香河园北里 4 号　邮编：100028
网址：www.HXPH.com.cn　电话：(010)64663331(转)
若发现本版图书有印装质量问题，请与我社营销中心联系调换。